「十四五」國家重點圖書

詞譜要籍整理與彙編（第二輯）

朱惠國◎主編　劉尊明◎副主編

白香詞譜　考正白香詞譜

［清］舒夢蘭◎編著　［民國］天虚我生◎編著　陸坤◎整理

華東師範大學出版社
·上海·

圖書在版編目（CIP）數據

白香詞譜/（清）舒夢蘭編著；陸坤整理．考正白香詞譜/天虚我生編著；陸坤整理．—上海：華東師範大學出版社，2023
（詞譜要籍整理與彙編）
ISBN 978－7－5760－4612－0

Ⅰ．①白… ②考… Ⅱ．①舒… ②天… ③陸… Ⅲ．①詞譜—中國—古代 Ⅳ．①I207.23

中國國家版本館 CIP 數據核字（2024）第 004996 號

上海市促進文化創意産業發展財政扶持資金資助出版

詞譜要籍整理與彙編
白香詞譜　考正白香詞譜

叢書編者　朱惠國 主編；劉尊明 副主編

編 著 者　［清］舒夢蘭　［民國］天虚我生
整 理 者　陸　坤
責任編輯　時潤民
責任校對　龐　堅
裝幀設計　盧曉紅

出版發行　華東師範大學出版社
社　　址　上海市中山北路 3663 號　郵編 200062
網　　址　www.ecnupress.com.cn
電　　話　021－60821666　行政傳真 021－62572105
客服電話　021－62865537　門市（郵購）電話 021－62869887
地　　址　上海市中山北路 3663 號華東師範大學校内先鋒路口
網　　店　http://hdsdcbs.tmall.com

印　　刷　上海盛隆印務有限公司
開　　本　890 毫米×1240 毫米　32 開
印　　張　10.5
插　　頁　4
字　　數　190 千字
版　　次　2024 年 10 月第 1 版
印　　次　2024 年 10 月第 1 次
書　　號　ISBN 978－7－5760－4612－0
定　　價　88.00 元

出 版 人　王　焰

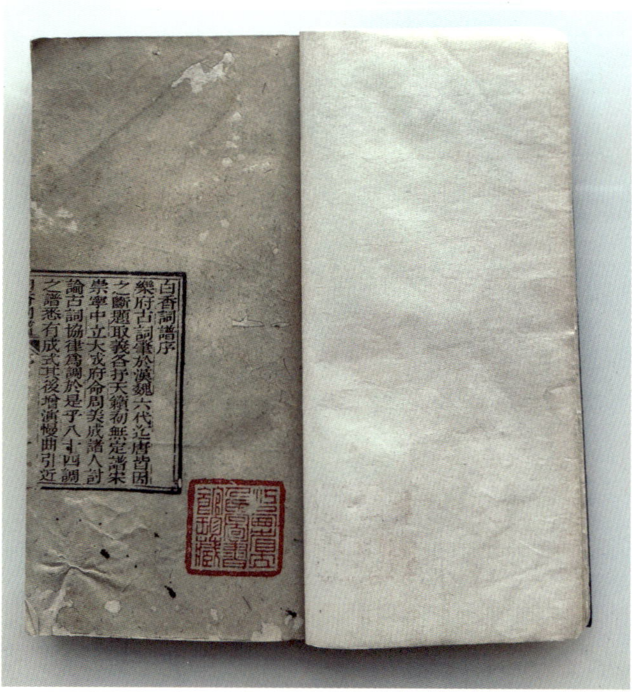

江西省圖書館藏清嘉慶三年（一七九八）
怡恭親王訥齋重刻舒夢蘭手校本《白香詞譜》書影（一）

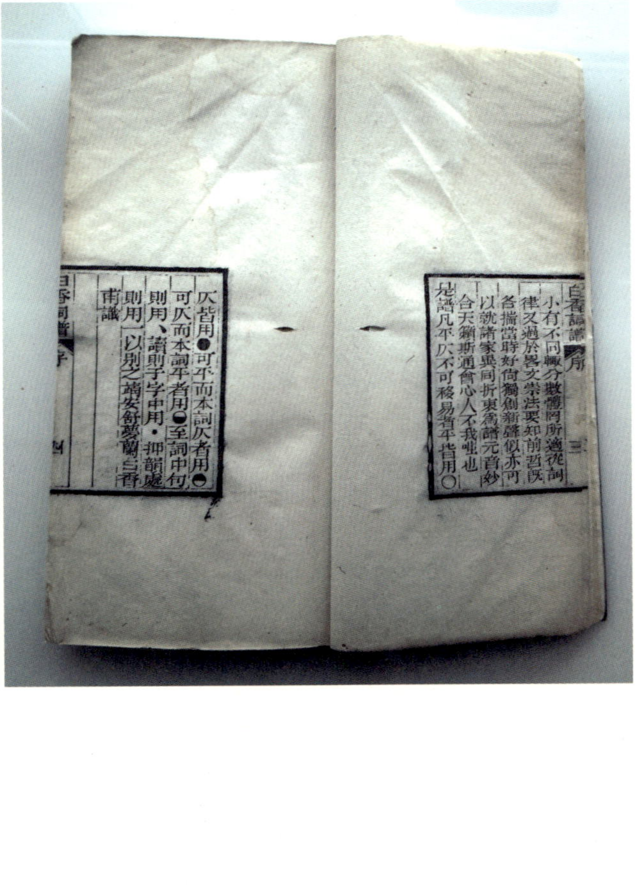

江西省圖書館藏清嘉慶三年（一七九八）
怡恭親王訥齋重刻舒夢蘭手校本《白香詞譜》書影（二）

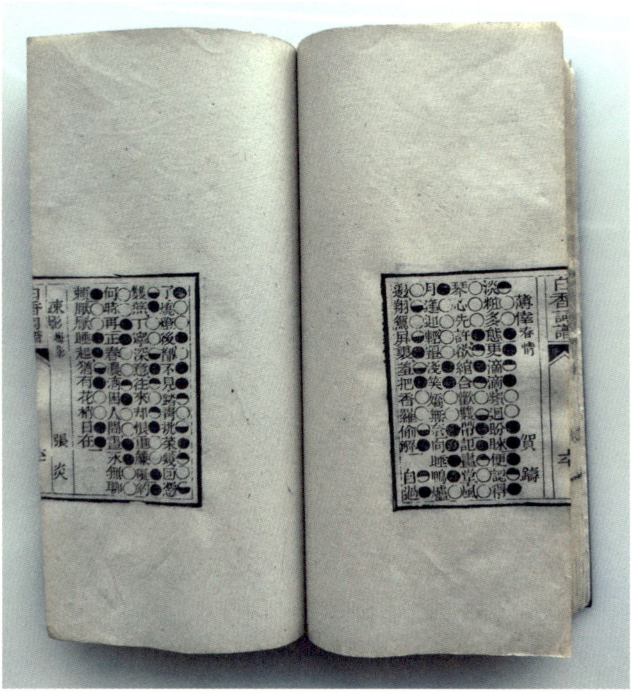

江西省圖書館藏清嘉慶三年（一七九八）
怡恭親王訥齋重刻舒夢蘭手校本《白香詞譜》書影（三）

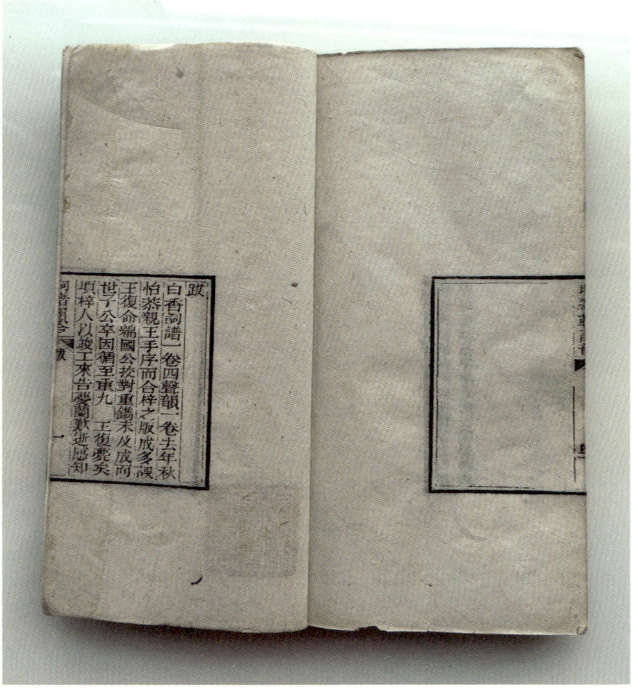

江西省圖書館藏清嘉慶三年（一七九八）
怡恭親王訥齋重刻舒夢蘭手校本《白香詞譜》書影（四）

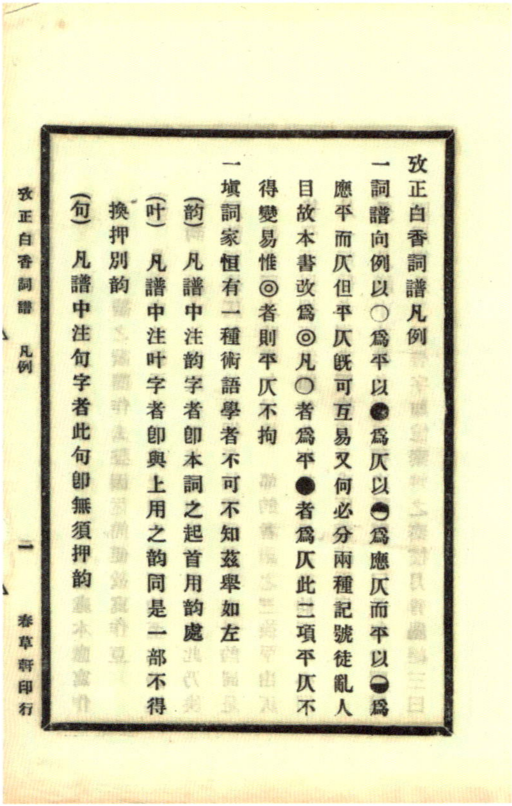
攷正白香詞譜凡例

一詞譜向例以○爲平以●爲仄以◐爲應仄而平以◑爲應平而仄但平仄既可互易又何必分兩種記號徒亂人目故本書改爲◎凡○者爲平●者爲仄此三項平仄不得變易惟◎者則平仄不拘

一塡詞家恒有一種術語學者不可不知茲舉如左

(韵) 凡譜中注韵字者卽本詞之起首用韵處

(叶) 凡譜中注叶字者卽與上用之韵同是一部不得換押別韵

(句) 凡譜中注句字者此句卽無須押韵

攷正白香詞譜　凡例　一　春草軒印行

民國七年（一九一八）

振始堂原印本《考正白香詞譜》書影（一）

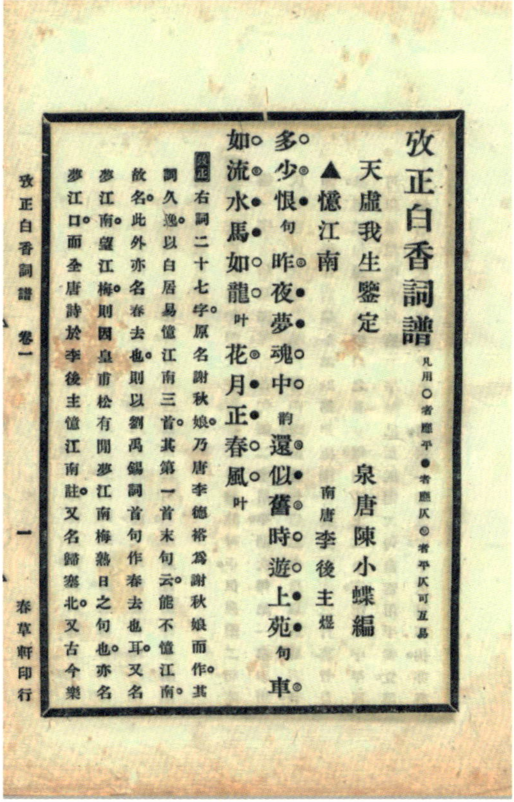

攷正白香詞譜　凡用○者應平●者應仄◎者平仄可互易

天虛我生鑒定　泉唐陳小蝶編

▲憶江南　南唐李後主煜

多◎少●恨句　昨◎夜●夢●魂○中韵　還◎似●舊◎時○遊○上●苑●句　車◎

如◎流◎水●馬●如○龍叶　花○月●正●春○風叶

攷正　右詞二十七字。原名謝秋娘。乃唐李德裕爲謝秋娘而作。其調久逸。以白居易憶江南三首。其第一首末句云。能不憶江南。故名。此外亦名春去也。則以劉禹錫詞首句作春去也耳。又名夢江南。望江梅。則因皇甫松有閒夢江南梅熟日之句也。亦名夢江口。而全唐詩於李後主憶江南註。又名歸塞北。又古今樂

攷正白香詞譜　卷一　一　春草軒印行

民國七年（一九一八）

振始堂原印本《考正白香詞譜》書影（二）

總序

詞譜，這裏主要指格律譜，産生於明中期，是詞樂失傳後，爲規範詞的創作而逐漸發展起來的一種專門性質的工具書。廣義的詞譜包括音樂譜和格律譜，但就明清詞譜而言，除極少數詞譜，如《自怡軒詞譜》、《碎金詞譜》是從《九宫大成》輯録而成，具有音樂性外，一般都是格律譜。

晚清以來，詞譜研究一直處於較少被關注的邊緣位置，相比詞史與詞論，詞譜研究的成果不多，且研究格局也比較狹窄，可以説，至今缺乏整體性、系統性的研究。晚清民初的詞譜研究大多集中在細部的考察和瑣碎的考訂上，對詞譜文獻尚未有全面的整理和系統的考察。民國時期，學者們多撰文專門探討四聲陰陽及詞人用調等問題，亦有一些學者熱心於增補詞調，至於詞譜的全面系統研究，則依然缺乏。一九四九年後，由於時代原因，詞譜以及與之關係密切的詞調與詞律研究長期受到冷落，直到進入新時期，相關研究才零星逐漸復甦，却也呈現出十分不均衡的面貌：詞調研究成果相對多一些，但總體上缺乏規劃性；詞律、詞韻等方面的研究成果很少，且多見於語言學等外圍學科；詞譜文獻研究有一些進展，但主要是單個詞譜的研究，成果也比較零散；至於詞譜史的研究，不僅成果少，而且多是以史論方式介紹明清以至民國詞譜著作的編撰過程、詞律研究進程及相關學者的詞律思想主張，並没有觸及問題的實質。因此，明清詞譜的研究總體比較冷寂。

一

進入新世紀，尤其是二〇〇八年前後，明清詞譜研究開始受到重視，相關研究也逐步展開，並取得一些成績。在此過程中，有兩方面的研究推進速度較快，取得的成果也比較突出。

其一，重要詞譜的研究取得明顯進展。明清詞譜的研究起步較晚，但一些重要詞譜因爲影響較大，學術地位重要，吸引了一批學者投入較多精力進行研究，並已取得非常明顯的進展。這在《詩餘圖譜》、《欽定詞譜》、《詞繫》三部重要詞譜的研究方面表現得尤其充分。

《詩餘圖譜》是中國真正意義上的第一個詞譜，地位十分特殊，但以往專門的研究並不多。學術界雖然常常提及該譜，事實上對它的認識還比較模糊，其表現主要有兩方面：一是張冠李戴，將之和賴以邠、查繼超等的《填詞圖譜》相混淆，將後者的問題算在前者上；二是没有梳理《詩餘圖譜》版本，分不清初刻本和後續版本的區别，將後續版本中出現的問題誤以爲是張綖《詩餘圖譜》初刻本的。這兩種情況在以往的研究文章和著作中經常會遇到，直到張仲謀在臺灣發現《詩餘圖譜》初刻本，才徹底扭轉了局面。此後《詩餘圖譜》各種版本的發掘和梳理，進一步呈現了該詞譜的真實面貌和流傳過程。可以説，由於文獻資料的突破，《詩餘圖譜》的研究在最近十餘年快速推進，形成的成果也與之前有了質的變化。

《欽定詞譜》由於是「欽定」，在清代幾無討論的可能，更談不上去指謬糾誤，清以後，雖然「欽定」的禁忌不復存在，但由於該譜的「權威性」，也很少有人去留意、審視譜中的問題，部分學者也只是重視詞調補遺工作，而非對原譜本身作研究，因此《欽定詞譜》存在的問題也長期得不到糾正。但最近幾十年情況正在發生變化，陸續有學者關注此譜，將其納入研究範圍，而研究的核心内容，就是對其糾誤匡謬。大致而言，對《欽定詞譜》的研究可以分爲三個階段：第一個階段是一九九七年周玉魁發表《略論〈欽定詞譜〉的幾個問題》一文，開始對該譜進行整體性研究，並且研究的方向也十分明確，就是指出其存在的問題。這種思路事實上對《欽定詞譜》之後的研究路徑有明顯的導向作用。但作者發表此文後，再没見到其後續研究成果。第二階段是新世紀以後，主要是二〇一〇年前後，謝桃坊和蔡國强兩位發表了一系列論文，對《欽定詞譜》的問題作進一步討論，其研究思路與周文大致相近。其中謝桃坊偏重於《欽定詞譜》收録詞調標準的討論，也涉及譜中調名、分體、韻位等方面的具體問題，蔡國强則更偏重於調名、韻脚等具體問題的討論。蔡文的許多觀點之後被集中吸收到其考正著作中。第三階段是二〇一七年蔡國强的《欽定詞譜考正》出版，標誌着《欽定詞譜》的研究進入了一個新的階段。三個階段層層推進，進展較快。《詞繫》是最有價值的明清詞譜之一，但由於戰亂以及編撰者秦巘家道中落等原因，一直没有機會刊刻，外界所知甚少，因此相關的研究也就無從談起。直到二十世紀末，該書稿本被重新發現並整理出版後，學界才開始了對該書的研究。研究工作主要圍繞三個方面進行：首先是整體性介紹，由於該譜是第一次整理，這類介紹是必要的，以便於把握該譜的基本特點；其次是價值發現與詞譜史評價，這對於《詞繫》的深度認識以及詞譜史定位尤其重要；第三是文獻的發現與完善。北京師範大學出版社一九九六年出版了《詞繫》一書，是根據收藏在北京師範大學圖書館的未定稿本整理而成，其間唐圭璋、鄧魁英、劉永泰等先生做出重要貢獻。但是該稿本與夏承燾、龍榆生等先生描述的稿本不同，夏承燾等看到的是更加完善的謄清本，此事一度成爲迷案。此後有學者據《中國古籍善本書目》的著録，在北京大學圖書館發現了珍貴的謄清本，國家圖書館出版社於二〇一四年對其進行複製性出版，收入「中華再造善本續編」。至此，《詞繫》的最終面目得以被公諸於世，便於學者作進一步深入研究。《詞繫》的研究，從零到現在大致成熟，其推進速度也比較快。

其二，研究視野有所拓展，對冷僻的詞譜和海外的詞譜開始有所關注。明清詞譜研究之前主要集中在幾部比較著名的詞譜上，但最近十幾年一個明顯的變化，就是開始對冷僻的詞譜有了一定的關注，並取得初步進展。比較典型的例子是對鈔本《詞學筌蹄》、稿本《詞家玉律》、稿本《詞架》、鈔本《詞海評林》等詞譜的關注與研究，及對稀見詞譜《牖日譜詞選》、《記紅集》、《三百詞譜》、《詩餘譜纂》、《詩餘協律》、《有真意齋詞譜》、《彈籥館詞譜》等的介紹與初步研究。其中對鈔本《詞學筌蹄》、稿本《詞榘》、稿本《詞家玉律》的研究代表了三種不同的類型。

《詞學筌蹄》以鈔本的形式存在，但在很長一段時間内被視爲一部詞選，較少受到關注。唐圭璋《全宋詞》「引用書目」將此書列爲第五類的「詞譜類」，是非常有識見的判斷，此後蔣哲倫、楊萬里編《唐宋詞書録》，也順着唐先生的思路，將其列爲「詞譜、詞韻類」。至此，該書詞譜的身份大體被確認。此書真正受到關注，進入詞譜研究的視野，是在張仲謀二〇〇五年發表《〈詞學筌蹄〉考論》一文之後。文章對該譜作了比較全面的介紹與討論，進一步論證其詞譜性質，以爲是中國現存最早的詞譜。但總體來看，作爲中國最早的詞譜，或者説詞譜的雛形，其産生的過程、背後的深層原因及詞譜學意義等問題，仍有待作進一步深入研究。

《詞榘》的編撰者方成培是有很高造詣的詞學家，其《香研居詞麈》一書向爲學界稱道，但同爲其重要詞學著作的《詞榘》却未曾刊刻，也久未見著録，只在民國時期《歙縣志》等地方文獻上稍有提及。加上此書稿本長期保存在安徽博物院，鮮爲人知。直到二〇〇七年鲍恒在《文學遺産》上發表文章介紹《詞榘》的兩個不同稿本，該書才進入學者的研究視野。作者在撰文的同時，還聯合王延鵬開始整理《詞榘》，在文獻比對、字迹辨識等基礎性工作上花費了大量心血。《詞榘》稿本的整理與出版，將對中國明清詞譜史的研究産生重要影響。

《詞家玉律》的情況則有所不同，編撰者王一元並非名家，書稿也只是保存在其家鄉的無錫市圖書館，因此幾無人知。二〇一〇年，顏慶餘撰文介紹該稿本，這部詞譜才進入研究者的視野。但此稿的價值究竟如何，是否有整理的必要？仍需作進一步的考察與研究。總體來講，最近十來年，一些之前少有人關注的珍稀詞譜開始受到重視，並被不斷發掘與介紹，這對明清詞譜史的研究具有重要意義。就我們所知，此類詞譜有一定數量，該方面的研究工作將會持續一段時間。

最近十幾年，學者們對域外詞譜也開始加以關注。由於歷史原因，中國周邊的日本、朝鮮半島、越南三個地區在古代均採用漢字書寫系統，漢文詩詞創作十分普遍。詞譜作爲漢詞創作的工具書，也較早流傳到了這些國家。以往的詞譜研究對留存域外的明清詞譜關注不多，對域外國家本土編製的詞譜更是所知甚少。這種情況目前已有所改變，不少學者開始將目光投向域外，並嘗試將域外主要是日本的詞譜納入研究範圍。此方面的研究工作起步不久，大致可以分爲三個方面。第一，是研究流傳到域外的明清詞譜。如上所述，明清時期有不少詞譜流入域外，這些詞譜大部分都能在國内找到相同版本，但也有一些比較特殊的鈔本或批本，是國内所没有的，具有較高的文獻價值。對此已有一些學者開始關注並展開實際研究工作，如江合友《關於張綖〈詩餘圖譜〉的日藏抄本》，詳細介紹了《詩餘圖譜》的兩種日藏抄本；又如日本詞學家萩原正樹《關於〈欽定詞譜〉兩種内府刻本的異同》對日本京都大學一九八三年影印「京都大學漢籍善本」中的一種《欽定詞譜》底本作了介紹，並將其與中國書店一九七九年影印本作了詳細比對與析論。第二，是對域外國家本土編製詞譜的關注與研究。域外國家本土編製的詞譜一般是以中國傳過去的詞譜爲母本，在此基礎上作一些本土化改造。這些詞譜在彼處取得成功，有的甚至還返流回中國，受到中國詞人的喜愛，如日本田能村孝憲編的《填詞圖譜》。目前學界對這些詞譜也有所關注，如江合友《田能村孝憲〈填詞圖譜〉探析——兼及明清詞譜對日本填詞之影響》，朱惠國《古代詞樂、詞譜與域外詞的創作關聯》也涉及這一問題。其三是對域外詞譜學研究的關注，如日本學者萩原正樹近年研究森川竹磎的《詞律大成》，撰有《森川竹磎〈詞律大成〉原文與解題》，該書在整理《詞律大成》的同時，另附《森川竹磎略年譜》和《〈詞律大成〉解題》於書後，頗具資料價值。萩原正樹的著作代表了日本詞譜學的一些特點與最新進展，已引起國內詞學界的注意，有關的資料收集與評價也正在進行。從這三方面的研究看，明清詞譜研究的視野有了明顯的拓展，已進入了一個新的階段。

二

毫無疑問，近十幾年明清詞譜研究的進展是明顯的，但我們也清醒地看到，晚清以來，詞譜研究在詞學研究大格局中所占的比重偏小，積累不够，加上新時期成長起來的新一代學者普遍對詞調、詞律有陌生感，因此目前的明清詞譜研究總體上還存在基礎薄弱、人員短缺等問題。除此之外，研究工作本身也存在一些不足。這些不足主要有以下幾個方面。

一是基礎性、整體性的文獻研究缺乏。詞譜文獻學是目前明清詞譜研究中相對成熟的一部分，取得的成果也比較多，但問題是這些研究比較零散，不成系統。迄今爲止，學界對明清詞譜整體情況的認識還比較模糊，比如從明中葉《詞學筌蹄》產生以來，總共有過多少詞譜，其中存世的詞譜有多少，有哪些類型，收藏在什麽地方，保存情况如何？這些目前都是未知的，换句話説，時至今日，我們還未系統地摸過明清詞譜的家底。進一步看，這些詞譜各自有哪些編撰特點，作者的背景怎樣，當時是否被廣泛接受與普遍使用，實際評價又如何？對這些方面的研究工作雖然已有了一部分，但涉及的只是部分詞譜。因此説，詞譜文獻的基礎性研究還比較薄弱，很需要在調查研究的基礎上，編出一份相對齊全的明清詞譜收藏目録，如果在目録的基礎上，能撰寫系統性的明清詞譜叙録，或能反映明清詞譜總體情况的學術著作，就更好了。至於對明清詞譜的整理，目前主要集中在幾部著名的詞譜上，如《欽定詞譜》、《詞繫》、《碎金詞譜》等，一些在明清詞譜史上有重要地位的詞譜，如《填詞圖譜》、《嘯餘譜・詩餘譜》等，至今還没有被整理過，可見詞譜文獻研究雖然已取得一些進展，但依然缺乏大規模、集成性的研究成果。

二是大部分研究仍停留在淺層次的階段，没有深入到詞譜本身的内容中去。目前的明清詞譜研究雖然涉及到了詞譜的編製方式、文獻來源，以及與之關係密切的詞調、詞律、詞韻等多個方面，成果數量也已經有了一定的累積，但這些研究大部分停留在表面，缺少對實質性内容的深入思考。如大部分論著多集中在詞譜的作者、版本，以及編纂背景、標注符號、編排方法等外部要素上，而對於最能反映詞譜學本質的句式、律理、分體等問題的探討却不是很多，即使有一些涉及明清詞譜修訂的論文觸及了詞律問題，也多是專攻一隅，未能系統而全面。换句話説，目前的研究大部分還是在外圍，並没有深入詞譜的實質。事實上，詞譜作爲一種專門工具書，是明清人在詞樂失傳後，爲規範並方便詞的創作而發明的，編譜者所依據的文獻以及對詞調的體認程度無疑會影響到詞譜質量的高下。我們現在能看到的文獻比明清人要全，因此在總結前人研究成果的基礎上，對主要的詞譜進行細致分析，討論其譜式的準確性和合理性，應該是明清詞譜研究的主要内容。此外，除了個别的早期詞譜，絶大多數明清詞譜都不是憑空産生的，編寫者或多或少地借鑒了前人的詞譜，既有繼承，也有發展，因此梳理這些詞譜之間的内在關係，看看後者在前者的基礎上解决了什麽問題，還留下什麽問題，由此分析明清詞譜發展演化的過程與規律，也應該是明清詞譜研究的一項重要内容。而從明清詞譜研究的現狀看，此類研究目前還比較少見，這無疑是一個比較明顯的缺憾。

三是對明清詞譜的學術價值和詞學史地位普遍認識不足。已有的明清詞譜研究大部分是從形式的角度入手，將詞譜視爲技術層面的工具，很少從詞學發展的層面深入探討其歷史地位，也很少從詞譜編製與創作互動的關係來考察其學術價值。對一些深層次問題，如明清詞譜産生的根本原因，詞譜發展的内在動因和規律，詞譜在清詞中興過程中的實際作用等，很少有專門的討論。比如我們在談到詞譜的産生時，較多關注到《詞學筌蹄》和《草堂詩餘》的關係，關注詞譜中標注符號的來源等，至於爲什麽會在這個時候形成這部製作粗糙却又具有里程碑意義的詞譜，則目前還少有人去考量，而這個問題非常關鍵，是涉及到詞體能否生存、能否繼續發展的重大問題。又如我們現在討論清詞的中興，總結了很多因素，固然都有道理，而清詞的中興和詞譜的發達又有没有關係？這其中的綫索，也較少有人去作深入思考。可見在目前的詞譜研究中，理論的研究和思考還没有跟上去。這些都需要在今後的研究中加以改進，以對詞譜的學術價值有一個更加全面、深入的考量。

四是重要詞譜的校訂工作没有得到應有的重視。以《詞律》、《欽定詞譜》爲代表的明清詞譜從産生之日起，一直是詞創作的重要依據，將來無疑也會如此，因此詞譜的正確與完善對詞的創作至關重要。但如上所述，明清時期由於製譜者在文獻方面的不足和認識上的局限，導致這些詞譜在平仄、句式、韻律、分段等諸方面，都或多或少地存在一些瑕疵以及錯誤，即使明清詞譜中最著名、最權威、最流行的《欽定詞譜》和《詞律》，即通常所説的「譜」、「律」，也存在不少問題。《詞律》的問題，在清代已經有學者指出過；《欽定詞譜》由於是「欽定」，在清代無法展開討論，近年雖有學者陸續指出其中存在的各式問題，但是這些工作總體來説比較分散，且没有從詞譜的系統性校訂、完善這一層面來展開，因此對普通的詞譜使用者而言，詞譜中的這些問題和錯誤一直存在，並在不斷地誤導詞的創作。問題的嚴重性還在於，幾乎極少有人想到詞譜有錯誤，更没有想到要去校訂明清詞譜，使之更加準確和完善。很少有一種工具書會像詞譜一樣，幾百年來一直不被加以校訂却持續爲創作提供依據。即便是詞譜中由於文獻不足，僅依據殘詞製成之譜，如《欽定詞譜》中署名張孝祥的《錦園春》四十二字體，也至今依然被視爲創作的圭臬。因此對明清詞譜中影響最大，至今使用最廣泛的詞譜，如《詞律》、《欽定詞譜》等，在前人研究的基礎上，作一次系統、徹底的校訂，使之更加準確，是完全有必要也有可能的一項工作，這不僅是明清詞譜研究的重大突破，也是一項功在當代、利在長遠的重大文化工程。

最後是明清詞譜研究缺少規劃，没有系統性。以上四方面問題之所以産生，非常重要的一個原因，就是現有的明清詞譜研究缺少總體規劃，没有系統性。如對明清詞譜基礎性文獻大規模的搜集與著録，對詞譜要籍如《詩餘圖譜》、《嘯餘譜·詩餘譜》、《填詞圖譜》、《詞律》、《詞架》、《詞繫》等的大規模整理與研究，對重要詞譜如《詞律》、《欽定詞譜》的研究與校訂等，都需要有一定的規劃與統籌，調動相應的人力和資金支持。而現有的研究主要基於學者的個人興趣來展開，因此上述大規模的研究計劃就難以得到實施。

三

目前明清詞譜研究雖有許多工作要做，但其中最爲迫切的是基礎性文獻的整理與研究，只有掌握了明清詞譜的基礎文獻，才能對其基本特點、編製原理、演化軌迹、發展動因和詞學史地位、學術價值等作出準確、詳細、符合歷史事實的描述與闡釋。基礎性文獻的整理與研究主要包括兩個方面：一是對明清詞譜的存世情況進行全面排查與記録，二是在此基礎上選擇一些重要的明清詞譜進行有計劃的整理與研究。「詞譜要籍整理與彙編」叢書就是基於後一點而編纂的一套明清詞譜整理本。

本套叢書，我們計劃挑選二十部左右學術價值較高的明清詞譜進行整理與初步研究，挑選的原則主要考慮四個方面，即代表性、學術性、重要性和珍稀性。

所謂代表性，主要是指挑選的詞譜在譜式體例、時代分布等方面均有一定代表性。詞譜的種類較多，從大的方面區分，可以分爲圖譜和文字譜，但同是圖譜，在標示符號和標示方式上也有不少差異，如黑白圈、方形框等，在圖和例詞的安排上，有的兩者分開，有的則合二爲一。至於文字譜，在譜式設計上也有不少差異，如有的與工尺合譜，有的則設計出獨特的文字表示不同的句式或體式。這些譜式不可能全部兼顧，但一些有代表性的譜式均在本叢書的考慮之内。時代的代表性，主要是兼顧不同時期編撰的詞譜。明清詞譜産生於明中葉，但在時段的分布上並不均衡，有的時期如清康熙、乾隆朝編撰的詞譜比較多，有的時期如雍正、嘉慶朝就少，除了詞譜本身發展原因外，與該時期的時間長短有關，但作爲一部叢書，還是要儘量兼顧各個歷史時期，以展示不同時期詞譜的特色。

學術性主要是關注詞譜本身的學術含量。詞譜是一種填詞專用工具書，同時也是詞調、詞律、詞韻研究成果的重要載體，體現出編譜者的學術水平和創新程度。作爲一套詞譜要籍整理叢書，詞譜的學術性是入選的一個重要標準。如張綖的《詩餘圖譜》是中國第一個真正意義上的詞譜，奠定了明清詞譜的編譜思路和基本體例，其學術性和創新性不容置疑；又如徐師曾《文體明辯·詩餘》「直以平仄作譜」，是第一個「去圖著譜」的詞譜，也是第一個明確有「分體」意識，調下以「各體别之」的詞譜。這些詞譜有較高的學術性，並在明清詞譜發展過程中具有重要作用，是我們重點予以整理與研究的。詞譜的重要性一般和其學術性相關，但也不能一概而論，有的詞譜儘管並不完美，却由於各種原因，實際影響力比較大。比如程明善的《嘯餘譜·詩餘譜》，現在研究者普遍認爲是承襲了徐師曾《文體明辯·詩餘》，並非自己獨立創作，而且本身還存在多種問題，但該譜在明清之際非常流行，萬樹甚至以「通行天壤」來形容，實際影響非常之大。又如賴以邠、查繼超等的《填詞圖譜》，萬樹以爲「圖則葫蘆張本，譜則矇捧《嘯餘》，持議或偏，參稽太略」，但作爲《詞學全書》的一種，在清初也十分流行，同樣具有重要影響。這些詞譜也是我們重點關注與進行整理的。另外，稀缺性也是我們重點考慮的一個因素。歷史上不少詞譜由於種種原因没有刊刻，一直以稿本或鈔本的形態保存在圖書館或博物館，這些詞譜除了學術價值，還有比較高的文獻價值，如方成培《詞榘》、毛晉《詞海評林》等。對這些詞譜的整理和研究，一定程度上還具有保存文獻的意義。其他稀見詞譜，如李文林《詩餘協律》、吕德本《詞學辨體式》等，雖是刻本，但由於存世數量有限，流傳不廣，也有整理、研究的必要。

綜合上述四方面的考慮，我們初步擬定需整理的詞譜要籍如下：

明代詞譜六種：張綖《詩餘圖譜》（附毛晉輯《詩餘圖譜補略》）、萬惟檀《詩餘圖譜》、顧長發《詩餘圖譜》、徐師曾《文體明辯・詩餘》、程明善《嘯餘譜・詩餘譜》、毛晉《詞海評林》。

清代詞譜十五種：吴綺《選聲集》並吴綺等《記紅集》、賴以邠等《填詞圖譜》、葉申薌《天籟軒詞譜》、孫致彌《詞鵠》、鄭元慶《三百詞譜》、李文林《詩餘協律》、許寶善《自怡軒詞譜》、方成培《詞榘》、禮思鵬《詞調萃雅》、郭鞏《詩餘譜式》、吕德本《詞學辨體式》、朱燮《朱飲山千金譜・詩餘譜》、舒夢蘭《白香詞譜》（並另增民國天虚我生《考正白香詞譜》）、錢裕《有真意齋詞譜》。

至於萬樹《詞律》、王奕清等《欽定詞譜》、秦巘《詞繫》這三部大譜，因有專門的研究與考訂計劃，故暫未考慮列入本套叢書中。而《碎金詞譜》偏重音樂性，且已有劉崇德先生整理並譯成現代樂譜，故不列入整理名單。隨研究深入並根據需要，以上書目也可能調整。

每一種詞譜的整理一般包括兩個方面：文獻整理和基礎研究。文獻整理遵循古籍整理的一般方法，並根據詞譜的特點作相應調整，主要包括有：底本選擇、校勘、標點、附録等。基礎研究主要對編撰者的生平行實、詞學活動進行考證，及對詞譜的編撰過程、基本特點、使用情況、版本與流傳等方面進行闡述，最後用「前言」的形式體現出來。

本叢書以「詞譜要籍整理與彙編」的總名出版。二十餘種詞譜以統一的體例，採用繁體直排的形式，各自成册（亦有合刊者）。原則上，每一種均包括書影、前言、凡例、正文、附録五個部分。附録主要收録詞譜編撰者的生平傳記資料以及該譜其他版本的序跋、題辭等資料，但不包括後人的研究文章。此項視每種詞譜的具體情況而定，不作强求。

由於本叢書是第一次具規模性地整理詞譜文獻，參與者缺少經驗，加之時間與精力問題，難免會存在各種問題，在此敬祈海内外方家、讀者不吝指正。

朱惠國

二〇二一年三月於上海

二〇二三年十一月略訂

目録

前言 …… 陸坤 一
白香詞譜 …… 一
白香詞譜序 …… 訥齋 三
凡例 …… 舒夢蘭 五
白香詞譜目録 …… 七
白香詞譜 …… 一一
憶江南 …… 一一
搗練子 …… 一一
憶王孫 …… 一一
調笑令 …… 一二
如夢令 …… 一二
長相思 …… 一二
相見歡 …… 一三
醉太平 …… 一三
生查子 …… 一四
昭君怨 …… 一四
點絳唇 …… 一四
菩薩蠻 …… 一五
卜算子 …… 一五
減字木蘭花 …… 一六
醜奴兒 …… 一六
謁金門 …… 一六
訴衷情 …… 一七

好事近……一七
憶秦娥……一八
更漏子……一八
荆州亭……一八
清平樂……一九
誤佳期……一九
阮郎歸……二〇
畫堂春……二〇
攤破浣溪沙……二〇
人月圓……二一
桃源憶故人……二一
眼兒媚……二二
賀聖朝……二二
柳梢青……二二
西江月……二三
惜分飛……二三
南歌子……二四
醉花陰……二四
浪淘沙……二四
鷓鴣天……二五
虞美人……二五
南鄉子……二六
鵲橋仙……二六
一斛珠……二六
踏莎行……二七
臨江仙……二七
蝶戀花……二八
一剪梅……二八
河傳……二八
漁家傲……二九

蘇幕遮……二九
錦纏道……三〇
青玉案……三〇
感皇恩……三一
解佩令……三一
天仙子……三二
千秋歲……三二
離亭燕……三三
河滿子……三三
風入松……三四
祝英台近……三四
御街行……三五
驀山溪……三五
洞仙歌……三六
瀟湘夜雨……三六
滿江紅……三七
玉漏遲……三七
水調歌頭……三八
滿庭芳……三八
鳳凰臺上憶吹簫……三九
燭影摇紅……三九
暗香……四〇
聲聲慢……四〇
雙雙燕……四一
晝夜樂……四二
鎖窗寒……四二
瑶臺聚八仙……四三
陌上花……四四
解語花……四四
換巢鸞鳳……四五

念奴嬌……四六
東風第一枝……四六
慶春澤……四七
桂枝香……四八
翠樓吟……四八
瑞鶴仙……四九
水龍吟……五〇
齊天樂……五〇
雨霖鈴……五一
喜遷鶯……五二
綺羅香……五二
永遇樂……五三
南浦……五四
望海潮……五四
奪錦標……五五
薄倖……五六
疏影……五六
過秦樓……五七
沁園春……五八
摸魚兒……五九
賀新郎……五九
春風嬝娜……六〇
多麗……六一
晚翠軒詞韻……六二
跋……舒夢蘭　八一
考正白香詞譜……八三
考正白香詞譜序……天虛我生　八五
考正白香詞譜凡例……八七
考正白香詞譜目録……九一

考正白香詞譜卷一

考正白香詞譜卷一……九五
憶江南……九五
搗練子……九六
憶王孫……九七
調笑令……九八
如夢令……九九
長相思……一〇〇
相見歡……一〇一
醉太平……一〇三
生查子……一〇四
昭君怨……一〇五
點絳脣……一〇六
菩薩蠻……一〇七
卜算子……一〇八
減字木蘭花……一〇九
醜奴兒……一一〇
謁金門……一一一
訴衷情……一一二
好事近……一一三
憶秦娥……一一四
更漏子……一一五
荊州亭……一一六
清平樂……一一七
誤佳期……一一九
阮郎歸……一二〇
畫堂春……一二一
攤破浣溪沙……一二一
人月圓……一二三
桃源憶故人……一二三
眼兒媚……一二四

賀聖朝……一二五
柳梢青……一二六
西江月……一二七
惜分飛……一二八
南歌子……一二九
醉花陰……一三〇
浪淘沙……一三一
鷓鴣天……一三二
虞美人……一三三
南鄉子……一三四
鵲橋仙……一三五
一斛珠……一三六
踏莎行……一三七

考正白香詞譜卷二……一三八

臨江仙……一三八
蝶戀花……一三九
一剪梅……一四〇
河傳……一四一
漁家傲……一四三
蘇幕遮……一四四
錦纏道……一四五
青玉案……一四六
感皇恩……一四七
解珮令……一四九
天仙子……一五〇
千秋歲……一五一
離亭燕……一五二
何滿子……一五三
風入松……一五四
祝英台近……一五五

御街行……一五六
驀山溪……一五七
洞仙歌……一五八
瀟湘夜雨……一六〇
滿江紅……一六一
玉漏遲……一六三
水調歌頭……一六四
滿庭芳……一六六
鳳凰臺上憶吹簫……一六七
燭影摇紅……一六八
暗香……一七〇
聲聲慢……一七一
雙雙燕……一七三
晝夜樂……一七四
鎖窗寒……一七五

考正白香詞譜卷三……一七八

瑶臺聚八仙……一七八
陌上花……一八〇
解語花……一八一
换巢鸞鳳……一八三
念奴嬌……一八四
東風第一枝……一八六
慶春澤……一八八
桂枝香……一八九
翠樓吟……一九一
瑞鶴仙……一九二
水龍吟……一九四
齊天樂……一九六
雨霖鈴……一九八
喜遷鶯……二〇〇

綺羅香……二〇一
永遇樂……二〇二
南浦……二〇四
望海潮……二〇六
奪錦標……二〇七
薄倖……二〇八
疏影……二一〇
過秦樓……二一一
沁園春……二一三
摸魚兒……二一四
賀新郎……二一六
春風嫋娜……二一七
多麗……二一九
考正白香詞譜後序……天虛我生　二二三
考正白香詞譜附録……陳小蝶編　二二五
詞人姓氏録附各家評注……二二五
增訂晚翠軒詞韻……陳祖耀校正　二四六
附録……二七九
一、生平資料……二七九
二、提要序跋……二八五
三、評論節選……二八八
後記……陸　坤　二九七

前言

陸坤

一

明清兩代，詞譜迭出，成爲詞學領域的專門學問。清人舒夢蘭的《白香詞譜》自嘉慶年間編刻以來，一直廣爲流行，於詞林沾溉甚多，嗣後的填詞者往往由此入门。因其便於初學，是以成爲近代以來填詞教育的通行「教科書」，至今仍是倚聲填詞者的重要工具書。有「詞學入門第一書」、「填詞家必讀之書」、「詞學之『三字經』」等諸多美譽，聲名幾與蘅塘退士編選的《唐詩三百首》相埒。一九三六年世界書局甚至將《白香詞譜》與《唐詩三百首》合刊印行，稱二書「所選詩詞，精彩紛呈，珠玉聯篇，爲初學詩詞者入門之階，不論音韻結構，呈無上之佳範」，足見其受歡迎的程度。故《白香詞譜》刊刻次數之多，箋注種類之繁，遠非前代、同代乃至後代的詞譜所能及，實爲罕見。

舒夢蘭（一七五九——一八三七），字白香，一字香叔，號天香居士，江西靖安人。一生不仕，「究文學之淵源，絕詞章之仕進」，興多才高，於詞曲、詩賦、隨筆均有較高造詣，著述有《天香全集》，尤以《遊山日記》和《白香詞譜》最爲著名。

明清以來的各類詞譜，從學術性来看，以萬樹《詞律》及《欽定詞譜》允稱全備；就實用性而言，則以《白香詞譜》更爲簡便，因此傳播相對廣泛，甚至還衍生出廣義上的「《白香詞譜》系列」。這與舒夢蘭的詞學造詣，以及《白香詞譜》的特色不無關係。

大抵填詞者不一定精通音律，但製譜者非精通音律不可。所以填詞者代不乏人，但製譜者往往難其人選。舒夢蘭雖不能與宋代姜夔、周邦彦等相比，但也是精通樂律、擅長製曲的詞家。其《湘舟漫録》卷一自述「頗能製曲知音」，《古南餘話》卷五則云：「甲子丙寅間，金衢名士爲詩會，謬以余略解聲律，每糊名寄質於余，次第其名。」其弟子龔鉽也稱其「幼喜製曲，弱冠始究心詞律」。可見舒夢蘭在音律造詣上不僅非常自信，而且受到時人的推重，是一個「創作型」詞譜家，有詞集《香詞百選》，作品風格婉麗、情韻要眇。

舒夢蘭的詞學思想較爲通脱，重聲律而主情韻，上溯東坡，下推竹垞。既不泥古，也不薄今，唯求與性情相近。創作上强調自性流露，寫法上追求妙合天成。其《古南餘話》云：「詩騷之學，貴聲情而略辭理。辭理雖善而聲情不妙，不傳也。苟聲情妙合，犁然有當於衆人之心，辭理亦未有不美善者。」又認爲「感人之深，在乎聲不在乎義」，聲情妙合的詩騷作品方屬上乘。

就詞體而言，聲律主要表現爲平仄搭配、韻字組織、語句變换、四聲安排以及虚詞運用等，在各體文章中最爲講究。因此舒夢蘭稱：「（詞）原可不學，學之不可不求合拍。李後主、姜鄱陽、易安居士，一君一民一婦人，終始北宋，聲態絶嫵。秦七、黄九皆深於情者，語多入破。柳七雖雅善騷名，未免俗艷。玉田尚矣，近今惟竹垞老人遠紹此脈。善手雖衆，鮮能度越諸賢者。各就所得名之篇，注意之旨，揣聲而學之，有餘師矣。」「合拍」就是合乎聲律，「揣聲而學」指出了學詞的關鍵在於揣摩詞體聲情，從名篇體悟技巧，可謂深得詞學三昧。

《白香詞譜》就是舒夢蘭在個人詞學主張和創作實踐的基礎上編撰而成，精選百調，折衷聲律，擇其佳作，以資意會。作爲以實用爲宗旨的詞譜，《白香詞譜》有以下特色。

一是所選詞調與體式，皆通行且常見。唐宋以來的詞調數量多達六百餘個，同調異名、一調數體的情況所在皆是。大型的詞譜往往巨細無遺、正變兼收，反而令填詞者無所適從。舒夢蘭結合自身的創作經驗，精選常用詞調一百個，每調僅列一體。雖然數量略少，但簡明而具有「通識性」，足以使選調填詞有所依歸，切合一般創作的需要。

二是平仄較寬，適宜入門。與《詞律》及《欽定詞譜》等書旁徵博引的考證不同，《白香詞譜》相對簡略，在平仄問題的處理上較爲寬松。雖然詞律寧嚴格而毋寬松，但寬松適宜入門，使初學者有基本的法度可循，諳熟之後自可得魚而忘筌。

三是圖譜簡約，易於比照。詞譜的編撰，或爲學理，或爲實用，宗旨不同，形式乃異。舒夢蘭製譜旨在實用，譜中完全使用符號標識，不雜用文字説明，改變了《詩餘圖譜》、《欽定詞譜》等符號與文字並用的做法，以簡馭繁，更爲直觀。此外，又與《晚翠軒詞韻》合刊，使百調、四聲瞭若指掌，解決了填詞過程中「擇腔選韻」的實際問題。

四是例詞精美，可供詠味模仿。一般的詞譜都是力求備體，不重選詞。舒夢蘭曾批評《詞律》「過於略文崇法」，認爲詞「縱筆則流，從繩又縛」，意識到「文」（意境、辭采）與「法」（聲律、體式）之间的不對稱，指出「文」比「法」更值得關注。在編撰《白香詞譜》時，舒夢蘭改變大多數詞譜「略文崇法」的傾向，在選擇佳詞的基礎上製訂圖譜，使得《白香詞譜》既可作詞譜使用，又可當詞選閲讀，使學詞者覽圖而識體，觀詞以會心。

五是體型輕小，便於攜帶。書籍的物質形態，往往影響書籍的傳播及使用。《白香詞譜》各版本的體量都很小，幾乎都在百頁以内。非常便於攜帶與閲覽。正如訥齋所謂「輿中馬上，偶譜新聲，檢閲良便」，這是大型詞譜難以做到的。

民國年間，詞學家天虚我生在其所撰《填詞法》中説：「詞譜種數甚多，如《詩餘圖譜》、《填詞圖譜》、《欽定詞譜》、《白香詞譜》等，初學以《白香詞譜》爲最適用。書價既廉，而所選之詞亦多優美，非若他種詞譜，取體務備，以致不遑選擇其詞，而卷帙浩繁，立論龐雜，學者既畏其繁，且又不能用爲讀本，故以《白香詞譜》爲宜。而以《欽定詞譜》或萬紅友所著《詞律》爲參考之書，庶有頭緒可尋，不致茫無適從。」從填詞的角度看，這是對《白香詞譜》比較客觀的評價。

總之，詞譜編撰貴在指陳切要，而不必苛刻迂執。不可太略，也不可太繁。《白香詞譜》的初衷是指示初學，因此難以盡聲律之奧。譜中止分平仄而不細辨四聲，標識句讀而不具體考證。若論嚴謹則不足，若論簡明則有餘，具有引渡新知的津筏作用，於填詞者不無幫助。自編刻以來，産生了較大影響，出現了較多版本，對於後來的詞譜編纂具有一定借鑒意義。當然，一家之書，不足以盡古今之奥，《白香詞譜》有得也有失，不能盡善。

二

關於《白香詞譜》的編撰及初刻時間，由於文獻不足徵，目前尚難以定論。舒夢蘭曾於乾隆五十二年（一七八七）二十九歲時與好友魯邦詹（號雲岩）合編過一部詞學著作《香岩詞約》，該書分上下兩卷，選録一百個詞調，每調一詞，詞旁標注平仄、句讀、押韻情況。其《序》云：「詞必有譜，譜各異調，每調譜一詞足矣。詞佳而調拙者勿録，調佳而名俚者亦勿録。檐曦既暮，凡得詞百首，命曰《詞約》。約之云者，謂佳詞不止是也。」《例言》云：「文人之詞，往往不甚合調，氣盛情至使然也。然訂譜則宜從律，是選凡平仄不可移易者，平皆用○，仄皆用●，可平而本詞仄者用◓，可仄而本詞平者用◒，逐字標識。究之可平可仄中悉有天籟，無俟杞人饒舌。」《香岩詞約》的編撰理念及圖譜形式都與《白香詞譜》極爲相近，很可能是《白香詞譜》的雛形或藍本。因此，《白香詞譜》最早也應當在一七八七年之後編撰。

目前能見到的《白香詞譜》最早版本，是江西省圖書館所藏清嘉慶三年（一七九八）怡恭親王訥齋重刻本，不分卷，後附《晚翠軒詞韻》，合刊一册。卷首載訥齋所撰之序，卷尾載舒夢蘭所撰之跋，此跋未見於後出的其他版本。據訥齋序「其版乃南土所鋟，遠莫能致，緣命梓人仍舊式重鐫」的描述，以及書中「怡邸新鐫　天香館藏板」的標識，可知該本據天香館舊版重刻，但天香館舊版何時刊刻、是否存世等情況目前仍尚不詳，而該版重刻時經過舒夢蘭手校，因此最能體現《白香詞譜》的原貌，文獻價值可謂最高。

在《白香詞譜》重刻十一年後，即嘉慶十四年（一八〇九），舒夢蘭在《古南餘話》中寫道：「怡恭親王昔重刻《白香詞譜》時，問所訂有遺憾否。余笑對言：『有兩事惜難補作，似有憾。一欲代朱夫子補作一詞，一欲代姜鄱陽補捐一監。』聞者絶倒。」雖爲戲語，但由此可見舒夢蘭對於《白香詞譜》的編纂與重刻，都比較滿意。

由於《白香詞譜》流傳廣泛，學習使用者衆多，二百多年來，在傳播刊行的過程中，形成了舊刊無注本與整理箋注本兩種體系，其形式包括重刻、箋注、標點、注解乃至續編、增廣等。舊刊無注本中，除天香館初刻本與怡恭親王訥齋重刻本經過舒夢蘭親自校訂以外，另有清道光二十三年（一八四三）萱蔭山房刻本、咸豐七年（一八五七）刻本及民國元年（一九一二）振始堂石印本、民國二年（一九一三）鴻雪軒校印本等。至於整理箋注本，則種類繁多，影響較大的有謝朝徵《白香詞譜箋》、天虚我生《考正白香詞譜》、吴莽漢《考正白香詞譜》、强化誠《續考正白香詞譜》、顧憲融《增廣考正白香詞譜》、謝曼《考正白香詞譜》、葉玉麟《詳注白香詞譜》等，這些基本是箋注者的改編本，除了選目大略一致以外，無論是譜式、文本還是符號類型，都與舒夢蘭原編的《白香詞譜》存在很大出入。但由於整理箋注的版本符合近代以來的書籍閱讀習慣及文獻整理潮流，傳播亦廣，以致《白香詞譜》逐漸以箋注本的形式流行於世，而保存了舒氏原書面目的舊刻本則逐漸湮没。當然，這些整理箋注本在《白香詞譜》的經典化歷程以及近現代詞學教育中起到了積極作用。

在《白香詞譜》的衆多箋注本中，尤其以謝朝徵的《白香詞譜箋》和天虚我生的《考正白香詞譜》影響最大。雖然這兩種著作本身都屬於《白香詞譜》的衍生作品，但因其内容豐富、考據詳實，也成爲後來不少《白香詞譜》整理本的文獻來源或考訂依據，實則離舒夢蘭的原著已經相去甚遠，甚至毫無干係。

謝朝徵的《白香詞譜箋》刊刻於光緒十一年（一八八五），收入近代詞學大家譚獻的《半厂叢書》，是最早的《白香詞譜》箋注著作，也是影響很大的一部。在很長的一段時間裏，廣泛流傳。後人往往將謝氏的《白香詞譜箋》著録爲「詞譜」一類，其實是被書名誤導，誤解了該書的内容與性質。該書只能算作廣泛意義上的「白香詞譜例詞箋注」。因爲謝氏只保留《白香詞譜》的例詞部分，删去了圖譜，删減了詞調，幾乎無法從其書中窺見舒夢蘭原刻《白香詞譜》的本來面目。

天虚我生的《考正白香詞譜》初刊於民國七年（一九一八），當時便有「詞譜中之第一善本」（顧憲融語）

之稱，被視作《白香詞譜》的最佳讀本，是相當規範的詞譜箋證類著作，在詞律問題上考訂精審。天虛我生，即陳栩（一八七九—一九四〇），原名陳壽嵩，號蝶仙，又號天虛我生。浙江錢塘（今杭州）人，南社社員，鴛鴦蝴蝶派代表作家。兼擅小説、戲劇、詞曲各類文體，著作有《栩園叢稿》、《天虛我生曲稿》、《海棠香夢詞》等。其子陳小蝶、女陳小翠亦以詩詞名世。

天虛我生《考正白香詞譜》自序稱「就《白香詞譜》中所選百首，一一加以考正」，故詞調的編排次序，與嘉慶三年怡恭親王訥齋重刻舒夢蘭手校本《白香詞譜》一致。全書四卷，前三卷爲詞譜，後一卷附録其子陳小蝶所編的《詞人姓氏録》以及陳祖耀校正的《增訂晚翠軒詞韻》。此書雖署名「天虛我生」，但其子陳小蝶參與了實際的編撰工作，乃父子二人合作完成。

《考正白香詞譜》重在考訂詞調聲律和填詞作法，每調之下設「考正」和「填詞法」兩項，包括考訂調名源流、分析聲律作法、指示填詞宜忌以及訂正詞調圖譜等。由於天虛我生精通音律，又有豐富的詞曲創作實踐，尤其是曾遍和《白香詞譜》中詞調，有《和〈白香詞譜〉全集》，故其對句法、字聲、韻叶的考訂較爲周詳，多有發明。但周詳也容易流於瑣碎，其中的「填詞法」一項，往往將不同詞調的相似句子進行羅列比較，如某調某句與某調某句略同，某字與某字略異之類，極易導致混淆。

總之，讀者在使用或研究《白香詞譜》時，應當將舒夢蘭原編的《白香詞譜》與經過後人整理考訂的《白香詞譜》區分開來，不能混爲一談。若將經過後人整理考訂的作品如《白香詞譜箋》、《考正白香詞譜》等，誤以爲是舒夢蘭本來的編撰面貌，則未免本末不清。鑒此，對《白香詞譜》的版本源流進行梳理辯證，並擇其重要的版本進行整理出版，爲《白香詞譜》正本清源，是一項極有意義的事情。

三

此外，《白香詞譜》所附録的《晚翠軒詞韻》也值得關注。這部詞韻雖一直依附《白香詞譜》行世，但作者是誰，尚待考證。一些書目在著録《晚翠軒詞韻》時，對其作者或闕如，或存疑，例如：丁仁《八千卷樓書目》載《晚翠軒詞韻》一卷，不著撰者姓名；蔣哲倫、楊萬里編撰《唐宋詞書録》則題爲「王訥輯」，不知何據，可能是誤把序中的「怡恭親王訥齋」中「王訥」二字當作了人名。用齋號、室號、軒號等冠名著作是古人的習慣，以詞韻類著作爲例，則有《菉斐軒詞韻》、《學宋齋詞韻》、《緑雪軒詞韻》、《天籟軒詞韻》、《有真意齋詞韻》等。據此，可知《晚翠軒詞韻》中的「晚翠軒」是齋號無疑，而且應當與編者舒夢蘭、重刻者怡恭親王訥齋有關。

考舒夢蘭字白香，所居爲天香館。既以「白香」冠名詞譜，應當不會另以軒號冠名詞韻，且舒氏在其他著作中曾提到《白香詞譜》和《香岩詞約》的編撰，但從未提到編撰詞韻，因此《晚翠軒詞韻》應非舒夢蘭所作。而據訥齋《白香詞譜序》云：「爰命梓人仍舊式重鐫，合小軒《詞韻》爲二卷。」可知詞譜是按舊版重刻，詞韻是重刻時新增，「小軒」顯然是自稱口吻，「晚翠軒」當爲訥齋軒號。又舒夢蘭《跋》云：「《白香詞譜》一卷，《四聲韻》一卷，去年秋，怡恭親王手序而合梓之。」其中的「四聲韻」，即指《晚翠軒詞韻》。《晚翠軒詞韻》附録於《白香詞譜》後而傳，在嘉慶三年重刻時，也經舒夢蘭校正，文獻價值頗高。此書韻分十九部，上、去聲韻列於平聲韻後，如上聲董字韻、去聲送字韻列於東字韻後。無反切，無釋義。每一韻中，按平水韻將韻字分列，如東韻中先列東韻字，次列冬韻字。每一小韻用符號「〇」隔開。至於天虛我生《考正白香詞譜》所附的《晚翠軒詞韻》則爲陳祖耀所校正，與嘉慶三年訥齋重刻舒夢蘭手校本所附者，在韻部劃分、韻字順序以及排版等方面均有差别，同一韻部中，同聲則爲一組，以小號的圓圈「。」隔開，較有規律。其自序稱「雖列韻不多，而繁用之字已均收入」，足資填詞者參考。

四

此次整理《白香詞譜》二種。其一即嘉慶三年怡恭親王訥齋重刻舒夢蘭手校本《白香詞譜》，此本經過舒夢蘭手校並跋，可窺見《白香詞譜》原貌，整理時以江西省圖書館所藏爲底本，以民國二年鴻雪軒校印本等參校。其二爲天虛我生《考正白香詞譜》，該書是《白香詞譜》衍生著作中的代表，考訂詳實，自成一家，是典範的詞譜箋注著作，整理時以民國七年振始堂原印本爲底本，該書版本單一，即以底本爲準，其明顯錯誤者，斟酌改定。上述二種，前者爲舊刊無注本的代表，後者爲整理箋注本的代表，一舊一今，一前一後，可以展現《白香詞譜》傳承與衍變的情況。

整理過程中，圖譜符號及版面樣式整體上依照原書，但因現今排版需要做出一定調整，形式上與原本略有差異，但不作大的改動，力求保持原貌。詞作在流傳過程中難免出現異文，而詞譜例詞中的異文也關乎詞調聲律，故依原書字詞不作改動，不復以「甲書作某、乙書作某」的方式列出。同樣在整理詞韻部分時，次序及格式也依據原書録入，韻字原則上不作調整或改動，以見韻書的本來面目。

例詞的斷句标识如「句、豆、韻、叶、换」等亦遵照原書，若書中原無標點，則根據標識，斟酌使用新式標點，並以「按語」形式説明，以便閲讀。前人刻書，一字而多用異體，考慮到此二書的通行讀本性質，今酌情改爲通行字。

書末附録舒夢蘭與天虚我生的生平資料，以及有關《白香詞譜》與《考正白香詞譜》的序跋、評論等，這些資料係從民國及以前的文獻中擇要輯録，或移録全篇，或節選片段，以資讀者閲讀研究之參考。

本書之成稿，得到華東師範大學朱惠國教授與南昌大學段曉華教授的悉心指導，深獲教益。同硯吴雨辰博士、師兄邱明博士、「江右文庫」編輯部李建權師兄、江西省圖書館程學軍老師等給予了文獻資料方面的大力協助，責編時潤民博士在整理過程中多次致信酌商，使書稿得以不斷完善，在此一並深表誠摯的謝意。

二〇二三年十月於貴陽

白香詞譜

［清］舒夢蘭◎編著
陸　坤◎整理

白香詞譜序

樂府古詞肇於漢魏，六代迄唐，皆因之斷題取義，各抒天籟，初無定譜。宋崇寧中立大成府，令周美成諸人討論古詞，協律爲調。於是乎八十四調之譜悉有成式。其後增演慢曲引近，或移宫换羽，爲三犯四犯，詞調日繁而譜之律亦日嚴矣。是故工如美成，猶尚有未盡諧律之議，況餘子哉！吾友舒白香頗留意聲律之學，會選佳詞一百篇，篇各異調，於其傍逐字訂譜，宜平宜仄及可平可仄之辨，一望犁然。上去入雖皆仄聲，亦各有音節，所宜證以佳詞，舉堪意會，於初學不無小補。白香囊贈予一編，與中馬上，偶譜新聲，檢閲良便。惜其版乃南土所鋟，遠莫能致，緣命梓人仍舊式重鐫，合小軒《詞韻》爲二卷。扶寸一帙，不盈握而百調四聲胥如指掌，用以持贈知音，易微雲紅杏之句，亦詞壇一嚆矢也。嘉慶戊午秋日怡親王訥齋甫書。

凡例

楊守齋〔一〕作詞五要，首重擇腔。是選百調，皆世所習用。一調或數名，亦擇其雅切贈答者，分注目下，以備即事寓聲也。

樂律本性情中物，自來圖譜見名作小有不同，輒分數體，罔所適從。《詞律》又過於略文崇法，要知前哲既各揣當時好尚，獨創新聲。似亦可以就諸家異同，折衷爲譜。元音妙合，天籟斯通，會心人不我嗤也。

是譜凡平仄不可移易者，平皆用○，仄皆用●，可平而本詞仄者用◐，可仄而本詞平者用◒。至詞中句則用「、」，讀則於字中用「・」，押韻處則用「┃」以別之。靖安舒夢蘭白香甫識。

【校記】

〔一〕守齋，原作「誠齋」，誤。楊守齋即南宋楊纘，字繼翁。張炎《詞源》稱其深知音律，曾圈點周邦彦詞。填詞持律甚嚴，一字不苟。又結合創作心得，撰有《作詞五要》。「五要」者，即第一要擇腔，第二要擇律，第三要填詞按譜，第四要隨律押韻，第五要立新意。鴻雪軒校印本亦作「守齋」。

白香詞譜目録

本調一百，別名百十有二

憶江南　一名夢江南、望江梅、望江南、謝秋娘
搗練子　一名深院月
憶王孫　一名憶君王、豆葉黄、闌干萬里心
調笑令　一名三台令、轉應曲、宮中調笑
如夢令　一名憶仙姿、宴桃源、比梅
長相思　一名雙紅豆、憶多嬌、吴山青
相見歡　一名烏夜啼、上西樓、秋夜月、憶真妃
醉太平　一名醉思凡、四字令
生查子
昭君怨　一名宴西園、一痕沙

點絳唇　一名南浦月、沙頭雨、點櫻桃
菩薩蠻　一名重疊金、子夜歌、巫山一片雲
卜算子　一名百尺樓
減字木蘭花　一作減蘭
醜奴兒　一名羅敷媚、采桑子、羅敷艷歌
謁金門　一名垂楊碧、花自落
訴衷情　一名一絲風
好事近　一名釣船笛
憶秦娥　一名碧雲深、雙荷葉、玉交枝、秦樓月
更漏子
荆州亭　一名江亭怨

清平樂　一名憶蘿月
誤佳期　一名竹香子
阮郎歸　一名醉桃源、碧桃春
畫堂春
攤破浣溪沙　一名山花子
人月圓　一名青衫濕
桃源憶故人　一名虞美人影
眼兒媚　一名秋波媚
賀聖朝
柳梢青　一名早春怨
西江月　一名白蘋香、步虛詞
惜分飛
南歌子　歌，一作柯，單調同；一名望秦川、風蝶令
醉花陰
浪淘沙　一名賣花聲、過龍門

鷓鴣天　一名思佳客、於中好
虞美人
南鄉子
鵲橋仙
一斛珠　一名醉落魄
踏莎行　一名柳長春
臨江仙
蝶戀花　一名鳳栖梧、魚水同歡、明月生南浦
一剪梅
河　傳　傳，一作轉
漁家傲
蘇幕遮　一名髻雲鬆令
錦纏道
青玉案
感皇恩

解佩令
天仙子
千秋歲
離亭燕
河滿子　或作何
風入松
祝英台近　或無近字；一名月底修簫譜
鱳街行　一名孤雁兒
驀山溪　一名上陽春
洞仙歌　一名羽仙歌
瀟湘夜雨
滿江紅　原名上江紅
玉漏遲
水調歌頭　一名江南好、花犯念奴
滿庭芳　一名鎖陽臺、滿庭霜
鳳凰臺上憶吹簫
燭影摇紅　原名憶故人
暗　香　一名紅情
聲聲慢
雙雙燕
晝夜樂
鎖窗寒
瑶臺聚八仙　一名新雁過粧樓、八寶粧
陌上花
解語花
换巢鸞鳳
念奴嬌　一名百字令、壺中天、湘月、大江東去
東風第一枝
慶春澤　或加慢字；即高陽臺
桂枝香　一名疏簾淡月

翠樓吟
瑞鶴仙
水龍吟　一名莊椿歲、海天闊處、小樓連苑
齊天樂　一名臺城路、如此江山、五福降中天
雨霖鈴
喜遷鶯
綺羅香
永遇樂　一名消息
南　浦
望海潮

奪錦標
薄　倖
疏　影　一名綠意、解珮環
過秦樓　一名惜餘春慢、蘇武慢
沁園春　一名壽星明
摸魚兒　兒，或作子；一名安慶摸、陂塘柳、買陂塘
賀新郎　郎，或作凉；一名金縷衣、金縷曲、貂裘换酒
春風嫋娜
多　麗

白香詞譜

憶江南　懷舊　　南唐李後主

○◓●　◓●●○○
多少恨、昨夜夢魂中▍
◒●◓○○●●　◒○◒●●○○
還似舊時遊上苑、車如流水馬如龍▍
◒●●○○
花月正春風▍

搗練子　秋閨　　李後主

○●●　●○○
深院静、小庭空▍
◓●○○◓●○
斷續寒砧斷續風▍
◒●◓○○●●　◓○◒●●○○
無奈夜長人不寐、數聲和月到簾櫳▍

憶王孫　春閨　　秦　觀

◒○◒●●○○
萋萋芳草憶王孫▍
◓●○○◒●○
柳外樓高空斷魂▍
◓●○○◒●○
杜宇聲聲不忍聞▍
●○○
欲黃昏▍
◓●○○◒●○
雨打梨花深閉門▍

調笑令　宮詞　王　建

團扇｜團扇｜美人並來遮面｜玉顔顦顇三年｜誰復商量管絃｜絃管｜絃管｜春草昭陽路
○●　○●　◓◒◓○◒●　◓○◒●○○　◒●◒○●○　○●　○●　◒●◒○◓

斷｜
●

如夢令　春景　秦　觀

鶯嘴啄花紅溜｜燕尾點波緑皺｜指冷玉笙寒、吹徹小梅春透｜依舊｜依舊｜人與緑楊俱
◒●◓○○●　◓●◓○◓●　◓●●○○　◒●◓○◒●　○●　○●　◒●◓○◓

瘦｜
●

長相思　别情　白居易

汴水流｜泗水流｜流到瓜洲古渡頭｜吴山點點愁｜
◓◓○　◓◓○　◒●○○◓●○　◒○◓●○

思悠悠｜恨悠悠｜恨到歸時方始
◓◒○　◓◒○　◓●○○◒●

休｜月明人倚樓｜
○　◓○◒●○

相見歡　秋閨

李後主

無言獨上西樓｜月如鈎｜寂寞梧桐深院、鎖清秋｜剪不斷｜理還亂｜是離愁｜別是
◓○◓●○○　◓○○　◓●◒○○●●○○　◓◓●　◓◒●　●○○　◓●

一般滋味、在心頭｜
◓○○●●○○

醉太平　閨情

劉過

情高意真｜眉長鬢青｜小樓明月調箏｜寫春風數聲｜思君憶君｜魂牽夢縈｜翠綃香
◒○●○　○○●○　◓○◒●○○　●○○●○　◒○●○　○○●○　◓○◒

煖雲屏｜更那堪酒醒｜
●○○　●○○●○

生查子　元夕　女士朱淑真

◓◒◒◓○　◒●○○●　◓●●○○　◒●○○●
去年元夜時、花市燈如晝—月上柳梢頭、人約黃昏後—

◒◒◒◓○　◓●○○●　◓
今年元夜時、月與燈依舊—不

●●○○　◓●○○●
見去年人、淚濕春衫袖—

昭君怨　春怨　万俟雅言

◒●◒○◓●　◒●◒○◒●　◓●●○○　●○○
春到南樓雪盡—驚動燈期花信—小雨一番寒—倚闌干—

◓●◒○◒●　◓●◓○◒
莫把闌干頻倚—一望幾重烟

●　◒●●○○　●○○
水—何處是京華—暮雲遮—

點絳唇　閨情　曾允元

◓●○○　◓○◒●○○●　◓○○●　◓●○○●
一夜東風、枕邊吹散愁多少—數聲啼鳥—夢轉紗窗曉—

◒●○○　◓●○○●　○○
來是春初、去是春將老—長亭

● ◒○○● ◒●○○●
道｜一般芳草｜只有歸時好｜

菩薩蠻　閨情　　李白

◒○◒●○○● ◒○◒●○○● ◒●●○○ ◒○◒●○ ◒○○●● ◒●
平林漠漠烟如織｜寒山一帶傷心碧｜暝色入高樓｜有人樓上愁｜玉階空佇立｜宿鳥
○○● ◒●●○○ ◒○◒●○
歸飛急｜何處是歸程｜長亭更短亭｜

卜算子　別意　　蘇軾

◒●●○○ ◒●○○● ◒●○○●●○ ◒●○○● ◒●●○○ ◒●○○
水是眼波橫、山是眉峰聚｜欲問行人去那邊、眉眼盈盈處｜才始送春歸、又送君歸
● ◒●○○●●○ ◒●○○●
去｜若到江南趕上春、千萬和春住｜

減字木蘭花　春情　王安國

◓○◓●　◓●◓○○●●　◓●○○　◓●○○◓●○
畫橋流水—雨濕落紅飛不起—月破黃昏—簾裏餘香馬上聞—

◓○◓●　◓●◓○○●●　◓●○○　◓●○○◓●○
徘徊不語—今夜夢魂何處去—不似垂楊—猶解飛花入洞房—

醜奴兒　春暮　朱藻

◓○◓●○○●　◓●○○　◓●○○　◓●○○◓●○
障泥油壁人歸後、滿院花陰—樓影沉沉—中有傷春一片心—

◓○◓●○○●　◓●○○　◓●○○　◓●○○◓●○
閒穿綠樹尋梅子、斜日籠明—團扇風輕—一徑楊花不避人—

謁金門　春閨　馮延巳

○◓●　◓●◓○○●　◓●◓○○●●　◓○○●●
風乍起—吹皺一池春水—閒引鴛鴦芳徑裏—手挼紅杏蘂—

◓●◓○◓●　◓●◓○
鬭鴨闌干獨倚—碧玉搔頭

◐●　◐●◐○○●●　◐○○●●
斜墜｜終日望君君不至｜舉頭聞鵲喜｜

訴衷情　眉意

歐陽修

◐○◐●●○○　◐●●○○　◐○◐●○●　◐●●●○○
清晨簾幕捲輕霜｜呵手試梅粧｜都緣自有離恨、故畫作遠山長｜

○●●　●○○　●
思往事、惜流芳｜易

○○　◐○◐●　◐●○○　◐●○○
成傷｜未歌先斂、欲笑還顰、最斷人腸｜

好事近　初夏

蔣子雲

◐●●○○　◐●◐○○●　◐●◐○○●　●◐○○●
葉暗乳鴉啼、風定老紅猶落｜蝴蝶不隨春去、入薰風池閣｜

◐○◐●●○○　◐◐●
休歌金縷勸金卮、酒病煞

○●　◐●◐○○●　●◐○○●
如昨｜簾捲日長人靜、任楊花飄泊｜

憶秦娥　秋思

李　白

○◒●　◒○◓●○○●　○○●　◒○◓●　●○○●　◓○◒●○○●　◒○

簫聲咽—秦娥夢斷秦樓月—秦樓月—年年柳色、灞陵傷別—樂遊原上清秋節—咸陽

◓●○○●　○○●　◒○◒●　●○○●

古道音塵絕—音塵絕—西風殘照、漢家陵闕—

更漏子　本意

温庭筠

●○○　○●●　◒●◓○◒●　○●●　●○○　◓○◒●○　○◓●　◓○●

柳絲長、春雨細—花外漏聲迢遞—驚塞雁、起城烏—畫屏金鷓鴣—香霧薄—透重幕—

◒●◓○◒●　○●●　●○○　◓○◒●○

惆悵謝家池閣—紅燭背、繡簾垂—夢長君不知—

荊州亭　題柱

吴城小龍女

◒●◓○◓○　◒●◓○◒●　◓●●○○　◒●◒○◓●　◓●◓○◓●　◓●

簾捲曲闌獨倚—江展暮雲無際—淚眼不曾晴、家在吴頭楚尾—數點雪花亂委—撲漉

沙鷗驚起｜詩句欲成時、没入蒼烟叢裏｜

清平樂　春晚

黄庭堅

春歸何處｜寂寞無行路｜若有人知春去處｜喚取歸來同住｜春無踪跡誰知｜除非問取黄鸝｜百囀無人能解、因風飛過薔薇｜

誤佳期　閨怨

汪懋麟

寒氣暗侵簾幕｜孤負芳春小約｜庭梅開遍不歸來、直恁心情惡｜獨抱影兒眠、背看燈花落｜待他重與畫眉時、細數郎輕薄｜

阮郎歸　春景　歐陽修

南園春半踏青時｜風和聞馬嘶｜青梅如豆柳如眉｜日長蝴蝶飛｜花露重、草烟低｜

◒○◒●●○○　◒○◒●○　◒○◒●●○○　◒○◒●○　○●●　●○○

人家簾幕垂｜鞦韆慵困解羅衣｜畫堂雙燕歸｜

◒○◒●○　◒○◒●●○○　◒○◒●○

畫堂春　本意　黃庭堅

東風吹柳日初長｜雨餘芳草斜陽｜杏花零落燕泥香｜睡損紅粧｜寶篆烟銷龍鳳、畫

◒○◒●●○○　◒○◒●○○　◒○◒●●○○　◒●○○　◒●◒○◒●◒

屏雲鎖瀟湘｜夜寒微透薄羅裳｜無限思量｜

○◒●○○　◒○◒●●○○　◒●○○

攤破浣溪沙　秋恨　南唐李中主

菡萏香銷翠葉殘｜西風愁起綠波間｜還與韶光共憔悴、不堪看｜細雨夢回雞塞遠、小

◒●○○●●○　◒○○●●○○　◒●◒○◒◒●　●○○　◒●◒○○●●◒

○◓●●○○
樓吹徹玉笙寒｜
◓●◓○○●●
多少淚珠何限恨、
●○○
倚闌干｜

人月圓　有感　吳激

○○◓●○○●
南朝千古傷心事、
◓●●○○
還唱後庭花｜
◓○◓●
舊時王謝、
○○●●
堂前燕子、
◓●○○
飛向誰家｜
◓○◓●
恍然一夢、
○○◓
仙肌勝

●
雪、
◓●○○
宮鬢堆鴉｜
◓○◓●
江州司馬、
○○●●
青衫淚濕、
◓●○○
同是天涯｜

桃源憶故人　冬景　秦觀

◓○◓●○○●
玉樓深鎖多情種｜
◓●◓○○●
清夜悠悠誰共｜
◓●◓○○●
羞見枕衾鴛鳳｜
◓●○○●
悶則和衣擁｜
◓○◓●○○●
無端畫角嚴城動｜

◓●◓○○●
驚破一番新夢｜
◓●◓○○●
窗外月華霜重｜
◓●○○●
聽徹梅花弄｜

眼兒媚　秋閨　　劉　基

◒◒◒●●○○
萋萋烟草小樓西
◒●●○○
雲壓雁聲低
◓○◒●◓○◒●◓●○○
兩行疏柳、一絲殘照、萬點鴉棲
◒○◒●○○●
春山碧樹秋重緑、
◒●●○○
人在武陵溪
◒○◒●◓○◒●◒●○○
無情明月、有情歸夢、同到幽闈

賀聖朝　留別　　葉清臣

◓○◒●○○●
滿斟緑醑留君住
●◒○○●
莫匆匆歸去
◓○◒●●○○●◓○○●
三分春色二分愁、更一分風雨
◒○◒●○○◓
花開花謝、都來幾
●●◒○○●
許、且高歌休訴
◓○◒●●○○●◒○○●
不知來歲牡丹時、再相逢何處

柳梢青　紀遊　　朱彝尊

◓○◒●◒○◒●◓○○●
障羞羅扇、花時猶記、者邊曾見
◓●○○◒○◒●◓○○●
曲彔闌干、玲瓏窗户、也都尋遍
◒○◒●○○●
兩峰依舊青青、但

不比・眉梢平遠｜第一難忘、重來崔護、去年人面｜

西江月　佳人

司馬光

寶髻鬆鬆挽就、鉛華淡淡粧成｜紅烟翠霧罩輕盈｜飛絮遊絲無定｜相見争如不見、有情還似無情｜笙歌散後酒微醒｜深院月明人靜｜

惜分飛　本意

毛滂

淚濕闌干花著露｜愁到眉峰碧聚｜此恨平分取｜更無言語空相覷｜斷雨殘雲無意緒｜寂寞朝朝暮暮｜今夜山深處｜斷魂分付潮回去｜

南歌子　閨情　歐陽修

◐●○○●　○○●●○　◐○◐●●○○　◐●◐○◐●　●○○　◐●○○●
鳳髻金泥帶、龍紋玉掌梳｜去來窗下笑相扶｜愛道畫眉深淺、入時無｜弄筆偎人久、

○○●●○　◐○◐●●○○　◐●◐○◐●　●○○
描花試手初｜等閒妨了繡功夫｜笑問鴛鴦兩字、怎生書｜

醉花陰　重九　女士李清照

◐●◐○○●●　◐●○○●　◐●●○○　◐●○○　◐●○○●　◐○◐●○○
薄霧濃雲愁永晝｜瑞腦噴金獸｜佳節又重陽、寶枕紗厨、昨夜涼初透｜東籬把酒黃昏

●　◐●○○●　◐●●○○　◐●○○　◐●○○●
後｜有暗香盈袖｜莫道不銷魂｜簾捲西風、人比黃花瘦｜

浪淘沙　懷舊　李後主

◐●●○○　◐●○○　◐○◐●●○○　◐●◐○○●●　◐●○○　◐●●○○
簾外雨潺潺、春意闌珊｜羅衾不耐五更寒、夢裏不知身是客、一晌貪歡｜獨自莫憑欄、

◒●○○　◒○◒●●○○　◒●◒○○●●　◒●○○
無限江山—別時容易見時難、流水落花春去也、天上人間—

鷓鴣天　別情

女史聶勝瓊

◒●○○◒●○　◒○◒●●○○　◒○◒●○○●　◒●○○◒●○　○●●　●
玉慘花愁出鳳城—蓮花樓下柳青青—尊前一唱陽關曲、別箇人人第五程—尋好夢、夢

○○　◒○◒●●○○　◒○◒●○○●　◒●○○◒●○
難成—有誰知我此時情—枕前淚共階前雨、隔箇窗兒滴到明—

虞美人　感舊

李後主

◒○◒●○○●　◒●○○●　◒○◒●●○○　◒●◒○　◒●●○○　◒○◒
春花秋月何時了—往事知多少—小樓昨夜又東風—故國不堪・回首月明中—雕闌玉

●○○●　◒●○○●　◒○◒●●○○　◒●◒○◒●●○○
砌應猶在—只是朱顏改—問君還有幾多愁—恰似一江春水向東流—

南鄉子　春閨　　女士孫道絢

◓●●○○　◓●○○●●○　◓●●◓○○●●　○○　◓●○○●●○　◓●●
曉日壓重檐｜斗帳春寒起未忺｜天氣困人梳洗懶、眉尖｜淡畫春山不喜添｜閒把繡

○○　◓●○○●●○　◓●◓○○●●　○○　◓●○○●●○
絲撏｜認得金鋮又倒拈｜陌上遊人歸也未、厭厭｜滿院楊花不捲簾｜

鵲橋仙　七夕　　秦　觀

◓○◓●　◓○◓●　◓●◓○◓●　◓○◓●●○○　●◓●　○○◓●　◓○◓
纖雲弄巧、飛星傳恨、銀漢迢迢暗度｜金風玉露一相逢、便勝却・人間無數｜柔情似

●　◓○◓●　◓●◓○◓●　◓○◓●●○○　●◓●　○○◓●
水、佳期如夢、忍顧鵲橋歸路｜兩情若是久長時、又豈在・朝朝暮暮｜

一斛珠　香口　　李後主

◓○◓●　◓○◓●○○●　◓○◓●○○●　◓●○○　◓●◓○●　◓●◓○
晚粧初過｜沉檀輕注些兒箇｜向人微露丁香顆｜一曲清歌、暫引櫻桃破｜羅袖裛殘

○●●　◒○◒●○○●　◒○◒●○○●　◒●○○　◒●◒○●

殷色可｜杯深旋被香醪涴｜繡床斜凭嬌無那｜爛嚼紅茸、笑向檀郎唾｜

踏莎行　春景　　寇準

◒●○○　◒○◒●　◒○◒●○○●　◒○◒●●○○　◒○◒●○○●　◒●○

春色將闌、鶯聲漸老｜紅英落盡青梅小｜畫堂人靜雨濛濛、屏山半掩餘香裊｜密約沉

○　◒○◒●　◒○◒●○○●　◒○◒●●○○　◒○◒●○○●

沉、離情杳杳｜菱花塵滿慵將照｜倚樓無語欲銷魂、長空黯淡連芳草｜

臨江仙　妓席　　歐陽修

◒●◒◒○●●　◒○◒●○○　◒○◒●●○○　◒○○●●　◒●●○○　◒●

池外輕雷池上雨、雨聲滴碎荷聲｜小樓西角斷虹明｜欄杆私倚處、遙見月華生｜燕子

◒○○●●　◒○◒●○○　◒○◒●●○○　◒○○●●　◒●●○○

飛來窺畫棟、玉鈎垂下簾旌｜涼波不動簟紋平｜水晶雙枕畔、猶有墮釵橫｜

蝶戀花　春情　　蘇　軾

◒●◒○○●●　◓●○○　◓●○○●　◒●◓○○●●　◒○◒●○○●　◒

花褪殘紅青杏小丨燕子飛時、綠水人家遶丨枝上柳綿吹又少丨天涯何處無芳草丨墻

●◒○○●●　◒●○○　◒●○○●　◓●◓○○●●　◒○◓●○○●

裏鞦韆墻外道丨墻外行人、墻裏佳人笑丨笑漸不聞聲漸杳丨多情却被無情惱丨

一剪梅　春思　　蔣　捷

◓●○○◓●○　◒●○○　◒●○○　◒○◒●●○○　◒●○○　◓●○○

一片春愁帶酒澆丨江上舟搖丨樓上帘招丨秋娘容與泰娘嬌丨風又飄飄丨雨又蕭蕭丨

◒●○○◓●○　◒●○○　◒●○○　◒○◒●●○○　◒●○○　◓●○○

何日雲帆卸浦橋丨銀字箏調、心字香燒丨流光容易把人拋丨紅了櫻桃丨綠了芭蕉丨

河傳　贈妓　　秦　觀

◓○◓●　●◓○●●　○○◒●　○●◓○　◓●◒○○●　●◒○　○◓●　○

恨眉醉眼丨甚輕輕覷著、神魂迷亂丨常記那回、小曲闌干西畔丨鬢雲鬆、羅襪刬丨丁

○◒●○○●
香笑吐嬌無限|
◒●○○ ●●○○●
語軟聲低、道我何曾慣|
○●●○ ◒●◒○○●
雲雨未諧、早被東風吹散|
●◒○ ○◒●
瘦殺人、天不管|

漁家傲　秋思

范仲淹

◒●◒○○●●
塞下秋來風景異|
◒○◒●○○●
衡陽雁去無留意|
◒●◒○○●●
四面邊聲連角起|
○◒● ◒○◒●○○●
千障裏、長烟落日孤城閉|

◒●◒○○●●
濁酒一杯家萬里|
◒○◒●○○●
燕然未勒歸無計|
◒●◒○○●●
羌管悠悠霜滿地|
○◒●
人不寐|
◒○◒●○○●
將軍白髮征夫淚|

蘇幕遮　懷舊

范仲淹

●○○ ○●●
碧雲天、黃葉地|
◒●○○ ◒●○○●
秋色連波、波上寒烟翠|
◒●◒○○●●
山映斜陽天接水|
◒●○○ ●●○○●
芳草無情、更在斜陽外|

●○○ ○●●
黯鄉魂、追旅思|
◒●○○ ◒●○○●
夜夜除非、好夢留人睡|
◒●◒○○●●
明月樓高休獨倚|
◒●○○ ●●○○●
酒入愁腸、化作相思淚|

錦纏道　春遊　　宋　祁

●●○○◐●◐○◐●　●○○　◐○◐●　◐○◐●○○●　◐●○○◐●○○
燕子呢喃、景色乍長春晝｜覩園林・萬花如繡｜海棠經雨胭脂透｜柳展宮眉、翠拂行人
●　●○○◐◐●○○●　●○○　●○○●　●◐○◐●○○●◐◐○◐◐
首｜向郊原踏青、恣歌携手｜醉醺醺・尚尋芳酒｜問牧童遥指孤村道、杏花深處、那
●○○●
裏人家有｜

青玉案　春暮　　賀　鑄

◐○◐●○○●　●◐●　○○●　◐●◐○○●●　◐○◐●●○○●　◐●○○
凌波不過橫塘路｜但目送・芳塵去｜錦瑟年華誰與度｜月樓花院、綺窗朱户｜惟有春知
●　◐○◐●○○●　◐●○○◐◐●　◐●◐○○●●　◐○○●●○○●
處｜碧雲冉冉蘅皋暮｜綵筆空題斷腸句｜試問閒愁知幾許｜一川烟草、滿城風絮｜
◐●○○●
梅子黄時雨｜

感皇恩 別情

趙企

騎馬踏紅塵、長安重到丨人面依然似花好丨舊歡纔展、又被新愁分了丨未成雲雨夢・巫山曉丨

千里斷腸、關山古道丨回首高城似天杳丨滿懷離恨、付與落花啼鳥丨故人何處也・青春老丨

解佩令 題詞

朱彝尊

十年磨劍、五陵結客、把平生・涕淚都飄盡丨老去填詞、一半是・空中傳恨丨幾曾圍・燕釵蟬鬢丨

不師秦七、不師黃九、倚新聲・玉田差近丨落拓江湖、且分付・歌筵紅粉丨料封侯・白頭無分丨

天仙子　送春　張　先

◒●◒○○●●　◒●◒○○●●　◒○◒●●○○　◒◒●　○◒●　◒●◒○○●
水調數聲持酒聽｜午醉醒來愁未醒｜送春春去幾時迴、臨晚鏡｜傷流景｜往事後期空記

●　◒●◒○○●●　◒●◒○○●●　◒○◒●●○○　○◒●　◒◒●　◒●
省｜　沙上並禽池上暝｜雲破月來花弄影｜重重簾幕密遮燈、風不定｜人初靜｜明日

◒○○●●
落紅應滿徑｜

千秋歲　夏景　謝　逸

◒○◒●　◒●○○●　◒●●　○○●　◒○○●●　◒●○○●　○◒●　◒○◒●
楝花飄砌｜蔌蔌清香細｜梅雨過、蘋風起｜情隨湘水遠、夢遶吴峰翠｜琴書倦、鷓鴣喚起

○○●　◒●○○●　◒●○○●　◒●●　○○●　◒○○●●　◒●○○●　○
南窗睡｜　密意無人寄｜幽恨憑誰洗｜修竹畔、疏簾裏｜歌餘塵拂扇、舞罷風掀袂｜人

◒●　◒○◒●○○●
散後、一鉤新月天如水｜

離亭燕　懷古

張昇

◒●◒○○●　○●●○○●　◒●◒○○●●　◒●◒○○●　◒●●○○　◒●◒○

一帶江山如畫｜風物向秋瀟灑｜水浸碧天何處斷、霽色冷光相射｜蓼嶼荻花洲、掩映竹籬

○●　◒●◒○●○　◒●●○○●　◒●◒○○●●　●●◒○○●　◒●●○

茅舍｜雲際客帆高掛｜烟外酒旗低亞｜多少六朝興廢事、盡入漁樵閒話｜悵望倚層

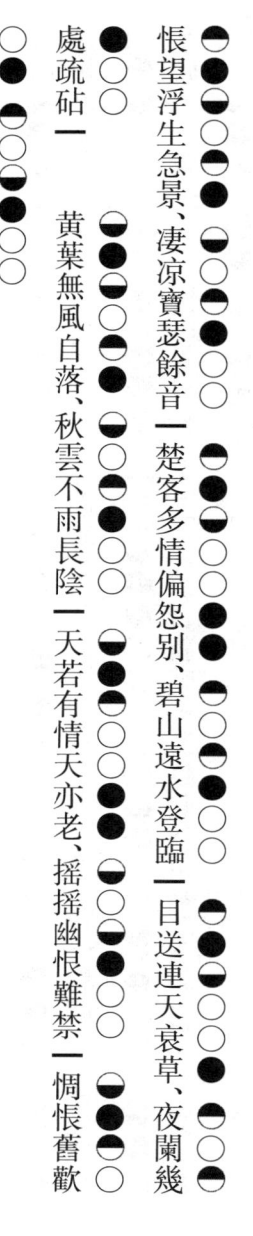

○◒●◒○○●

樓、寒日無言西下｜

河滿子　秋怨

孫洙

◒●◒○◒●　◒○◒●○○　◒●◒○○●●　◒○◒●○○　◒●◒○○●　◒○◒

悵望浮生急景、凄涼寶瑟餘音｜楚客多情偏怨別、碧山遠水登臨｜目送連天衰草、夜闌幾

●○○　◒●◒○◒●　◒○◒●○○　◒●◒○○●●　◒○◒●○○　◒●◒○

處疏砧｜黃葉無風自落、秋雲不雨長陰｜天若有情天亦老、搖搖幽恨難禁｜惆悵舊歡

○●◒○◒●○○

如夢、覺來無處追尋｜

風入松　春園

吴文英

◒○◒●●○○　◒●●○○　◒○◒●○○●　●◒○　◒●○○　◒●◒○◒●◒
聽風聽雨過清明｜愁草瘞花銘｜樓前緑暗分攜路、一絲柳・一寸柔情｜料峭春寒中酒、迷
○◒●○○　◒○◒●●○○　◒●●○○　◒○◒●○○●　●○○　◒●○
離曉夢啼鶯｜西園日日掃林亭｜依舊賞新晴｜黃蜂頻撲鞦韆索、有當時・纖手香
○　◒●◒○◒●　◒○◒●○○
凝｜惆悵雙鴛不到、幽堦一夜苔生｜

祝英台近　春晚

辛棄疾

●○○　○●●　◒●●○●　◒●○○　◒●●○●　◒◒◒●○○　◒○◒●　●○
寶釵分、桃葉渡、烟柳暗南浦｜怕上層樓、十日九風雨｜斷腸點點飛紅、都無人管、倩誰
●　◒○○●　●○●　◒◒◒●○○　◒○●○●　◒●○○　◒◒●○●　◒◒
喚・流鶯聲住｜鬢邊覷、試把花卜歸期、重簪又重數｜羅帳燈昏、哽咽夢中語｜是他
◒●○○　◒○◒●　●◒●　◒○○●
春帶愁來、春歸何處、却不解・帶將愁去｜

御街行　懷舊

范仲淹

紛紛墜葉飄香砌—夜寂靜・寒聲碎—真珠簾捲玉樓空、天淡銀河垂地—年年今夜、月華如

練、長是人千里—

愁腸已斷無由醉—酒未到・先成淚—殘燈明滅枕頭欹、諳盡孤眠滋

味—都來此事、眉間心上、無計相迴避—

驀山溪　贈妓陳湘

黃庭堅

鴛鴦翡翠、小小思珍偶—眉黛斂秋波、儘湖南・山明水秀—娉娉㜪㜪、恰近十三餘、春未

透—花枝瘦—正是愁時候—

尋芳載酒—肯落他人後—只恐遠歸來、綠成陰・青梅如

豆—心期得處、每自不由人、長亭柳—君知否—千里猶回首—

洞仙歌　夏夜

東坡改孟蜀主作

冰肌玉骨、自清凉無汗丨水殿風來暗香滿丨繡簾間一點・明月窺人、人未寢、欹枕釵橫鬢亂丨

起來攜素手、庭户無聲、時見疏星渡河漢丨試問夜如何、夜已三更、金波淡・玉繩低轉丨但屈指・西風幾時來、又只恐流年、暗中偷換丨

瀟湘夜雨　燈花

趙長卿

斜點銀釭、高擎蓮炬、夜深不耐微風丨重重簾幕捲堂中丨香漸遠・長烟裊穟、光不定・寒影摇紅丨偏奇處、當庭月暗、吐焰如虹丨

紅裳呈艷、麗娥一見、無奈狂蹤丨試煩他纖手、捲上紗籠丨開正好・銀花照夜、堆不盡・金粟凝空丨丁寧語、頻將好事、來報主人公丨

滿江紅　金陵懷古　薩都剌

六代豪華、春去也・更無消息｜空悵望・山川形勝、已非疇昔｜王謝堂前雙燕子、烏衣巷口曾相識｜聽夜深・寂寞打孤城、春潮急｜

思往事、愁如織｜懷故國、空陳跡｜但荒烟衰草、亂鴉斜日｜玉樹歌殘秋露冷、胭脂井壞寒螿泣｜到而今・只有蔣山青、秦淮碧｜

玉漏遲　詠懷　元好問

浙江歸路杳｜西南却羨、投林高鳥｜升斗微官、世累苦相縈繞｜不似麒麟殿裏、又不與・巢由同調｜時自笑｜虛名負我、半生吟嘯｜

擾擾馬足車塵、被歲月無情、暗消年少｜鍾鼎山林、一事幾時曾了｜四壁秋蟲夜雨、更一點・殘燈斜照｜清鏡曉｜白髮又添多少｜

水調歌頭　中秋　蘇　軾

明月幾時有、把酒問青天｜不知天上宮闕、今夕是何年｜我欲乘風歸去、又恐瓊樓玉宇、高處不勝寒｜起舞弄清影、何似在人間｜

轉朱閣、低綺户、照無眠｜不應有恨、何事偏向別時圓｜人有悲歡離合、月有陰晴圓缺、此事古難全｜但願人長久、千里共嬋娟｜

滿庭芳　春遊　秦　觀

曉色雲開、春隨人意、驟雨才過還晴｜古臺芳榭、飛燕蹴紅英｜舞困榆錢自落、鞦韆外・綠水橋平｜東風裏、朱門映柳、低按小秦箏｜

多情行樂處、珠鈿翠蓋、玉轡紅纓｜漸酒空金榼、花自蓬瀛｜豆蔻梢頭舊恨、十年夢・屈指堪驚｜凭欄久、疏烟淡日、寂寞下蕪城｜

鳳凰臺上憶吹簫 別情

李清照

◓●○○ ◓○◓● ◓○◓●○○ ●●○○● ◓●○○ ◓●○○◓● ○◓● ◓
香冷金猊、被翻紅浪、起來慵自梳頭一任寶奩塵滿、日上簾鈎一生怕離懷別苦、多少事・欲

●○○ ○○● ○○●● ●●○○ ○○ ●○●● ○◓●○○ ◓●○○ ●
說還休一新來瘦、非干病酒、不是悲秋一休休一這回去也、千萬遍陽關、也則難留一念

●○○● ◓●○○ ◓●○○◓● ○◓● ◓●○○ ○○● ○○◓◓ ●●○○
武陵人遠、烟鎖秦樓一惟有樓前流水、應念我・終日凝眸一凝眸處、從今又添、一段新愁一

燭影搖紅 惜春

王詵

◓●○○ ◓○◓●○○● ◓○◓●●○○ ◓●○○● ◓●◓○◓● ●◓
香臉輕勻、黛眉巧畫宮粧淺一風流天付與精神、全在嬌波轉一早是縈心可慣一更那

◓ ○○●● ◓○◓● ◓●○○ ○○◓● ◓●○○ ◓○◓●○○●
堪・頻頻顧盼一幾回得見、見了還休、爭如不見一燭影搖紅、夜闌飲散春宵短一

◓○◓●●○○ ◓●○○● ◓●◓○◓● ○◓◓ ○○●● ●○◓● ◓
當時誰解唱陽關、離恨天涯遠一無奈雲收雨散一凭欄干・東風淚眼一海棠開後、燕

●○○◒○○●
子來時、黃昏庭院｜

暗香　詠紅豆　朱彝尊

◒○◒●　●●○●●　○○○●　●●◒○　○●○○●○●　◒●○○●●　◒◒
凝珠吹黍｜似早梅乍萼、新桐初乳｜莫是珊瑚、零亂敲殘石家樹｜記得南中舊事｜金齒

●　◒○◒●　◒●●　◒●○○　◒●●○●　○●　●○●　◒●●●○　●○
屐・小鬟蠻語｜看兩岸・樹底盈盈、素手摘新雨｜延佇｜碧雲暮｜休逗入茜裙、欲尋

○●　●○◒●　○●◒○●○●　○●○○◒●　◒●●　◒○○●　●●●　○●
無處｜唱歌歸去｜先向綠窗飼鸚鵡｜惆悵檀郎終遠｜待寄與・相思猶阻｜燭影下・開玉

●●○◒●
合、背人偷數｜

聲聲慢　秋情　李清照

◒○◒●◒●○○　○○●●◒●　◒●◒○　○●●○○●　◒○◒●◒●　●◒○
尋尋覓覓、冷冷清清、悽悽慘慘戚戚｜乍暖還寒、時候最難將息｜三杯兩醆淡酒、怎敵他・

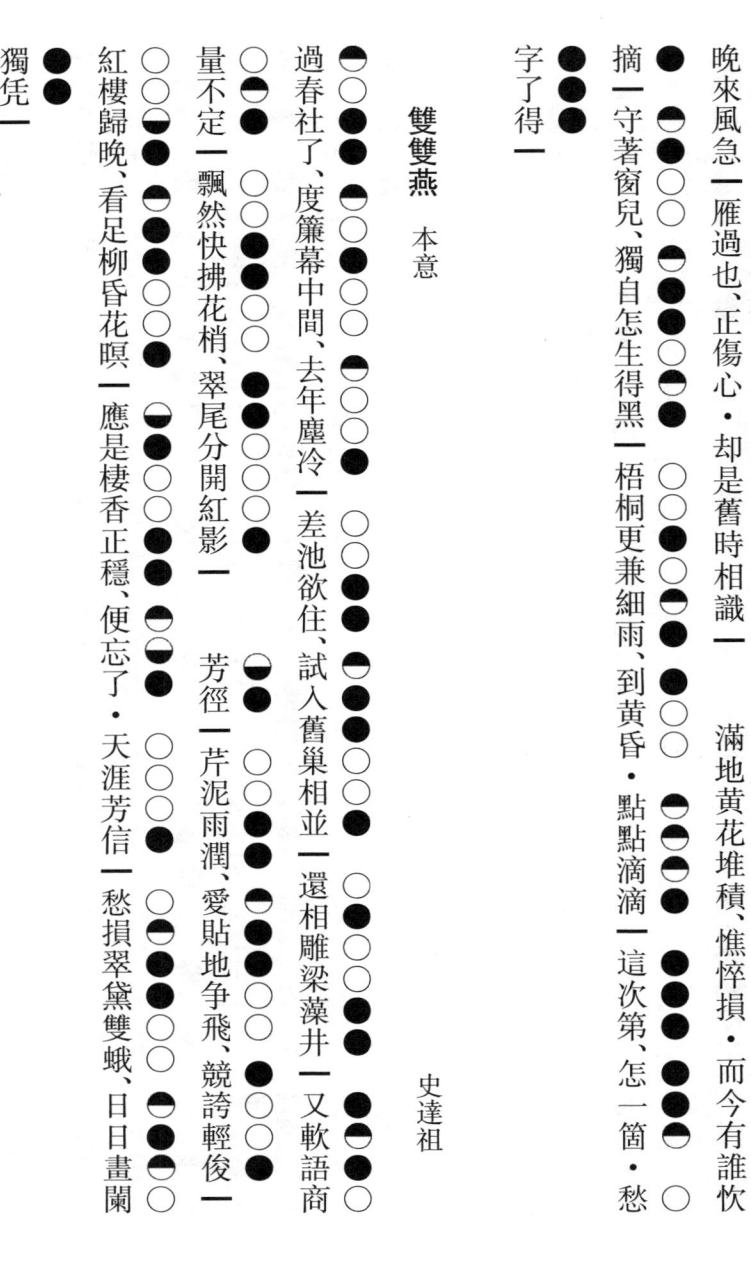

晚來風急｜雁過也、正傷心・却是舊時相識｜滿地黃花堆積、憔悴損・而今有誰忺
摘｜守著窗兒、獨自怎生得黑｜梧桐更兼細雨、到黃昏・點點滴滴｜這次第、怎一箇・愁
字了得｜

雙雙燕　本意

史達祖

過春社了、度簾幕中間、去年塵冷｜差池欲住、試入舊巢相並｜還相雕梁藻井｜又軟語商
量不定｜飄然快拂花梢、翠尾分開紅影｜芳徑｜芹泥雨潤、愛貼地爭飛、競誇輕俊｜
紅樓歸晚、看足柳昏花暝｜應是棲香正穩、便忘了・天涯芳信｜愁損翠黛雙蛾、日日畫闌
獨凭｜

晝夜樂　憶別　柳永

洞房記得初相遇｜便只合・長相聚｜何期小會幽歡、變作別離情緒｜況值闌珊春色暮｜對滿目・亂花狂絮｜直恐好風光、盡隨伊歸去｜一場寂寞憑誰訴｜算前言・總輕負｜早知恁的難拚、悔不當初留住｜其奈風流端正外、更別有・繫人心處｜一日不思量、也攢眉千度｜

鎖窗寒　寒食　周邦彥

暗柳啼鴉、單衣竚立、小簾朱户｜桐花半畝、靜鎖一庭愁雨｜灑空堦・更闌未休、故人剪燭西窗語｜似楚江暝宿、風燈零亂、少年羈旅｜遲暮｜嬉遊處｜正店舍無烟、禁城百

● ○○●● ●●○○○● ●○○ ○◓●○ ●○●●○◓● ●○○ ●●○
五—旗亭喚酒、付與高陽儔侶—想東園・桃李自春、小唇秀靨今在否—到歸時・定有殘

○ ●●○○●
英、待客攜樽俎—

瑤臺聚八仙　寄興

張　炎

◒●○○ ○◓● ○◓●●○○ ●○◒● ○●●●○○ ◒●○○○●● ◓○●
秋月娟娟—人正遠・魚雁待拂吟箋—也知遊事、多在第二橋邊—花底鴛鴦深處睡、柳陰淡

●●○○ ●○○ ●○●● ○●○○
隔裏湖船—路綿綿—夢吹舊曲、如此山川—

◒◒◓◓●● ●◓○●● ●●○○
平生幾兩謝屐、便放歌自得、直上風烟—

◓◓◒◒ ○◓●●○○ ●◒○◓●● ●○● ○○◓●○ ○○● ●●○◓● ◓
峭壁誰家、長嘯竟落松前—十年孤劍萬里、又何似・畦分抱甕泉—中山酒、且醉餐石髓、白

●○○
眼青天—

陌上花　有懷

張翥

○○●●　○○○●　●○○○　●●○○　◓●●○○●　●○●●○○●　◓●◓
關山夢裏、歸來還又・歲華催晚｜馬影雞聲、諳盡倦郵荒館｜綠牋密記多情事、一看一

○○●　●○○●●　◓○○●　●○○●　●○○●●　○○●●　●○○○○
回腸斷｜待殷勤寄與、舊遊鶯燕、水流雲散｜滿羅衫是酒、香痕凝處、唾碧啼紅相

●　●●○○　◓●●○○●　●○●●○○●　◓●○○○●　●○○　●●◓○○
半｜只恐梅花、瘦倚夜寒誰煖｜不成便没相逢日、重整釵鸞箏雁｜但何郎、縱有春風詞

●　●○○●
筆、病懷渾懶｜

解語花　元宵

周邦彥

○○●●　●●○○　○●○○●　●○○●　○○●　◓●◓○◓●　○○●●　◓◓
風銷焰蠟、露浥烘爐、花市光相射｜桂華流瓦｜纖雲散・耿耿素娥欲下｜衣裳淡雅｜看楚

●　◓○◓●　○●○　◓●○○　●●○○●　◓●◓○◓●　●◓○○●　◓◓
女・纖腰一把｜簫鼓喧・人影參差、滿路飄香麝｜因念帝城放夜｜望千門如畫、嬉笑

遊冶｜鈿車羅帕｜相逢處・自有暗塵隨馬｜年光是也｜唯只見・舊情衰謝｜清漏移・飛

蓋歸來、任舞休歌罷｜

換巢鸞鳳　春情

史達祖

人若梅嬌｜正愁橫斷塢、夢遶溪橋｜倚風融漢粉、坐月怨秦簫｜相思因甚到纖腰｜定知我

今・無魂可銷｜佳期晚、謾幾度・淚痕相照｜　人悄｜天渺渺｜花外語香、時透郎懷

抱｜暗握荑苗、乍嘗櫻顆、猶恨侵堦芳草｜天念王昌忒多情、換巢鸞鳳教偕老｜温柔鄉、醉

芙蓉・一帳春曉｜

念奴嬌　石頭城用東坡赤壁韻　薩都剌

◓○○●　◓◒◒◒●　◓○○●　◓●◓○○●●　◒●◒○○●　◓●○○　◒○◒
石頭城上、望天低吴楚・眼空無物—指點六朝形勝地、惟有青山如壁—蔽日旌旗、連雲檣

●　◓●○○●　◓○○●　◒○◒●○●　◓●◓●○○　◒○◓●　◒●○○●
艣、白骨紛如雪—一江南北、消磨多少豪傑—　寂寞避暑離宮、東風輦路、芳草年年發—

◓●◒○○●●　◓●◒○○●　◒●○○　◒○◓●　◓●○○●　◒○○●　◒○◓●
落日無人松徑冷、鬼火高低明滅—歌舞尊前、繁華鏡裏、暗換青青髮—傷心千古、秦淮一片

○●
明月—

東風第一枝　憶梅　張翥

●●○○　○○●●　◒○◓●○●　◓○◓●○○　◒◒●○◒●　○○◒●　◒◒●
老樹渾苔、橫枝未葉、青春肯誤芳約—背陰未返冰魂、陽梢已含紅蕚—佳人寒怯、誰驚起・

◓○○●　●◓◒　○●○○　◒●●○○●　○●●　◓○◓●　○●●　◓○
曉來梳掠—是月斜・花外幺禽、霜冷竹間幽鶴—　雲淡淡・粉痕漸薄—風細細・凍香

◐● ●○◐●○○ ◐◐◐○●● ○○◐● ●◐● ◐○○● ●◐◐ ◐●○
又落｜叩門喜伴金樽、倚欄怕聽畫角｜依稀夢裏、記半面・淺窺朱箔｜怎時得・重寫鸞

○ ◐●●○○●
牋、去訪舊遊東閣｜

慶春澤 紀恨

朱彝尊

◐●○○ ○○●● ◐○◐●○○ ◐●○○ ◐○◐●○○ ◐○◐●○○● ●◐
橋影流虹、湖光映雪、翠簾不捲春深｜一寸橫波、斷腸人在樓陰｜遊絲不繫羊車住、倩何

○ ◐●○○ ●○○ ◐●○○ ◐●○○ ○○●●○○● ●○○◐● ◐●
人・傳語青禽｜最難禁・倚遍雕闌、夢遍羅衾｜重來已是朝雲散、悵明珠佩冷｜紫玉

○○ ◐●○○ ◐○◐●○○ ◐○◐●○○● ●○○ ◐●○○ ●○○ ◐●○
烟沉｜前度桃花、依然開滿江潯｜鍾情怕到相思路、盼長堤・草盡紅心｜動愁吟・碧落黃

○ ◐●○○
泉、兩處誰尋｜

桂枝香　金陵懷古　王安石

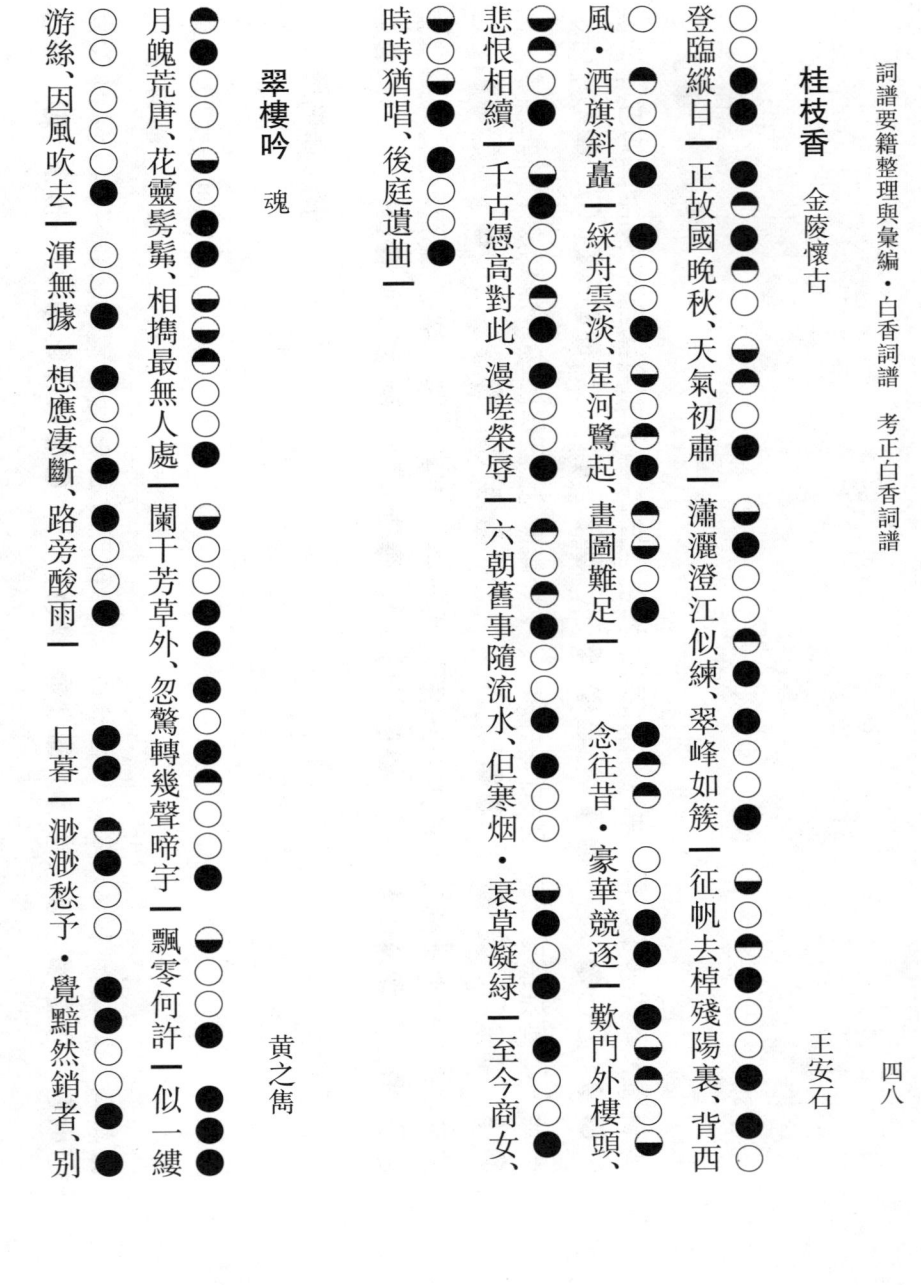

○○●●　●◓●◓○　◒◓○●　◒●○○◓●　●○○●　◒○◓●○○●　●○
登臨縱目—正故國晚秋、天氣初肅—瀟灑澄江似練、翠峰如簇—征帆去棹殘陽裏、背西

○　◓○○●　●○○●　◒○◓●　◓◒○●　●◓◓　○○●●　●◒◓○◒
風・酒旗斜矗—綵舟雲淡、星河鷺起、畫圖難足—念往昔・豪華競逐—歎門外樓頭、

◒◓○●　◒●○○◓●　●○○●　◓○◓●○○●　●○○　◒●○●　●○○●
悲恨相續—千古憑高對此、漫嗟榮辱—六朝舊事隨流水、但寒烟・衰草凝綠—至今商女、

◒○◒●　●○○●
時時猶唱、後庭遺曲—

翠樓吟　魂　黄之儁

◓●○○　◒○●●　◒◒◓○○●　◒○○●●　●○●◓○○●　◒○○●　●●●
月魄荒唐、花靈髣髴、相攜最無人處—闌干芳草外、忽驚轉幾聲啼宇—飄零何許—似一縷

○○　○○○●　○○●　●○○●　●○○●　●●　◓●○○　●●○○●　●
游絲、因風吹去—渾無據—想應凄斷、路旁酸雨—日暮—渺渺愁予・覺黯然銷者、別

○○● ◐○○●● ●○● ◐○○● ○○◐● ●●●○○ ◐○○● ○○●
情離緒｜春陰樓外遠、入烟柳・和鶯私語｜連江暝樹｜欲打點幽香、隨郎黏住｜能留否｜
●○○● ●○○●
只愁輕絶、化爲飛絮｜

瑞鶴仙　風懷

史達祖

◐○○●● ◐◐◐◐◐ ◐○○● ○○●○● ●○◐○● ◐○○● ○○●●
杏烟嬌濕鬢｜過杜若汀洲、楚衣香潤｜回頭翠樓近｜指鴛鴦沙上、暗藏春恨｜歸鞭隱隱｜
●◐◐ ○○●● ●○○ ◐●○○ ◐●◐○○● ○● ◐○○● ●●○
便不念・芳痕未穩｜自簫聲・吹落雲東、再數故園花信｜誰問｜聽歌窗罅、倚月鈎
○ ●○○● ○○●● ◐◐● ◐○● ●○○◐● ○○○● ◐●○○●● ●○
欄、舊家輕俊｜芳心一寸、相思後、總灰盡｜奈春風多事、吹花搖柳、也把幽情喚醒、對南
○ ◐●○○ ◐○◐●
溪・桃萼翻紅、又成瘦損｜

水龍吟　白蓮　　張炎

◒○◒●○○　◒○◒●○○●　◒○●●　◒○◓●　◒○◓●
仙人掌上芙蓉、涓涓猶滴金盤露｜輕粧照水、纖裳玉立、飄飄似舞｜

◓●○○　◓○◒●
幾度消凝、滿湖烟月、

◓○○●　●◓○◓●　◒○◓●　◒◓●　○○●
一汀鷗鷺｜記小舟夜悄、波明香遠、渾不見・花開處｜

◒●◓○◒●　●○○　◓○
應是浣紗人妒｜褪紅衣・被誰

○●　◒○●●　◓○○●　◒○◓●　◓●○○　◓○◒●　◓○○●　●○○◓●　◓
輕誤｜閒情雅淡、冶姿清潤、憑嬌待語｜隔浦相逢、偶然傾蓋、似傳心素｜怕湘臯珮解、綠

○◓●　●○○●
雲十里、捲西風去｜

齊天樂　蟋蟀　　姜夔

◓○◒●○○●　○○●○○●　●●○○　○○●●　◒●○○○●　○○●●　●◒
庾郎先自吟愁賦｜淒淒更聞私語｜露濕銅鋪、苔侵石井、都是曾聽伊處｜哀音似訴｜正思

●○○　●○○●　◓●○○　●○◓●●○●　○◒◓○●●　●○○●●　◓◓
婦無眠、起尋機杼｜曲曲屏山、夜涼獨自甚情緒｜西窗又吹暗雨｜爲誰頻斷續｜相和

○●｜●●○○　○○●●　◓●○○○●｜○○●●｜●◓●○○　●○○●｜●●○
砧杵｜候館迎秋、離宮吊月、別有傷心無數｜豳詩漫與｜笑籬落呼燈、世間兒女｜寫入琴
○　●○○●●
絲、一聲聲更苦｜

雨霖鈴　秋別

柳　永

○○○●｜●○○●　●◓○●｜○○●●○●　○○●●　○○○●｜●●○○　●●
寒蟬凄切｜對長亭晚、驟雨初歇｜都門帳飲無緒、方留戀處、蘭舟催發｜執手相看、淚眼
●　○◓○●｜●●●　○●○○　●●○○●○●｜○○●●○○●｜●◓○
竟・無語凝噎｜念去去・千里烟波、暮靄沉沉楚天闊｜多情自古傷離別｜更那堪・
●●○○●｜◓○●●○●　○●●　●○○●｜●●○○　○●○○　●●○●｜●●
冷落清秋節｜今宵酒醒何處、楊柳岸・曉風殘月｜此去經年、應是良辰・好景虛設｜便縱
●　○●○○　●●○○●
有・千種風流、待與何人說｜

喜遷鶯　閏元宵　吴禮之

銀蟾光彩｜喜稔歲閏正、元宵還再｜樂事難並、佳時罕遇、依舊試燈何礙｜花市又移星漢、蓮炬重芳人海｜盡勾引、遍嬉游寶馬、香車喧隘｜晴快｜天意教、人月更圓、償足風流債｜媚柳烟濃、夭桃紅小、景物迥然堪愛｜巷陌笑聲不斷、襟袖餘香仍在｜待歸也、便相期明日、踏青挑菜｜

綺羅香　紅葉　張炎

萬里飛霜、千山落木、寒艷不招春妬｜楓冷吴江、獨客又吟愁句｜正船艤・流水孤村、似花繞・斜陽芳樹｜甚荒溝・一片凄凉、載情不去載愁去｜長安誰問倦旅｜羞見衰顏借

酒、飄零如許—漫倚新粧、不入洛陽花譜—爲回風・起舞樽前、盡化作・斷霞千縷—記陰

陰・緑遍江南、夜窗聽暗雨—

永遇樂　緑陰

蔣　捷

清逼池亭、潤侵山閣、雲氣凝聚—未有蟬前、已無蝶後、花事隨流水—西園支徑、今朝重到、

半礙醉筇吟袂—除非是・鶯身瘦小、暗中引雛穿去—梅檐滴溜、風來吹斷、放得斜陽

一縷—玉子敲枰、香綃落剪、聲度深幾許—層層離恨、淒迷如此、點破漫煩輕絮—應難認・

争春舊館、倚紅杏處—

南浦　春暮　程垓

○●●○○　●●○　○◐●◐○●　◐●●○○　○○●　○●●○○●　○○●●
金鴨懶薰香、向晚來・春醒一枕無緒｜濃綠漲瑤窗、東風外・吹盡亂紅飛絮｜無言竚立、
◐○◐●○○●　◐○●●　○○●○○　◐○○●
斷腸惟有流鶯語｜碧雲欲暮｜空惆悵韶華、一時虛度｜
○○●●○○　●○●○○
追思舊日心情、記題葉西樓、
◐○○●　◐●●○○　○○●　○●●○○●　○○●●　◐○◐●○○●　◐○◐
吹花南浦｜老去覺懽疏、傷春恨・都付斷雲殘雨｜黃昏院落、問誰猶在憑闌處｜可堪杜
●　○●●○○　◐○○●
宇｜空只解聲聲、催他春去｜

望海潮　凱旋舟次　折元禮

◐○○●　○○◐●　◐○◐●○○　◐●◐○　○○◐●　◐○◐●○○　◐●●○○
地雄河岳、疆分韓晉、潼關高壓秦頭｜山倚斷霞、江吞絕壁、野烟縈帶滄洲｜虎旆擁貔貅｜
●◐○◐●　◐●○○　◐●○○　◐○◐●●○○　◐○◐●○○　●◐○◐●
看陣雲截岸、霜氣橫秋｜千雉嚴城、五更殘角月如鈎｜西風曉入貂裘｜恨儒冠誤我、

◐●○○　◐●●○　◐○◐●　◐○◐●○○　◐●●○○　●◐○◐●　◐●○○
却羡兜牟｜六郡少年、三關老將、賀蘭烽火新收｜天外嶽蓮樓｜挂幾行雁字、指引歸舟｜

◐●○○●●　◐●●○○
正好黃金換酒、羯鼓醉涼州｜

奪錦標　七夕

張埜

◐●○○　○○●●　◐●◐○○●　●●○○◐●　○●○○　●○○●　●○○●●
涼月橫舟、銀潢浸練、萬里秋容如拭｜冉冉鸞驂鶴馭、橋倚高寒、鵲飛空碧｜問歡情幾許、

●○◐　○○○●　●○○　●●○○　●●○○○●　○●○○●●　●●○○
早收拾・新愁重織｜恨人間・會少離多、萬古千秋今夕｜誰念文園病客、夜色沉沉、

●●◐○○●　●●○○◐●　○●○○　●○○●　●○○●●　●○◐　○○○●
獨抱一天岑寂｜忍記穿鍼亭榭、金鴨香寒、玉篋塵積｜凭新涼半枕、又依稀・行雲消息｜

●○○　●●○○　●●○○○●
聽窗前・淚雨浪浪、夢裏檐聲猶滴｜

薄倖　春情　　賀鑄

淡粧多態、更滴滴・頻迴盼睞丨便認得・琴心先許、欲綰合歡雙帶丨記畫堂・風月逢迎、輕顰淺笑嬌無奈丨向睡鴨爐邊、翔鴛屏裏、羞把香羅偷解丨自過了・燒燈後、都不見・踏青挑菜丨幾回憑雙燕、丁寧深意、往來却恨重簾礙丨約何時再丨正春濃・酒困人閒、晝永無聊賴丨厭厭睡起、猶有花梢日在丨

疏影　梅影　　張炎

黄昏片月丨似滿地碎陰、還更清絶丨枝北枝南、疑有疑無、幾度背燈難折丨依稀倩女離魂處、緩步出・前村時節丨看夜深・竹外横斜、應妬過雲明滅丨窺鏡蛾眉淡掃、爲容不

●●◓◓○●　●●○○　○●○○　●●◓○○●　○○●●○○●　●●●　◒○○
在貌、獨抱孤潔｜莫是花光、描取春痕、不怕麗譙吹徹｜還驚海上燃犀去、照水底・珊瑚疑

●　●●◓　◓●○○　◒●◓○○●
活｜做弄得・酒醒天寒、空對一庭香雪｜

過秦樓　秋夜

周邦彥

●●○○　◓○○●　●●◓○○●　○○●●　●●○○　◓●●○○●　○◓●●○
水浴清蟾、葉喧涼吹、巷陌馬聲初斷｜閒依露井、笑撲流螢、惹破畫羅輕扇｜人靜夜久凭

○　○●○○　●○○●　●○○●●　○○○●　●○○●　○●●　●●○○　○
闌、愁不歸眠、立殘更箭｜歎年華一瞬、人今千里、夢沉書遠｜空見說・鬢怯瓊梳、容

○◒●　●●◓○○●　○○●●　◓●○○　◓●●○○●　○●○○●○　◒●○○
銷金鏡、漸嬾趁時勻染｜梅風地溽、虹雨苔滋、一架舞紅都變｜誰信無聊爲伊、才減江淹、

○○◒●　●○○●●　◒●○○●●
情傷苟倩｜但明河影下、還看疏星幾點｜

沁園春　有感　陸　游

◒●○○●●○○●◓●○　●◒○◒●◒○◓●◒○◒●◓●○○　◓●○
孤鶴歸飛、再過遼天、換盡舊人┃〔一〕念纍纍枯冢、茫茫夢境、王侯螻蟻、畢竟成塵┃載酒園

○◒○◓●◒●○○◒●○　○○●●◒○◓●◓●○○　○○　◓●○○
林、尋花巷陌、當日何曾輕負春┃流年改、歎圍腰帶剩、點鬢霜新┃交親┃散落如雲┃

●◓●　○○◒●○　●◓●◒●◒●◓●◒○◓●◓●○○　◓●○○　◒○◓
又豈料·而今餘此身┃幸眼明身健、茶甘飯軟、非惟我老、更有人貧┃躲盡危機、消殘壯

●◓●○○○●○　○○●●◒○◓●◒●○○
志、短艇湖中閒採蓴┃吾何恨、有漁翁共醉、谿友爲鄰┃

【校記】

〔一〕原書於上闋「換盡舊人」之「人」字後無用韻標識「┃」，然考《欽定詞譜》、萬樹《詞律》及名家作品，均於此處用韻。此應係漏刻，兹據鴻雪軒校印本補正。

摸魚兒　送春

張翥

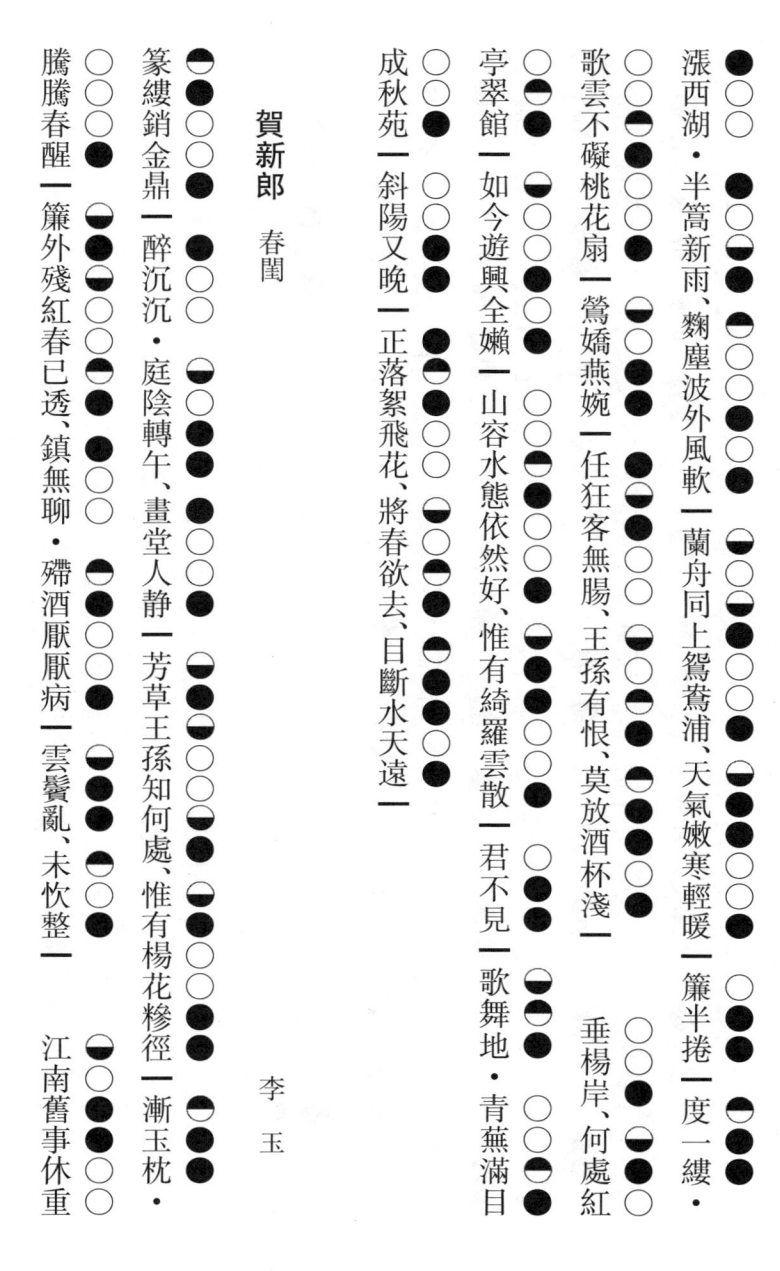

●○○　●○◒●　◓○○●○●　◒○◒●○○●　◒●●○○●　○●●　◓●●
漲西湖・半篙新雨、麴塵波外風軟｜蘭舟同上鴛鴦浦、天氣嫩寒輕暖｜簾半捲｜度一縷・

○○◓●○○●　◒○●●　●◒●○○　◒○◓●　◓●●○●　○○●　◒●○
歌雲不礙桃花扇｜鶯嬌燕婉｜任狂客無腸、王孫有恨、莫放酒杯淺｜垂楊岸、何處紅

○◓●　◒○○●○●　○○◓●○○●　◒●●○○●　○●●　◒◓●　○○◓●
亭翠館｜如今遊興全嬾｜山容水態依然好、惟有綺羅雲散｜君不見｜歌舞地・青蕪滿目

○○●　○○●●　●◓●○○　◒○◓●　◓●●○●
成秋苑｜斜陽又晚｜正落絮飛花、將春欲去、目斷水天遠｜

賀新郎　春閨

李玉

◓●○○●　●○○　◒○●●　●○○●　◒●◒○○◒●　◒●○○●●　◓●●
篆縷銷金鼎｜醉沉沉・庭陰轉午、畫堂人靜｜芳草王孫知何處、惟有楊花糝徑｜漸玉枕・

○○○●　◒●◒○○◓●　●○○　◓●○○●　◒●●　◓○●　◒○●●○○
騰騰春醒｜簾外殘紅春已透、鎮無聊・殢酒厭厭病｜雲鬢亂、未忺整｜江南舊事休重

●　●◒◒　○○●●　●○○●　◓●○○○◒●　◒●○○●●　◓●●　○○○

省—遍天涯・尋消問息、斷鴻難倩—月滿西樓憑欄久、依舊歸期未定—又只恐・缾沉金

●　◒●◓○○◓●　●○○　◓●○○●　◒●●　◓○●

井—嘶騎不來銀燭暗、枉教人・立盡梧桐影—誰伴我、對鸞鏡—

春風嫋娜　游絲

朱彝尊

●○○◓●　●●○○　○◓●　●○○　●○○◒●　◒○◓●　◒○◓●　◓●○○

倩東君著力、繫住韶華—穿小徑、漾晴沙—正陰雲籠日、難尋野馬、輕颺染草、細綰秋蛇—

●●○○　○○◓●　●●○○○●○　●●○○●○●　○○○●●○○　◒●◓

燕蹴還低、鶯銜忽溜、惹却黃鬚無數花—縱許悠揚度朱户、終愁人影隔窗紗—惆悵謝

○◒●　○○●●　◒○●　●●○○　○○●　●○○　○○●●　○●○○　◒●○

娘池閣、湘簾乍捲、凝斜眄・近拂檐牙—疏籬罥、短垣遮—微風別院、明月誰家—紅袖招

○　◒○○●　●○◓●　●●○○　○○○●　●○○◓●　○○●●　○●○○

時、偏隨羅扇、玉鞭裊處、又逐香車—休憎輕薄、笑多情似我、春心不定、飛夢天涯—

多麗　西湖

張翥

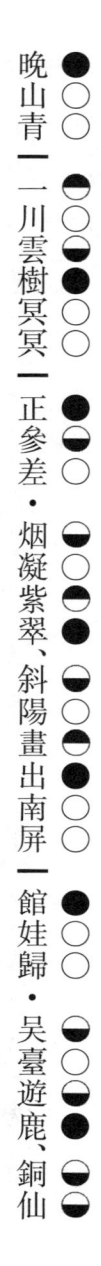

晚山青｜一川雲樹冥冥｜正參差・烟凝紫翠、斜陽畫出南屏｜館娃歸・吴臺遊鹿、銅仙去・漢苑飛螢｜懷古情多、憑高望極、且將尊酒慰飄零｜自湖上・愛梅仙遠、鶴夢幾時醒｜空留得・六橋疏柳、孤嶼危亭｜待蘇堤・歌聲散盡、更須携妓西泠｜藕花深・雨涼翡翠、菰蒲軟・風弄蜻蜓｜澄碧生秋、鬧紅駐景、採菱新唱最堪聽｜見一片・水天無際、漁火兩三星｜多情月・爲人留照、未過前汀｜

晚翠軒詞韻

平聲東字韻

東蝀同峒銅桐筒侗童僮瞳罿艟潼衕中忠衷蟲沖种翀忡終崇嵩菘戎弓躬宮融雄熊穹窮藭馮芃風楓豐渢充隆窿空公功工攻蒙濛幪曹籠聾瓏礱朧櫳曨洪紅鴻虹訌叢潨翁悤蔥聰驄通恫騣椶葼豵蓬篷烘〇冬琮淙農儂宗鬆淞鐘鍾忪龍舂松衝容蓉溶鎔榕庸墉鏞傭慵封葑胸兇洶凶顒喁禺邕饔雍醲濃穠重從逢縫峯丰蜂鋒烽蹤茸蛩邛笻恭供樅怱共龔

上聲董字　去聲送字韻

董蠓矇孔總憁穗㗰永蓊滃琫菶籠動〇腫踵種寵隴壟擁壅冗茸冢奉捧勇湧甬慂恐拱珙竦聳洶詾鞏重俑統

送鳳貢弄哢涷棟蝀控鞚空糉偬甕洞恫慟痛諷仲夢瞢鬨哄幪中衷衆〇宋綜用頌誦訟俸縫共

供壅從縱惷種重

平聲江字韻

江杠扛釭厖龙哤窗邦缸降瀧雙艭龐腔撞幢淙鬃○陽楊揚暘颺羊洋佯徉詳祥翔庠良梁粱量
糧涼香鄉商傷觴殤湯房魴防章彰鄣樟漳璋麞嫜昌倡菖閶羌姜薑僵疆韁長腸場張穰禳攘瀼
方枋肪坊襄驤相湘廂箱緗將漿醬創亡忘芒望鋩娘牀莊裝妝常裳嘗償鱨霜驦鷞鸘牆檣嬙戕
鏘槍搶蹌斨筐匡眶王央怏泱秧殃鴦疆芳妨狂唐塘棠堂郎廊榔浪稂琅狼當簹璫鐺襠倉滄蒼
岡剛綱桑康糠荒肓黄簧潢璜皇篁遑凰煌艎隍蝗徨惶光湯鎲汪行桁頏茫忙邙臧贓囊傍房卬
昂藏杭航螳仿彭

上聲講字　去聲绛字

講港棒蚌項玐鈲○養兩響想仰槳掌丈爽杖賞紡枉倣長往廣昉上蕩盪朗慷緉痒魎像橡象襁
奬鴦怏享蠁蔣饗彊敞氅袒鞅鏹仗攘懹磢穰仿罔網惘搶磉碭榜簜莽沆㟐蟒顙瀼潒曩魍儻漭

茫黨帑盎坱泱讜党髒恍幌晃榥慌蒼曭曂欓晄
絳虹降巷撞浲戇惷○漾樣量讓狀向悵暢帳釀壯唱漲快訪舫相望嶂放謗臟浪誑況恙羕輛諒
煬瀁颺亮餉脹鬯韔曏嚮榜匠障瘴創養張藏償尚愴搶倉妨將醬妄況貺王旺防宕踼閬行桁葬
伉炕抗亢搒傍壙吭纊傍喪湯曠當藡瑒廷醠閅掠

平聲支字韻

支巵肢移逶爲麾乖碑吹窺披炊隨奇歧騎宜涯疲離籬兒醨鸝皮卑羈澌斯差知漪馳池脂師肌
姿絺饑遲私伊梨咿藜追維惟楣湄遺悲眉帷誰之芝貽疑時期思司旗其絲基欺詩釐祠兹貍緇
辤嬉詞辭噫醫癡持嗤慈孜配栘移庱蛇觽貤萎匜蠵虒嫣溈詑撝雉委倭糜陂醿羆縻鐫墮陛下
錡倕腄睢跂羸犧戲虧琦祇義祁欹榿儀匙麗施危夷司期其淇祺騏棊綦旗詩而欺姬基箕詞祠
鄿嫠釐貍菑緇淄嬉禧熙醫噫癡笞持治蚩嗤鶿慈磁兹孜孳滋鼒○微薇煇暉揮翬禕徽韋幃圍
闈違霏菲騑妃緋非扉飛肥淝腓威蝛祈頎畿碕機璣磯譏饑幾稀希晞衣依沂巍歸○齊蠐臍黎
藜蒺梨犁黧妻萋凄悽隄鞮羝低璲綈鵜荑啼蹄締題提鸍緹磃鎞雞稽笄兮奚蹊鼷嵇倪蜺鯢輗
猊霓麑醯西栖嘶撕犀梯鼙躋擠齏迷泥谿珪閨睽奎攜畦○灰恢詼魁隈偎煨回迴洄徊枚梅媒

禖煤莓瑰雷罍隤櫰催崔堆鎚裴培陪杯醅坯胚嵬桅推蓷

上聲紙字　去聲寘字韻

紙砥只尺咫枳是氏靡彼毀燬委跪詭髓瀡累技妓倚綺螘艤觜此泚蘂褫箠徙壐迤屣葸釃胏髀
爾邇弭瀰敉婢侈弛豕紫呰揣企旨指美鄙否兕几麂姊七比妣粃軌宄晷簋矢洧滓鮪雉死履水
壘藟誄欙揆癸痞圮跬歸止芷趾沚市恃徵喜紀已莒以似姒巳祀汜耜史駛使耳珥駬里理裏俚
鯉李枲始峙起芑杞屺士仕竢子梓齒擬儗恥祉○尾亹扆幾蟣斐誹榧菲篚韙韡偉煒葦鬼○薺
醴禮蠡體濟邸氏柢詆底禰瀰洗棨綮米陛○賄悔猥磊儡蕾罪浼痗腿餒嵬琲壘每隗
寘忮觶避惴詈呰離荔積賜爲帔賁賚跛陂被累寄臂襞騎刺易義議譬漬智縋吹戲企跂翅啻僞
恚睡瑞至贄鷙摯位媚魅遂燧隧璲穗醉邃粹誶祟類淚祕閟苾費轡饋簣匱媿備糒帥嗜視利莉
蒞膩致輊躓棄緻稺治寐冀驥覬悸翠二貳次懿四泗駟肆恣季器鼻比畀庇萃瘁地肂勩贔示謚
自墜遺志誌寺嗣笥諰思字試異置熾事侍意忌記觶詈離詖鼓眥刺芰錘施縋縊贄鷙篲邃秘誶
脺祟鬿饋蕢備觖質遲曁洎睢歕識織植值幟伺亟餌吏胾剚詣蒔厠食饎出薏其埴孳莿司髮秘
贔畁庳飼○未味謂畏慰諱既氣胃緯貴蝟彙渭魏沸鬻芾蜚尉蔚翡饑毅溉乞欷衣璣扉○霽替

細繫閉麗桂歲蔽袂憩嚏齊穧帝諦蒂劑薙睇第娣遞締禘逮繼棣砌杕切計題堉妻薊睨詣羿契
褉髻系係曀翳殪慧謎蕙惠慧嘒儷戾唳隸沴棙祭際蛶泥衛毳潎鋭贅綴脆幣弊帨蜕薜斃稅説
鱖劌制誓逝筮澨噬曳裔洩瘞藝枻泄滯囈詣揭例勵癘礪勢蠣貰揥罽碣世製黍穄○貝肺沛兑
膾霈茂會檜旆噦翽最繪沫鄶澮薈禬濊昧眛膾蜕狽○隊北佩背妹碎配對退内爲憝焙孛邶倍
韎瑁晦誨妃碓回績潰敦闠耒類酹憒礧塊

平聲魚字韻

魚漁初書舒居裾車輿余餘歔疎蔬梳虚嘘蘆廬諸除躇茹如墟琚紓磲据醵蕖蘧旟籧渠璵譽與
胥趄畬鋤樗徐櫚於閭儲袪驢且菹蜍屠○虞愚娱竽無酺蒲蒱胡湖瑚醐乎壺狐弧孤菰呱觚辜
鴣沽姑蛄酤徒荼途塗圖瘏奴孥帑呼梧鼯吾吴誤租盧顱瀘艫轤矑鑪蘇酥徂烏洿逋晡枯麤都
鋪鳧蘆屠菟

上聲語字　去聲御字韻

語齬敔圄圉禦禦呂侶旅膂稆紵柠佇宁抒杼與予渚煑汝暑鼠黍杵處貯楮褚醑諝湑糈女許巨

拒距炬苣所楚礎阻俎詛沮咀舉莒筥叙溆嶼緒序芧墅○麌羽雨宇瑀禹甫簠脯黼父斧俯腑府
武鵡舞廡嫵膴侮輔腐撫柱詡栩豎庾愈貐窳主麈拄乳寠數矩踽取縷僂姥姆土吐稌杜肚蒟魯
櫓虜鹵覩堵賭古鼓瞽估詁罟賈盬蠱股羖五伍午簿部祖組虎滸塢弩努怒苦户祜怙岵楛扈普
浦溥補圃譜艣憮撫釜傴咻仵
御語慮濾據倨踞鋸覷狙去署曙恕庶著翥疏飫箸除遽醵絮助茹洳豫與譽與預澦蕷女
處○遇寓嫗樹附付鮒傅賻注炷澍鑄昇屨句煦戍裕諭瘉籲孺赴仆務霧婺晵鶩鶩足懼
具雨聚數付賦娶趣註駐住屨暮墓募慕度渡路潞璐露鷺賂輅妒蠹兔吐顧固涸錮痼故
誤捂泝晤悟寤忤護頀沍互瓠訴素愫塑祚胙怍怒布惡堊怖鋪措醋庫袴胯步酺捕哺呼
作汙芋酤傅昫濩

平聲皆字韻

皆階偕喈街鞵鮭牌柴釵差厓涯荄諧骸排俳乖懷豺儕埋霾齋揩○槐開哀埃臺苔駘鮐該垓陔
才材財裁萊來崍騋倈栽哉災猜台胎顋鬛孩皚纔

上聲蟹字　去聲泰字韻

蟹獬澥解買廌灑妳矮擺駭楷○海醢愷鎧塏宰載待怠殆乃改亥剴采彩綵䆀在採䆀
泰藹靄帶奈害賴太汰艾丐蓋帶瀨蔡籟嘅外○懈廨邂賣隘稗債曬噫怪派玠誡界介戒瀣芥屆
械薤蕢拜憊殺邁夬壞獪快敗呰喝蠆喟餲○塊代黛袋岱逮再賽塞貸態欬愾鎧槩礙溉愛戴萊
䞈菜吠肺穢喙廢裁乂耐慨

平聲真字韻

真因姻辛新茵晨臣人神親身津塵瞋螓秦泯辰頻宸春綸巡輪醇振甄湮薪紳仁鄰申娠轔伸賓
濱麟鱗燐珍夤陳嗔紉呻寅粼誾璘儐囷斷椿堙諲駰罠蘋顰嚬嬪銀垠狺嚚巾龜筠箘民珉岷緡
旻閩貧彬豳諄椿荀郇恂詢純蓴淳鶉脣漘春鄞綸淪倫輪掄屯迍皴逡遵蹲勻昀甸巡循馴鈞均
臻榛蓁莘詵駪醇○文紋雯聞雲紜芸耘云氳汾棼墳濆蕡焚分羣裙熏薰曛纁勳醺君軍芬紛殷
慇勤芹斤筋欣昕○魂渾昆鵾鯤褌溫門捫孫蓀飧尊罇存敦墩暾豚臀村盆奔賁崙坤髡昏婚閽
噴痕根跟恩吞屯堒論

上聲軫字　去聲震字韻

軫哂矧緊忍憫盡窘引愍敏準泯蠢袗儘贐診昣朕縝鬒蜃牝菌困齳殞黽閔蚓筍隕純尹允隼惷
楯盾振紾○吻粉憤忿蘊慍謹近刎肳墳惲緼韞槿殷隱懚堇巹隱攟○本混衮遯沌鯀壼悃梱畚
懇穩狠損困

震訊信迅認擯鬢燼慎陣僅櫬進櫬仞軔汛刃訒牣遴磷胤縉藎晉釁覲餕晙鎮搢墐饉趁峻浚殉
印親徇恂駿濬舜瞬俊閏潤順儁○問吝韻分近訓汶員運暈聞僨糞賁郡靳斤奮○溷敦頓嫩巽
遜悶論褪鈍艮潠腯慁恨坌寸噴

平聲寒字韻

寒韓翰丹單箪鄲殫安鞍難餐灘攤跚珊壇檀彈殘干竿玕奸肝乾闌蘭瀾看刊丸紈桓岏端湍酸
團漙摶攢官棺觀冠鸞巒鑾欒歡讙寬鑽盤磐瘢般蟠繁弁漫謾漫瞞潘○刪潸關彎灣睘鬟還
環班斑扳頑蠻顏姦菅攀鰥掄頑山間蕳艱閒閑鷴嫻慳孱殷爛湲○先躚前千芊阡箋戔湔濺
韉天堅肩賢弦絃舷烟燕蓮憐田畋鈿闐年顛巔滇牽妍研眠駢胼軿淵鶱鵑涓蠲邊編玄縣僊

鮮錢遷韆煎然延筵蜒氈鸇饘旃邅羶埏禪蟬鋋躔廛連漣聯篇翩偏便平綿全泉宣鐫穿川沿
鉛緣捐鳶旋娟悁船涎汧璿鞭鯿銓詮佺痊筌荃竣專甎圓員乾犍虔愆褰搴騫權鬈拳攣櫞傳
卷嫣焉○元黿沅原嫄源垣袁猿轅園媛援煩蕃燔繁蘩樊翻番暄喧萱諼冤智鴛鵷言軒掀藩
湲膰璠塤騫崑旛

上聲旱字　去聲翰字韻

旱亶坦散袒誕侃衎罕嬾緩瀚短斷盌管館卵欵煖纂纘伴滿懣○綰版赧彎產限簡剗眼琖○銑
跣毨腆靦殄沴典蘚峴撚顯扁辮鉉泫畎犬鮮蘚癬衍演踐餞展輾闡淺遣蹇翦戩輦巘讞甗件辨
辯湎沔澠褊兗臠變轉卷軟舛喘篆選譔免冕俛勉○阮遠偃鰋蝘堰鼴鍵建謇幰晚輓反返阪菌
苑婉琬畹飯本遯沌混袞壼忖悃懇狠墾損
翰瀚悍汗扞炭歎按案旦彈憚幹榦旰岸諺看漢暵爛難粲璨燦散贊瓚逭換喚渙煥漶腕惋貫觀
鸛灌痯盥冠竄攛爨段斷玩翫亂鍛彖算蒜幔漫縵曼半絆判泮泮胖畔叛旱○諫澗覸間晏鴳雁
贗訕潸慢嫚患宦豢幻慣丱棧莧辦瓣綻盼扳綰○霰先倩蒨茜絢眩衒懸電甸鈿殿瑱奠佃練煉
楝見牽硯宴燕醼嚥薦片線戰顫善繕膳禪擅彥諺唁譴絹狷援媛院面眄麪釧串掾箭濺扇煽卷

眷倦戀變忭汴弁選饌撰纏傳賤餞羡遍轉囀便○願愿怨販券勸綣萬蔓獻憲健遠困頓遜巽悶

艮嫩鈍噴寸論恨

平聲蕭字韻

蕭簫瀟挑恌貂船琱凋鵰彫跳佻苕迢髫調蜩條鰷澆驍梟徼聊寮遼鷯僚嘹獠撩寥漻堯嶢嘵宵

銷消綃霄儵超朝朝潮嚻熇歊枵樵譙憔驕嬌焦蕉嶕椒饒橈嬈蕘燒遥飖繇謡摇瑶姚招昭韶飆

標杓鑣瀌麃勡剽苗描貓要葽喓腰邀鴞喬僑妖夭漂飄翹陶窰邀刁僥○肴爻淆殽交郊蛟鮫教

膠巢鐃呶梢捎蛸弰鞘筲茅哮包胞泡抛敲撓墝鈔嘲啁跑庖炮匏坳茭○豪濠毫嘷號勞醪牢高

篙膏皋槔櫜羔餻蒿撓蕣毛髦旄弢洮叨韜滔條刀舠忉騷搔颾繅袍褒陶萄綯醄淘濤擣翿桃咷

逃遭糟敖獒熬鼇螯嗷璈翱曹嘈艚槽漕猱操壕饕麈尻螬

上篠字　去聲嘯字韻

篠鳥裊皦皎曒瞭了繚蓼曉杳窅窈褭嫋嬲佻皛小兆旐肇趙夭沼少遶嬈繞擾摽藐眇杪渺緲淼

紹矯蹻表殍鷕悄勦掉眺○巧飽撓卯昴茆狡姣爪炒稍絞○皓顥灝皡鎬昊抱老潦討道稻腦惱
瑙嫂掃禱擣島倒草早蚤藻澡棗皁縞杲寶保堡褓葆襖考槁好浩燥媼鴇
嘯糶眺跳窕弔釣叫噭徼溺調掉篠竅料肖鞘笑照詔鷂燿要約嶠轎召卲邵摽漂剽妙峭哨燎療
瘳醮燋爝釂廟票少燒○效傚佼効教校較覺窖孝罩豹爆貌砲櫂鬧鈔拗樂斆淖○號導道纛蹈
悼盜到倒誥浩告傲冒帽媢耄旄勞澇操造慥暴瀑報奥懊隩躁燥躁竈犒耗好鑿澳戛膏部

平聲歌字韻

歌哥柯磋瑳搓傞多娑駝酡紽佗跎馱鼉鹺莪娥蛾俄哦峨鵝羅那荷何苛河訶阿珂軻戈過莎蓑
梭婆皤摩磨魔麽吪囮螺鞾波坡頗禾和科窠薖窩倭他陀瘥痾梭蝌騾拖迤挼

上聲哿字　去聲箇字韻

哿舸瑳彈柁我娜儺可坷軻左裹朵鎖瑣墮垜妥臝跛火頗叵禍夥果砢邏娜旎惰
箇賀荷佐作馱大餓奈那過和挫剉課唾播簸磨愞坐座破臥貨惰磋蹉坷涴

平聲麻字韻

麻蟆車奢賒邪斜些爺遮嗟罝蛇華譁驊爪騧媧蝸花誇拏嘉笳珈加葭家霞瑕蝦遐葩了鴉巴䶕
叉差槎沙紗衙牙芽涯茶娃蛙洼窪撾琶杷爬苴呀佳艖

上聲馬字　去聲禡字韻

馬者赭野冶也雅假椵賈斝灑啞厦寫且社捨姐把踝寡瓦若惹鮓苴打耍
禡罵駕架嫁稼價假亞婭罅嚇迓訝呀詫咤詐蜡乍謝榭暇下夏夜射藉卸瀉柘蔗借舍赦麝霸壩
灞杷怕華化胯跨罷〇卦挂詿話畫

平聲庚字韻

庚鶊賡更羹秔盲蝱橫黌觥棚亨撐鐺槍英霙瑛傖烹平評枰苹京驚荊明盟鳴榮瑩兵兄卿生笙
甥牲鼪猩檠擎勍鯨迎行珩桁衡蘅耕鏗硜萌氓甍宏嶸莖罌嚶櫻鶯錚怦帲伻轟泓橙瞪争箏清
情晴精睛鶄菁晶旌盈楹瀛嬴營塋嬰纓攖貞楨禎蟶偵成盛誠城呈程裎酲聲正鉦征輕名並併

縈鍚瓊惸騂傾墴葝〇青鯖經涇行刑硎庭廷蜓霆亭渟停玎丁仃馨星腥惺醒婷靈醽櫺聆齡鈴
伶泠舲零鴒瓴翎苓寧聽廳汀冥溟銘鉼屏軿萍螢熒扃坰螟陘笭邢玲囹〇蒸承丞懲澄凌陵綾
膺鷹應憑冰蠅繩澠乘塍升昇勝仍兢衿徵繒凝興稱登簦燈稜僧崩增憎矰罾曾層嶒贈朋鵬弘
肱能騰滕藤恒

上聲梗字　去聲敬字韻

梗骾哽綆丙炳秉境儆警景影省眚永頂杏荇猛蜢艋冷耿幸倖静靖穽整逞騁郢餅屏頸領嶺穎
褧井請癭〇迥炯茗冥頂酊鼎梃挺艇悻醒竝縈拯等肯脡涧剄
敬竟鏡映競檠慶更命病孟横柄詠泳行迎諍迸硬勁政正倩鄭聖偵性姓令聘併淨靚盛〇徑經
濘佞脛定釘訂飣罄磬聽暝瞑滎證孕賸媵乘應甑興勝稱凭凝磴贈亘鄧蹬剩

平聲尤字韻

尤肬郵憂優留騮榴鶹遛鏐流旒劉瀏秋楸鶖由油悠遊游蝣猶莤酋猷櫄卣牛啾湫脩修羞抽瘳

周賙州洲舟鵃酬柔揉收丘鳩不摎叟颼蒐湅騶緅搊篘愁休庥貅囚紬籌儔疇稠裯求絿毬賕球
逑裘仇浮謀桴蜉眸侔蛑蝥矛鍪侯篌猴餱鍭喉漚謳鷗甌歐樓髏窶陬諏偷頭投鉤勾溝韝篝裒
幽呦虯彪滮繆兜螻抔摳區婁遒咻鄒

上聲有字　去聲宥字韻

有友柳瀏罶紐杻忸丑肘朽九久玖韭首守手醜婦負阜缶否蹂臼舅咎酉誘琇牖受綬帚酒厚母
畝某牡瓿培斗蚪陡耇苟笱狗垢偶耦藕叟瞍藪吼剖掊嘔毆塿走口取趣糾赳
宥侑囿右祐又救灸疚究廄胄宙酎籀獸狩首收晝臭袖岫呪舊瘦漱皺甃覆副仆富畜溜霤秀繡
宿僦鷲就鷲狃復伏柚授壽售候堠后逅後蔻寇扣茂懋豆逗脰餖竇讀鬬耨奏透漚彀冓覯構遘
購媾姤詬傩湊輳漏鏤幼謬揉肉糗繆褎狖

平聲侵字韻

侵駸尋潯林淋琳霖臨琛斟箴鍼沉霃碪椹壬深淫心愔琴芩黔禽檎吟欽嶔衾歆今襟禁金音陰

森參岑涔簪擒砧鬵任妊灊霪瘖

上聲寢字　去聲沁字

寢朕廩凜衽飪稔枕沈審淰諗瀋錦品稟飲吟葚恁荏鋟懍寑嬸

沁浸祲任鴆噤禁蔭喑窨滲譖讖甚酖賃闖紟

平聲覃字韻

覃蟫潭曇參驂南諵楠男諳菴含函涵嵐婪蠶簪貪探耽眈湛龕堪毵鬖談惔甘柑擔三藍籃憨酣

蚶憨弇戡郯泔儋聃譚鐔邯○鹽惔閻檐斂簾奩廉鐮帘銛纖摻籤瞻占襜苫頰蚺枏黏添炎霑覘

淹尖蘄漸殲潛箝拑鉗鈐厭甜恬謙兼縑嫌銛括嚴忺黚閹僉蟾暹砭崦蒹鵮黔○咸鹹誠緘杉喦

喃諵讒饞銜巉劖巖衫芟監凡帆颿摻械鑱嵌

上聲感字　去聲勘字韻

感禫萏慘坎頷撼憾敢覽欖攬菼膽憺啖閻窞潛毯擔○琰剡啖灩斂貶險儉芡檢臉餍染冉苒閃

陝諂掩湆忝广點簟慊歉嗛儼瀲〇湛減斬黯摻擥艦范範犯闞
勘紺灨憾暗瞰濫纜淡澹暫探三〇艷贍厭饜砭驗槧塹瀲占僭念店玷坫墊劍欠〇陷蘸賺鑑監
懺梵泛湛汜

入聲屋字韻

屋牘犢瀆黷讀讟匵獨轂穀谷縠斛槲哭禿速涑餗觫蔌樕禄碌録鹿簏麓漉轆族蔟鏃僕暴瀑扑
濮樸卜木沐鶩鶩福幅輻蝠副復複蝮輹覆腹伏服菔鵩馥縮謖六陸稑蓼戮逐柚軸舳菊鞠掬麴
塾孰熟淑俶育煜肉鬻粥祝叔菽倏畜竹竺筑築恧蹴蹙矗郁澳燠隩肅夙宿蓿目牧睦穆蓄琭腹
霂茯縮蹜熇〇沃毒纛篤都鵠酷告梏牿不燭屬矚玉獄旭勗局跼蜀蠋觸辱溽褥束欲慾浴鵒躅
籙淥醁騄緑曲斸贖足促趗數俗續粟予嚳局録蓐縟

入聲覺字韻

覺角桷榷珏嶽樂鷟捉朔稍數斵琢啄卓踔剝爆駁邈雹璞確慤濁濯鐲握幄渥喔犖學确齪倬濯

諑剝鷽浞○藥躍鑰籥瀹畧掠腳屩酌灼妁勺斫弱嫋蒻若綽約葯却虐謔杓削爵雀嚼鵲噱醵縛
攫矍玃钁著着謔鐸度莫幕漠膜瘼摸落洛酪絡珞樂駱託橐柝拓籜蘀魄作鑿錯各閣格諤鱷鶚
鍔蕚鄂愕噩粕薄惡堊泊箔礴郝壑熇索鶴貉涸昨酢怍嚩博鋪諾霍藿郭槨蠖艧穫鑊廓擴澤礿
約寞爝亳膊

入聲質字韻

質鑕礩桎騭日馹實秩帙姪膝悉壹一七漆匹吉暱逸抶軼溢鎰佾詰蛣袟咥慄溧篥栗窒疾嫉蒺
失室蜜謐必蹕畢珌觱飶苾泌姞佶率帥蟀叱密弼佛乙鳦筆茁獝術述秫橘鷸遹聿鴥卒恤戌律
嵂黜怵朮絀出櫛虱瑟疋鎰飀厔櫛崒巙篳○陌貊白帛舶百伯柏迫劇屐戟窄隙綌額逆客坼拍
魄珀赫嚇格骼砉宅擇翟虢麥脈獲畫馘蟈幗磧擘檗責簀幘嘖策册核挌覈翮隔膈鬲革謫摘厄
扼昔惜腊舄積脊蹐踖鯽迹益繹譯驛懌斁易蜴掖腋液奕射釋適螫尺赤斥石亦隻摭蹠炙擲磧
席蓆汐夕瘠唶籍藉辟闢役疫甓癖僻碧搤割奕穸褯襞霹○錫裼淅析晳激擊澼瀝櫪靂歷曆櫟
礫的菂適鏑滴嫡蹢樕覡鷊狄荻糴笛迪覿敵滌逖剔惕倜趯績勣喫惄溺寂覓甓壁戚慼闃鷁摘
○職織直力飭勅鶒陟食蝕息熄寔湜殖埴植識飾式軾拭極匿測惻億憶臆抑色嗇穡棘亟弋翼

翊即喞稷逼域蜮棫緎罭閾洫愊側仄昃愎德得則勒肋忒慝克剋刻特螣黑默墨賊塞兆葡匍踣
惑國匊惿或○緝葺十什拾褶執汁習隰襲輯集八廿濕揖及笈蟄摯立笠粒急級給汲岌泣澀吸
翕湁戢邑裛浥悒熠挹伋歙

入聲物字韻

物勿拂沸紼茀髴祓黻綍鬱尉蔚詘屈厥掘佛欻訖屹乞弗菀厥熨艴崛迄沸○月刖軏筏代閥罰
越鉞樾粵劂蕨蹶闕髮發謁歇蠍猲訐揭竭碣没骨汩勃孛餑渤柮突忽笏惚兀屼窟矻訥窣猝崒
捽齕鶻卒殁咄堨○曷毼褐喝怛闥撻達遏餲剌辣渴葛割薩末抹秣沫撥鉢括适闊活聒奪脱豁
斡撮潑捋掇咄魆跋拔茇汰襏○黠札劼滑八察戛㓞秸揠殺茁轄剎獺刮刷撒猾○屑切竊結潔
節血泬闋缺玦訣決拮鳺觖譎穴絰咥垤耋跌迭瓞鐵襭涅截齧臬蔑咽噎挈契擎蹩薛泄洩媟褻
列洌冽哲傑碣熱折浙舌揲櫱孽滅鼈絶雪悦閲爇吶説拙輟惙劣埒刷别孑桀設徹撤轍澈掣偈
揭訐褻閉啜凸餮○葉接楫睫攝涉獵躐鬣捷躡讋慴妾輒饁曄厭擪靨帖貼協挾俠鋏頰筴篋愜
牒疊鰈堞蝶諜喋蹀捻屧燮躞浹業脅怯劫聶囁燁摺笈袷浥拾

入聲合字韻

合閤鴿韐蛤荅颯沓踏遝雜匝拉納衲闒臘蠟榻塔嗒榼合盍闔搭〇洽狹峽帢恰掐夾筴袷插鍤箑霎劄狎柙匣鴨押壓甲呷乏法霅喋翣祫郟

跋

《白香詞譜》一卷，《四聲韻》一卷，去年秋，怡恭親王手序而合梓之。版成多誤，王復命綿國公校對重鐫，未及成而世子公卒。因循至重九，王復薨矣。頃梓人以竣工來告，夢蘭歎逝感知，不忍視成物中毀，失王雅意，因代償鐫直，存二版於行篋之中，志弗諼也。己未冬日白香舒夢蘭手校並跋。

考正白香詞譜

［民國］天虛我生◎編著
陸　坤◎整理

考正白香詞譜序

予在髫齡時即好爲詞，苦無師承，但舉《白香詞譜》爲圭臬，而不知其謬誤處正多也。偶成一二，出示友朋，大都惟有阿諛，絶無人爲指正。及見《填詞圖譜》，乃知向業皆非。更讀《詞律》，則知《圖譜》所示亦多舛誤。又進而取《全唐詞》及《宋六十家詞》、《歷代詩餘》、《欽定詞譜》及竹垞《詞綜》、戈氏《校勘記》等互相印證，則知《詞律》所定亦未盡然，而各譜各有短長，互有抵觸，直如泛舟於大湖之中，港汊紛歧，幾莫辨其孰爲正途。乃復剖析毫釐，折衷而求一是，其困難爲何如哉！因自惜其少日光陰多爲書卷所誤，入迷途而覺正道，費功何止十年。一般學者亦循我之故轍而往，其困難必相等。特發宏願，於著書之暇，命兒子小蝶，即就《白香詞譜》中所選百首，一一加以考證，更以我之心得，而發前人之所未發。凡歷兩載，始竣其功。雖不敢謂爲玉律金科，但學者手此一編，較之博覽群編，而終茫然無所適從者，不愈多耶？旁注平仄符號，類皆廣搜諸家所作，逐細引證，舍短取長，著爲定譜。絶非執一而繩、出之臆斷者比。後附《晚翠軒詞韻》，亦經詳細斟酌。取《詞林正韻》及中原、中州、洪武等韻，爲之對照。雖列韻不多，而繁用之字已均收入，且劃入聲另爲一部，尤爲填詞家應守之正軌。其標目悉本詩韻，則取易於記憶，而上去聲相併，以便通押，不復開入聲借叶平上去三聲之例，亦足使學者趨向正途，不致蹈傳奇家方言爲叶之弊。故此一書，頗自信爲學填詞者之津梁，幸無笑其初桄之窄也。戊午上元節前三夜，校讎告竣，因書緣起於栩園編譯社，天虚我生自序。

考正白香詞譜凡例

一　詞譜向例以○表平，以●表仄，以◓爲應仄而平，以◒爲應平而仄。但平仄既可互易，又何必分兩種記號，徒亂人目，故本書改爲◎。凡○者爲平，●者爲仄，此二項平仄不得變易，惟◎者則平仄不拘。

一　填詞家恒有一種術語，學者不可不知，兹舉如左。

（韻）　凡譜中注韻字者，即本詞之起首用韻處。

（叶）　凡譜中注叶字者，即與上用之韻同是一部，不得换押别韻。

（句）　凡譜中注句字者，此句即無須押韻。

（豆）　凡譜中注豆字者，即一句中之頓逗處。本應寫作讀字，即句讀之讀，圈作去聲，因從簡便，故寫作豆。

（换）　凡譜中注换平者，必其上句皆押仄韻，至此乃换平韻。凡譜中注换仄者，必其上句皆押平韻，至此乃换仄韻。既换仄韻之後，復押平韻，若須與上文平韻同是一部者，謂之叶平。如另換一部韻者，謂之三换平。由仄换平而復押仄者，即仿此例。其後又復换韻而不必同是一部韻者，謂之四换，或平或仄依譜而定。

（疊）凡譜中注疊者，有三種之區别。一曰疊句，如「團扇團扇」等是。二曰疊字，如《憶秦娥》之「秦樓月」、「音塵絶」。三曰疊韻，如《醉春風》、《釵頭鳳》之三字疊韻者是。（《白香詞譜》未收此體）

（闋）闋者，一曲告終而少息之謂也。雙調都兩闋而成一首。長調則有多至三闋或四闋者。凡兩闋者，稱上半首爲上半闋，或稱前闋；稱後半首謂後半闋，亦稱後闋，多至三四闋者，則稱第一闋、第二闋，以下類推。萬紅友《詞律》則稱爲段。

（起句）凡詞起首爲單句者，如《憶江南》、《憶王孫》、《相見歡》等是。以第一句爲起句，若其起句爲對句者，如《搗練子》、《如夢令》、《長相思》等，則以起首兩句爲起句。

（對句）凡兩句對偶者，即稱對句。或三字對，或四字對，或五字六字七字相對。例如《搗練子》之「深院静，小庭空」，即三字對也。餘類推。

（平句）不論字數多寡，其一句之末一字爲平聲者，皆稱平句。

（仄句）不論字數多寡，其一句之末一字爲仄者，皆稱仄句。

（拗句）不論句之長短，其中有平仄不順口之特異點者，謂之拗句。其拗處即不可變易改爲順口，例如《醉太平》之「情高意真」，《阮郎歸》之「日長蝴蝶飛」，《洞仙歌》之「水殿風來暗香滿」，均不可換仄作平，換平作仄。又如「但屈指西風幾時來」，「時」字不可換仄。其餘仿此。

（結句）凡詞一闋告終，其末句即爲結句。有二句或三句結者，則渾稱曰結處。

（句法）說明中謂句法，恒有上幾下幾之别，是以一句而剖分爲上下也。例如《醉太平》之「寫春風數聲」，是爲上一下四，與普通之五言詩句有别，蓋尋常五言詩句恒爲上二下三。又如七字句，普通句法恒爲上四下三，而詞句中則有上三下四之分，如《鵲橋仙》之「便勝却人間無數」、「又豈在朝朝暮暮」等句法，是亦可稱爲上一下六，餘類推。

一　本書所收之詞，即依舒夢蘭所編之《白香詞譜》爲序，後加考證，係用《全唐詞》及《宋六十家詞》互相考核，折衷而定。故於萬紅友《詞律》所定之外，多所發明。且必取長舍短，初不拘泥於一篇，學者依此填詞，但不逸出軌範之外，即不至於舛謬。

一　原附《晚翠軒詞韻》舛誤頗多，兹經逐細校正。凡學填詞即不適用詩韻，例如押東韻者，即可通冬韻；押江韻者，即可通陽韻；押仄聲韻則上、去聲並爲一部，可以互通，但不能參用入聲之韻。蓋填詞家凡平入聲例須獨押。其有以入聲作平、上、去三聲者，則宜於曲不宜於詞。唐宋人雖間或有之，是皆方音使然，不足法也。

一　是書校對雖經兩度，但校書如掃落葉，恐仍不免亥豕魯魚之處。而字旁平仄記號尤易模糊錯認，宜細看説明。凡有可平可仄處，類多特舉以示讀者。倘發見謬誤，尚乞隨時函告，以便再版更正。

一　凡本書所舉詞人，特編《姓氏録》一篇，附載於後，以姓爲綱，按照筆畫數目一檢即得，讀者宜先閲一過，庶於説明中所舉詞人别號不致茫然。

考正白香詞譜目録

憶江南（懷舊）　一名夢江南、望江梅、望江南、謝秋娘
搗練子（秋閨）　一名深院月
憶王孫（春閨）　一名憶君王、豆葉黄、闌干萬里心
調笑令（宮詞）　一名三台令、轉應曲、宮中調笑
如夢令（春景）　一名憶仙姿、宴桃源、比梅
長相思（別情）　一名雙紅豆、憶多嬌、吴山青
相見歡（秋閨）　一名烏夜啼、上西樓、秋夜月、憶真妃
醉太平（閨情）　一名醉思凡、四字令
生查子（元夕）
昭君怨（春怨）　一名宴西園、一痕沙
點絳唇（閨情）　一名南浦月、沙頭雨、點櫻桃

菩薩蠻（別意）　一名重疊金、子夜歌、巫山一片雲
卜算子（贈別）　一名百尺樓
減字木蘭花（春情）　一作減蘭
醜奴兒（春暮）　一名羅敷媚、采桑子、羅敷艷歌
謁金門（春閨）　一名垂楊碧、花自落
訴衷情（眉意）　一名一絲風
好事近（初夏）　一名釣船笛
憶秦娥（秋思）　一名碧雲深、雙荷葉、玉交枝、秦樓月
更漏子（本意）
荆州亭（題柱）　一名江亭怨
清平樂（春晴）　一名憶蘿月

誤佳期（閨怨）　一名竹香子

阮郎歸（春景）　一名醉桃源、碧桃春

畫堂春（本意）

攤破浣溪沙（秋恨）　一名山花子

人月圓（有感）　一名青衫濕

桃源憶故人（冬夜）　一名虞美人影

眼兒媚（秋思）　一名秋波媚

賀聖朝（留别）

柳梢青（記遊）　一名早春怨

西江月（佳人）　一名白蘋香、步虛詞

惜分飛（本意）

南歌子（閨情）　一名南柯子、望秦川、風蝶令

醉花陰（重九）

浪淘沙（懷舊）　一名賣花聲、過龍門

鷓鴣天（别情）　一名思佳客、於中好

虞美人（感舊）

南鄉子（春閨）

鵲橋仙（七夕）

一斛珠（美人口）　一名醉落魄

踏莎行（春暮）　一名柳長春

臨江仙（妓席）

蝶戀花（春情）　一名鳳棲梧、魚水同歡、明月生南浦

一剪梅（春思）

河傳（贈妓）　一名河轉

漁家傲（秋思）

蘇幕遮（懷舊）　一名鬢雲鬆令

錦纏道（春遊）

青玉案（春暮）

感皇恩（别情）

解珮令（題詞）

天仙子（送春）
千秋歲（夏景）
離亭燕（懷古）
河滿子（秋怨）　一名何滿子
風入松（春情）
祝英台近（春晚）　一名月底修簫譜、祝英台
御街行（懷舊）　一名孤雁兒
驀山溪（贈妓陳湘）　一名上陽春
洞仙歌（夏夜）　一名羽仙歌
瀟湘夜雨（燈花）
滿江紅（金陵懷古）　一名上江紅
玉漏遲（詠懷）
水調歌頭（中秋）　一名江南好、花犯念奴
滿庭芳（春遊）　一名鎖陽臺、滿庭霜
鳳凰臺上憶吹簫（别情）
燭影摇紅（惜春）　一名憶故人
暗香（詠紅豆）　一名紅情
聲聲慢（秋情）
雙雙燕（本意）
晝夜樂（憶别）
鎖窗寒（寒食）
瑶臺聚八仙（寄興）　一名新雁過妝樓、八寶妝
陌上花（有懷）
解語花（元宵）
换巢鸞鳳（春情）
念奴嬌（石頭城懷古用東坡赤壁韻）　一名百字令、
壺中天、湘月、大江東去
東風第一枝（憶梅）
慶春澤（紀恨）　一名高陽臺、慶春澤慢
桂枝香（金陵懷古）　一名疏簾淡月

翠樓吟（美人魂）

瑞鶴仙（風懷）

水龍吟（白蓮）　一名莊椿歲、海天闊處、小樓連苑

齊天樂（蟋蟀）　一名臺城路、如此江山、五福降中天

雨霖鈴（秋别）

喜遷鶯（元宵閨詠）

綺羅香（紅葉）

永遇樂（緑蔭）　一名消息

南浦（春暮）

望海潮（凱旋舟次）

奪錦標（七夕）

薄倖（春情）

疏影（梅影）　一名緑意、解珮環

過秦樓（秋夜）　一名惜餘春慢、蘇武慢

沁園春（有感）　一名壽星明

摸魚兒（送春）　一名安慶摸、陂塘柳、買陂塘、摸魚子

賀新郎（春暮）　一名金縷衣、賀新凉、金縷曲、貂裘换酒

春風嫋娜（游絲）

多麗（西湖）

考正白香詞譜卷一

凡用○者應平，●者應仄，◎者平仄可互易

天虛我生鑒定　泉唐陳小蝶編

▲憶江南

南唐李後主煜

◎◎●　◎●●○○　◎●◎○○●●　◎○◎●●○○　◎●●○○

多少恨句　昨夜夢魂中韻　還似舊時遊上苑句　車如流水馬如龍叶　花月正春風叶

考正：右詞二十七字，原名《謝秋娘》，乃唐李德裕爲謝秋娘而作，其詞久逸，以白居易《憶江南》三首，其第一首末句云「能不憶江南」，故名。此外亦名《春去也》，則以劉禹錫詞首句作「春去也」耳。又名《夢江南》、《望江梅》，則因皇甫松有「閒夢江南梅熟日」之句也，亦名《夢江口》。而《全唐詩》於李後主《憶江南》注，又名《歸塞北》。又《古今樂録》云：梁武帝改西曲，製《江南弄》七，一曰《江南弄》，二曰《龍笛曲》，三曰《採蓮曲》，四曰《鳳笙曲》，五曰《游女曲》，六曰《採菱曲》，七曰《朝雲曲》。又沈約作四曲：一曰《鳳瑟曲》，二曰《秦箏曲》，三曰《陽春曲》，四曰《朝雲曲》。亦謂之《江南弄》，實皆《憶江南》之別名。而萬氏《詞律》皆遺漏未注，特補出之。

填詞法：按此調首句爲三字句，第二字雖注可平，但與第二句之第一字有相互關係。若首句第二字用平，則次句第一當以用仄爲稱，反之亦然。唯以音節論，則首句第二字自以仄聲爲佳。如皇甫松作「蘭燼落」、温庭筠作「梳洗罷」、吴文英作「三月暮」皆是也。第二句爲仄起平韻之五字句，句法上二下三。第一字平仄可以通用，唯首句第二字既已用仄，則次句自當用平爲宜。第三句則爲仄起仄收之七字句，第一第三字平仄可不拘。亦有注第六字可平者，實非。若使作平，則成爲平仄仄平平平仄，是惟《賀新郎》中有之耳。第四句爲平起平韻之七字句，其第一三字亦可作仄，實則此兩句句法，即與平起七律詩中之項聯無異，故作者多用對偶，格律較爲工整。白居易詞云：「山寺月中尋桂子，郡亭枕上看潮頭」，劉禹錫詞云：「弱柳從風疑舉袂，叢蘭裛露似沾巾」，皆其例也。第五句句法與次句同，第一字可平。

▲搗練子

南唐李後主煜

○●●　●○○　◎●○○◎●○　◎●◎○○●●　◎○◎●●○○

深院静句　小庭空韻　斷續寒砧斷續風叶　無奈夜長人不寐句　數聲和月到簾櫳叶

考正：右詞二十七字，亦名《深夜月》，蓋詠搗練者也。《詞苑叢談》云：「李後主此詞尚有上闋，蓋即《鷓鴣天》變體，其詞云：『塘水初澄想玉容。所思還在別離中。誰知九月初三夜，露似珍珠月似弓。』下接『深院静』云云。」但此説亦不確，按《全唐詩》載李後主詞，亦無此闋。且揆前四句語氣，亦與詠搗練不合，而平仄句法，亦與《鷓鴣天》互異也，不足信也。

填詞法：此調，首爲三字對句，句法均上二下一。第三四五句，即係平起七絶之第二三四句耳。故於一三五字平仄多不論。其第四五句，與《憶江南》之第三四句亦同，但不用對偶耳。

▲憶王孫

宋秦觀少游

◎○◎●●○○
萋萋芳草憶王孫韻

◎●○○◎●○
柳外樓高空斷魂叶

◎●○○◎●○
杜宇聲聲不忍聞叶

●○○
欲黄昏叶

◎●○○◎●○
雨打梨花深閉門叶

考正：右詞載在秦觀《淮海集》中，《草堂詩餘》注爲李重元作，萬氏《詞律》從之，實誤。元人北曲有《一半兒》詞，實即濫觴於此。但於末句添「兒」字作襯，爲「一半兒平平一半兒仄」，蓋即曲中所謂增字不增板也。本調又名《豆葉黄》、《闌干萬里心》。

填詞法： 此調凡三十一字，首二句即爲平起之七言詩第一二句，平仄亦同。第三句則與第二句同，與《搗練子》第二句亦同。第四句爲三字句，平仄不可移易，而第一字尤以用去聲爲宜。末句亦爲七言詩句，句法與第二三句同。本詞第二三五句第五字皆應作平，則音節婉妙。秦詞「空」、「深」二字用平，「不」字入聲作平，他作雖亦有不拘者，但其聲調殊不能如此委婉耳。

▲調笑令

唐王建仲初

○●
團扇韻
○●
團扇疊句
●◎◎○○●
美人並來遮面叶
◎○◎●○○
玉顏憔悴三年换平
◎●○○●○
誰復商量管絃叶平
○●
絃管三换仄
○●
絃管疊句
◎●◎○◎●
春草昭陽路斷叶三仄

考正： 右詞凡三十二字，詞譜作《古調笑》，一名《宫中調笑》，亦名《轉應曲》、《三台令》。白居易詩「打嫌調笑易」，自注「調笑，曲名也」，即指此。

填詞法：此調起爲二字疊句，第三爲平起仄韻之六字句。第二三字平仄可易。如馮延巳詞「照得離人愁絶」是也，然其音節終以「美人」句爲佳。第四句换平韻，爲平起平收之六字句，第一三字平仄不拘。第五句亦即六字句，仄起平叶，其第一字可仄，第五字則必須用仄。第六七句，則以上句末尾二字顛倒而疊之，三换叶仄韻。末句則與第五句同，但第五字平仄亦可通用，叶仄韻。此調凡三用韻，通首以六言句爲主，夾以兩字疊句，爲拗體之濫觴。

▲如夢令

宋秦觀少游

◎●◎○○●　◎●◎○◎●　◎●●○○　◎●◎○○●　○●　○●　◎
鶯嘴啄花紅溜韻　燕尾剪波緑皺叶　指冷玉笙寒句　吹徹小梅春透叶　依舊叶　依舊疊句　人
●●○●●
與緑楊俱瘦叶

考正： 右詞凡三十三字，本唐莊宗製，名《憶仙姿》，後蘇軾改爲《如夢令》，蓋因其詞中有「如夢。如夢」疊句，故名。此外亦名《宴桃源》、《比梅》。趙長卿作第四句「目斷行雲凝佇」，下即用「凝佇。凝佇」疊句，雖亦有此體，非定格也。

填詞法： 此調略與《調笑令》相近，以六言句爲主。第一二句與《調笑令》末句同，第一字平仄可以通用，第三字則以用仄聲爲佳，第五字以平聲爲宜。「緑」字蓋入聲作平也。淮海別作「遥夜月明如水，風緊驛亭深閉」，是明證也。且此二句例用對偶，故於平仄尤須精細，最好以一三五字平仄相對，尤覺工致。第三句爲五字句，句法與《憶江南》末句同，不用韻。第四句及第七句則仍爲六字句，句法與本調第一二句同，唯第三字宜用仄聲。第一字雖可用仄，但第三字既已用仄，則第一字自以用平爲宜。第五六句則爲兩字疊句，句法與《調笑令》疊句同，但非倒疊句耳。

▲長相思

唐白居易樂天

●◎○　●◎○　◎●○○◎●○　◎○◎●○

汴水流韻　泗水流叶　流到瓜州古渡頭叶　吴山點點愁叶

●○○　●○○　◎●○○○

思悠悠叶　恨悠悠叶　恨到歸時方

●○　●○○●○
始休叶　月明人倚樓叶

考正：右詞三十六字，爲雙調中之最短者。又名《雙紅豆》、《山漸青》、《憶多嬌》。前後起二句，例用疊韻，如劉克莊詞作「烟迢迢，水迢迢」，王灼詞作「來匆匆，去匆匆」，蓋定格也。

填詞法：白居易此詞，前闋平仄多誤，填者當以後半爲準。首爲三字疊句，第一字應仄，第二三字應平，句法與《搗練子》第二句同，其亦有作平平平或仄仄平者，皆不足法。本調「水」字蓋以上聲作平也。第三句爲七言句，與《搗練子》第三句同。第四句爲平起五言句，第一字應仄，第三應平，與普通五言句不同，故填詞者當從「月明」之句，不當從「吴山」句。

▲相見歡

南唐李後主煜

◎○◎●○○　●○○　◎●◎○　○●●○○
無言獨上西樓韻　月如鈎叶　寂寞梧桐豆　深院鎖清秋叶

●◎●　◎○●　●○○
剪不斷换仄　理還亂叶仄　是離愁叶

◎●◎○　○●●○○

平

別是一般豆　滋味在心頭叶平

考正：右詞三十六字，薛昭藴一首，原名《相見歡》。而李後主此詞，則名《憶真妃》，蓋感懷之作也。又以詞中有「獨上西樓」及「秋」、「月」之句，故亦名《上西樓》、《西樓子》、《秋夜月》，宋人則名爲《烏夜啼》，而《錦堂春》亦名《烏夜啼》，因致傳訛不少。

填詞法：此調凡兩用韻，前半皆用平韻。第一句六字，第一第三字平仄不拘，第二句與《擣練子》第二句同。第三句爲九字句，亦可於第四或六字略斷作豆，如張泌詞「欹枕殘妝一朵卧枝花」是也。萬紅友《詞律》必注上六字爲一句，下三字又爲一句，是亦膠柱鼓瑟矣。大凡此等句法，貴在一氣呵成，其取巧之法，則可先成七言一句，而後再以兩字冠之於首，後主此詞即用是法也。後闋起二句換叶仄韻，第一二字雖可平仄通用，但自以仄平仄爲佳。「剪不斷」之「不」字，蓋入聲作平聲也。張泌詞作「情極處，却無語」，則首字用平，次字即非入聲作平矣。薛昭藴詞作「卷羅幕，憑妝閣」，兩句皆用仄平仄，音節與李詞同，是明證也。第三句仍叶平韻，與本調前半第二句同。末句亦爲九字句，句法與前半末句同，可不贅。

▲醉太平

宋劉過改之

○○●○ ○○●○ ◎○◎●○○ ●○○●○ ○○●○ ○○●○ ◎○
情高意真韻 眉長鬢青叶 小樓明月調箏叶 寫春風數聲叶 思君憶君叶 魂牽夢縈叶 翠綃
◎●○○ ●○○●○
香煖雲屏叶 更那堪酒醒叶

考正： 右詞三十八字，一名《四字令》，亦名《醉思凡》。前後起二句平仄俱不可易，第三字尤關重要，應用去聲。蓋去聲字多用仕字上字，特出衆音之上，脱口而出，非若上聲入聲之仍唱作平也。沈伯時《樂府指迷》云「詞中有用去聲字者，不可以别聲替」，即是此意。萬氏《詞律》收戴復古一首，作「長亭短亭，春風酒醒」云云，第三字皆用上聲，實不足法。

填詞法： 此調前後句法皆同，以四字句爲主，並爲拗體。惟第三句爲六字句，第一第三字平仄雖可通用，但終以仄平平仄平平爲佳，庶與全體拗句相稱。末句雖五字，其實乃四字句上加一字豆也，是爲上一下四句法，不可作普通五言句觀，蓋與以前所見五字句法均各不同也。

▲生查子

宋朱淑真

●○○●○
去年元夜時句　◎●○○●
花市燈如晝韻　◎●●○○
月上柳梢頭句　◎●○○●
人約黃昏後叶　◎○○●○
今年元夜時句　◎●○○●
月與燈依舊叶　◎●●○○
不見去年人句　◎●○○●
淚濕春衫袖叶

考正： 右詞四十字，實名《生摣子》，其後從省筆作查。創自五代，實即五言八句耳，而作者平仄多有參差。此詞首句乃用《長相思》末句句法，聲調殊別，頗饒豐致，自是别體，但非正格。兹另舉魏承班一首於左，以資考證。

◎●●○○
烟雨晚晴天句　◎●○○●
零落花無數韻　◎●●○○
難話此時情句　◎●○○●
梁燕雙來去叶　◎●●○○
琴韻對薰風句　◎●○○●
有恨和情撫叶　◎●●○○
腸斷斷絃頻句　◎●○○●
淚滴黃金縷叶

填詞法：觀於此詞，足知全體實順，初非拗句，但其音節轉覺板滯，不如前腔之委婉耳。惟格律頗整，故後世作者，類皆奉爲圭臬，蓋亦以朱詞難學耳。

▲昭君怨

宋万俟雅言詞隱

◎●◎○◎●　◎●◎○◎●　◎●●○○　●○○
春到南樓雪盡韻　驚動燈期花信叶　小雨一番寒換平　倚闌干叶平

◎●◎○◎●　◎
莫把闌干頻倚三換仄　一

●◎○◎●　◎●●○○　●○○
望幾重烟水叶三仄　何處是京華四換平　暮雲遮叶四平

考正：右詞四十字，又名《一痕沙》、《宴西園》。凡四用韻。《詞統》等書收《添字昭君怨》，改第三四句爲九字句，蓋出湯玉茗《牡丹亭傳奇》，乃襯字之曲，不可爲詞。唐宋金元，咸無其例，自不足據。

填詞法：此調前後相同，第一二三句，正與《如夢令》句法相同，惟《如夢令》第三句不用韻，此則第四句之韻，即由第三句來，故微有不同。

▲點絳唇

元曾允元舜卿

◎●○○　●○◎●○○●　●○○●　◎●○○●　◎●○○　◎●○○●
一夜東風句　枕邊吹散愁多少韻　數聲啼鳥叶　夢轉紗窗曉叶　來是春初句　去是春將老叶

○○●　●○○●　◎●○○●
長亭道叶　一般芳草叶　只有歸時好叶

考正：右詞四十一字，亦名《南浦月》、《沙頭雨》、《點櫻桃》，沈氏別集選韓魏公詞，次句作「對庭前花樹添憔悴」，多一「對」字，蓋襯豆也，曲中有之，於填詞不宜，不足法也。

填詞法：此調首句四字，兩仄兩平，第一字雖可作平，但以仄爲宜。次句爲七言句，第一字應用去聲，第三字亦以仄聲爲宜。趙長卿詞作「翠濤擁起千重恨」，紅友以爲妙在「翠」字，實則全賴一「擁」字爲之托起耳。第三句亦四字句，第一字應用去聲。第四句句法，與《生查子》第二第四句同。後半第一句與前半第一句同，第二句與第四句同。第三句三字，爲上二下一，句法用平平仄，乃定格也。如馮延巳詞作「關情處」，趙長卿詞作「丁寧問」，皆可證。第四五句與前闋第三四句同，可不復贅。

▲菩薩蠻

唐李白太白

◎○○●● ●○○●○ ◎●●○○ ◎○◎●○○● ◎○◎●○○●

玉階空佇立三 有人樓上愁叶平 暝色入高樓換平 寒山一帶傷心碧叶 平林漠漠烟如織韻

◎○○●○ ◎●●○○ ◎●○○●

長亭連短亭叶四平 何處是歸程四換平 宿鳥歸飛急叶三仄 換仄

考正： 右詞四十四字，《杜陽雜編》云「宣宗大中初，蠻國之人入貢，危髻金冠，瓔珞被體，當時倡優遂製《菩薩蠻》曲，文士往往依聲填詞」。又《北夢瑣言》云「宣宗好唱《菩薩蠻》詞」，是原作「蠻」字，至楊升庵始改作《菩薩鬘》，人遂從之。此外又名《子夜歌》、《巫山一段雲》、《重疊金》。

填詞法： 按青蓮此詞，實爲千古詞祖。蓋即五七言詩組成者也。通首兩句一韻，凡四易韻，兩平兩仄。第一二句即爲七言仄句，故第一字第三字平仄不論，句法與《點絳唇》第二句相同。第三句爲仄起之五言句，換用平韻，句法與《憶江南》第二句同。第四句則爲五言拗句，與《長相思》末句同，第三字宜用平聲，而第一字用仄亦勝於用平。後半第一句爲平起仄韻之五言句，第一字平仄不拘，第二句與《生查子》第二句同，末二句則與本詞第三四句同，此詞「連」字，或有作「更」字者，實非。

▲卜算子

宋蘇軾子瞻

◎●●○○
水是眼波橫句
◎●○○●
山是眉峯聚韻
◎●○○●●○
欲問行人去那邊句
◎●○○●
眉眼盈盈處叶
◎●●○○
纔是送春歸句
◎●○
又送君
○●
歸去叶
◎●○○●●○
若到江南趕上春句
◎●○○●
千萬和春住叶

考正：右詞四十四字，因秦觀詞有「極目烟中百尺樓」之句，故亦名《百尺樓》。

填詞法：此調略與《生查子》相近，祇改第三句爲七字句耳。故其第一二四句法，均與《生查子》正格第一二四句同。第三句句法則與《搗練子》第三句同，第一字平仄可以不拘，後半句法均與前半同，可以類推。

▲減字木蘭花

宋王安國平甫

◎○◎● ◎●◎○○●● ◎●○○ ◎●○○◎●○ ◎○◎● ◎

畫橋流水韻 雨濕落紅飛不起叶 月破黃昏換平 簾裏餘香馬上聞叶平 徘徊不語三換仄 今

●◎○○●● ◎●○○ ◎●○○◎●○

夜夢魂何處去叶三仄 不似垂楊四換平 猶解飛花入洞房叶四平

考正：右詞四十四字，一名《減蘭》，較《木蘭花》本調減少八字，故名。蓋《木蘭花》於四字句處，實爲三字兩句，上二句爲仄平平、平仄仄，下二句爲平仄仄、仄平平也。其特別處，則《木蘭花》係一韻到底，此詞則末句換平耳。

填詞法：此調前後句法皆同。第一句與《點絳唇》第三句同，但第一三字平仄不拘。第二句七字，與《憶江南》第三句同。第三句四字，换用平韻，句法與《點絳唇》第一句同。第四句七字，仄起平叶，句法與《憶王孫》第二三五句同。

▲醜奴兒

宋朱藻野逸

◎○◎●○○●　◎●○○　◎●○○　◎●○○◎●○　◎○◎●○○●　◎
障泥油壁人歸後句　滿院花陰韻　樓影沉沉叶　中有傷春一片心叶　閒穿緑樹尋梅子句　斜
●○○　◎●○○　◎●○○◎●○
日籠明叶　團扇風輕叶　一徑楊花不避人叶

考正：右詞四十四字，《全唐詩》原名《采桑子》，爲唐教坊大曲，亦名《楊下采桑》，《南卓羯鼓録》作「凉下采桑」，而馮正中詞則名《羅敷艷歌》，李後主詞名《采桑子令》，宋初亦皆名《采桑子》，陳無己詞名《羅敷媚》，唯黄庭堅有六十二字一首，始名《醜奴兒》，其實與此大異，兹録於左。

◎●●○○　◎◎◎　◎●○○　◎○◎●○○●　◎○◎●　◎○◎●　◎●○
得意許多時韻　長醉賞豆　月下花枝叶　暴風急雨年年有句　金籠鎖定句　鶯雛燕友句　不被雞
○　◎●●○○　◎◎◎　◎●○○　◎○◎●○○●　◎○◎●　◎○◎●
欺叶　紅旆轉逶迤叶　悔無計豆　千里追隨叶　再來重綰瀘南印句　而今目下句　悽惶怎向句

◎●○○
日永春遲叶

填詞法：觀於此詞，則四十四字之一體，當名《采桑子》，與《醜奴兒》正格固無涉也。第一句與《菩薩蠻》首二句同，但不用韻。第二三句均四字句，與《減字木蘭花》第三句同。第四句即仄起平韻之七言，亦與《減字木蘭花》第四句同。

▲謁金門

五代馮延巳正中

○◎●　◎●◎○○●　◎●◎○○●●　◎○○●●　◎●◎○◎●　◎●◎
風乍起韻　吹皺一池春水叶　閒引鴛鴦芳徑裏叶　手挼紅杏蕊叶　鬥鴨闌干獨倚叶　碧玉搔

○○●　◎●◎○○●●　◎○○●●
頭斜墜叶　終日望君君不至叶　舉頭聞鵲喜叶

考正：右詞四十五字，又名《花自落》，各家皆從此體。唯孫光憲後半起句作「輕別離，甘拋擲」，蓋歌曲家之換頭耳，實則與本調無甚差別。《圖譜》乃注爲二字一句，四字一句，以「別」、「擲」爲韻，豈復可通。

填詞法：此調首爲三字句，第二字雖亦有用平聲者，但自以去聲爲佳。如魏承班作「春欲半」，孫光憲作「留不得」，皆明證也。第二句與《昭君怨》第一二句同，第三句與《減字木蘭花》第二句同，第四句與《菩薩蠻》後半第一句同。本調後半均與前半相同，但只換頭。

▲訴衷情

宋歐陽修永叔

◎○◎●●○○　◎●●○○　◎○◎●○●　◎●●　●○○　○●●　●○
清晨簾幕捲輕霜韻　呵手試梅粧叶　都緣自有離恨句　故畫作豆　遠山長叶　思往事句　惜流

○　●○○　●○○●　●●○○　◎●○○
光叶　易成傷叶　未歌先斂句　欲笑還顰句　最斷人腸叶

考正：右詞四十五字，又名《一絲風》。此調變體極多，自以本調爲正格，從來作者皆從之。而沈氏別集乃割第四句上一字於第三句，成七言仄句，而下作五字句，實至可笑。山谷詞「天然自有殊態，供愁黛，不須多」，沈氏亦注於「供」字斷句，誠足供人噴飯者矣。

填詞法：此調第一句句法與《憶王孫》第一句同，第二句與《菩薩蠻》第三句同，第三句與《調笑令》第三句略同，第四五句與《搗練子》首二句同。後半換頭，首二句亦與《搗練子》同，第三句即與本詞第二句同，此三句蓋流水格也，與《相見歡》之換頭異。第四第五則爲四言對句，而不用韻，上句與《減蘭》第一句同，下句與《減蘭》第三句同。末句亦四字，叶平韻，亦與《減字木蘭花》第三句同，此三句蓋亦自成一組，爲蝦鬚格也。

▲好事近

明蔣子雲元龍

◎●●○○　◎●◎○○●　◎●◎○○●　●○○○●　◎○◎●●○○　◎
葉暗乳鵶啼句　風定老紅猶落韻　蝴蝶不隨春去句　入薰風池閣叶　休歌金縷勸金卮句　酒

◎●○●　◎●◎○○●　●○○○●
病煞如昨叶　簾捲日長人静句　任楊花飄泊叶

考正：右詞四十五字，又名《釣船笛》，陸放翁詞於前後第三句皆叶韻，但亦偶然，非定格也。

填詞法： 此調第一句，與《訴衷情》第二句同。次句與《昭君怨》第二句同。第三句句法亦與上句相同，但不用韻。第四句五字，句法係上一下四。鄭獬作「按涼州初徹」，正與此同。萬紅友注第二字可仄，殊不可從。後半首爲七字句，平起平收。與《訴衷情》第一句同，而不用韻。次句首二字亦有作平聲者，如鄭獬詞「紅鞾踏殘雪」，即於第一二字用平者，蓋拗句耳，重在第三字必用仄聲，若易爲平，即不協律，是宜注意。末兩句句法，則與前半第三四句同，《圖譜》謂結句第一字可平，實誤。

▲憶秦娥

唐李白太白

○◎● 簫聲咽韻　○○◎●○○● 秦娥夢斷秦樓月叶　○○● 秦樓月疊三字　◎○◎● 年年柳色句　●○○● 灞陵傷別叶　◎○◎●○○● 樂遊原上清秋節叶

◎○◎●○○● 咸陽古道音塵絕叶　○○● 音塵絕疊三字　◎○◎● 西風殘照句　●○○● 漢家陵闕叶

考正： 右詞四十六字，又名《秦樓月》、《碧雲深》、《雙荷葉》。青蓮此詞與《菩薩蠻》同傳，僉推首唱。「秦樓月」、「音塵絕」二句，俱疊上三字。「灞」、「漢」二字必用仄聲，而名家作手尤都用去聲。「年年」、「西風」二句亦須用平平仄仄，庶與下句不同。但亦用仄平平仄，與下句正同者。沈氏別集選王脩微作，竟用仄仄平平，實爲大謬。

填詞法：此調首句三字，第二字雖可仄，但終以平聲爲宜，庶不與《謁金門》相混。次句七字，爲轆轤體，如石孝友詞「秦娥本是秦宮客」，亦轆轤作也。故第一字不當用仄，若用仄即不能作轆轤矣。第三句即疊上句之末三字，乃定格也。第四五句均四字，與《減蘭》第一句句法相同，但第四句亦可作平平仄仄，與《減蘭》後半第一句相同，後半改首句爲七字，句法與《菩薩蠻》首句同，蓋即曲中所謂前腔换頭也，凡雙調多有此例。

▲更漏子

唐温庭筠飛卿

●○○　○●●　◎●◎○◎●　○●●　●○○　●○○●○　○◎●

柳絲長句　春雨細韻　花外漏聲迢遞叶　驚塞雁句　起城烏换平　畫屏金鷓鴣叶平　香霧薄三换仄

◎○●　◎●◎○◎●　○●●　●○○　●○○●○

透重幕叶三仄　惆悵謝家池閣叶三仄　紅燭背句　繡簾垂四换平　夢長君不知叶四平

考正：右詞四十六字，自是正體。萬氏《詞律》乃另收温庭筠「玉闌干，春甃井」一首，後闋起句作「一向凝情望」，是則僅四十五字，而萬氏仍注爲四十六字，不知何故。按《全唐詩》中收温庭筠詞，亦無此一首，恐是後人僞作。其「一向」句，本亦三字，後乃誤落「一」字耳。萬氏不察，竟以此爲正格，實謬。

填詞法：此調起爲三字對句，句法與《擣練子》略同，而平仄互異。毛熙震詞，首句作「烟月寒」，於第一字用平，第二字用仄，殊不可法。蓋自北宋以後，諸家皆用仄平平也。格律自較整齊。第三句與《昭君怨》、《如夢令》第一二句同，第一三五字平仄不拘。第四五句换用平韻，亦爲三字對句，句法與《擣練子》起句正同。第六句爲五字句，句法與《長相思》第四句同，第一字宜用仄聲，第三字宜用平聲，雖亦有用平平仄仄平者，但音節殊遜，不足法也。後半字句均與前半同，但起句换頭，兩句皆韻，亦有不對者，如温庭筠詞第六首作「梧桐樹，三更雨」，即不用對偶。且「桐」字「三」字皆作平，可不拘也。宋人此詞，後起往往與前起同，不復於「薄」字用韻，且有作平平平、仄仄仄者，或於第四五句作仄仄仄、平平平者，實不可法。

▲荆州亭

宋吳城小龍女

◎●◎○◎●
簾捲曲闌獨倚韻
◎●◎○◎●
江展暮雲無際叶
◎●●○○
淚眼不曾晴句
◎●◎○◎●
家在吳頭楚尾叶
◎●◎○◎●
數點雪花亂委叶
◎
撲

●◎○◎● ◎●●○○ ◎●◎○◎●
漉沙鷗驚起叶 詩句欲成時句 没入蒼烟叢裏叶

考正：右詞四十六字，因題在荆州江亭，故以名之，亦名《江亭怨》。《花庵詞選》則名《清平樂令》，實則字句與《昭君怨》相近，但末句異耳。又按《冷齋夜話》云：黄魯直登荆州亭，見亭柱間有此詞，後夢一女子，自云有感而作，魯直驚悟，曰：「此必吴城小龍女也。」因名《荆州亭》。

填詞法：此調第一二三句句法，均與《昭君怨》同，但第三句不换韻，改第四句三字作六字，仍叶仄韻，與第一二句同。其實乃《如夢令》半首，但截去其尾耳。山谷欺人，乃僞託爲神仙，是猶《減蘭》之僞託吕巖，皆欲取信於人，冀其傳也。

▲清平樂

宋黄庭堅魯直

○○◎● ◎●○○● ◎●◎○○●● ◎●◎○◎●
春歸何處韻 寂寞無行路叶 若有人知春去處叶 喚取歸來同住叶

◎○◎●○○ ◎
春無蹤迹誰知换平 除

○◎●○○　◎●◎○◎●　◎○◎●○○
非問取黄鸝叶平　百囀無人能解句　因風飛過薔薇叶

考正：右詞四十六字，又名《憶蘿月》，與《清平調》無涉。

填詞法：此調凡兩用韻，前半叶仄，後半叶平。第一句四字，與《減蘭》第一句同。第二句五字，與《卜算子》第二句同。第三句爲仄起仄叶之七言句，故一三五字平仄不拘，第六字亦有作平者，如青蓮詞「玉帳鴛鴦噴蘭麝」，即於「噴」字用仄、「蘭」字用平者，而姿態橫媚，蓋以拗句取勝者。第四句即與《荆州亭》第四句相同，第一三五字雖不拘，但第五字作仄，則第三字當作平矣。後半換叶平韻，首二句皆六字句，句法與《醉太平》第三句相同，但第一句上三字，亦有用仄仄仄者，如李青蓮詞「女伴莫話孤眠」，惟音節不甚佳妙。馮延巳作「披衣獨立黄昏」，則上二字用平、第三字用仄者，又「與君同飲金杯」，則作仄平平，此外亦有作仄仄平或仄平仄者，固不拘也。其第二句則僅第一三字平仄可通，第三句與前半第四句同，末句與後半第二句同，可不贅述。

▲誤佳期

清汪懋麟季用

◎●◎○◎●
寒氣暗侵簾幕韻

◎●◎○◎●
辜負芳春小約叶

◎○◎●●○○
庭梅開遍不歸來句

●●○○●
直恁心情惡叶

◎●●○○
獨抱影兒眠句

◎
背

●○○●
看燈花落叶

◎○◎●●○○
待他重與畫眉時句

●●○○●
細數郎輕薄叶

考正：右詞四十六字，《詞律》不收，另列《竹香子》，凡五十字，但後闋字句與此各異，惟《詞統》載楊慎一首，字句與此正同，實即減字之《竹香子》耳。

填詞法：此調首二句與《如夢令》起二句同，第一三五字平仄不論。第三句即平起之七言詩句，不用韻，句法與《憶江南》第四句同。第四句則與《卜算子》第四句同。後半首二句，實即五言仄韻詩句，句法與《生查子》第三四句同，第三四句均與前半同。

▲阮郎歸

宋歐陽修永叔

◎○◎●●○○　◎○○●○　◎○◎●●○○　●○○●○
南園春半踏青時韻　風和聞馬嘶叶　青梅如豆柳如眉叶　日長蝴蝶飛叶

○●●　●○○　◎○○●○　◎○◎●●○○　●○○●○
花露重句　草烟低叶　人家簾幕垂叶　鞦韆慵困解羅衣叶　畫堂雙燕歸叶

考正：右詞四十七字，又名《醉桃源》，《圖譜》則删去《阮郎歸》，而用《碧桃春》，實則即一體也。黄山谷此詞全用「山」字爲韻，實非别體，猶辛稼軒作《柳梢青》全用「難」字爲韻，注云「福唐體」，即獨木橋體也。

填詞法：此調通首平韻，首句與《訴衷情》首句同，第二句與《長相思》第四句同，吴夢窗作「春如日墜西」，則於第三字用仄，但入聲本可作平，蓋此等句法，下三字終以平仄平爲佳，作者雖不盡如此，而名家固從平也。第三四句與上兩句同。後半换頭，首二句爲三字對句，與《搗練子》首二句同，與《更漏子》第四五句亦同。第三四句與前半同。大凡五言拗句，重在第三字，凡第三字用平聲者，其第一字即應用仄，乃始呼應得起，若圖順口，而下三字作仄仄平，則失之矣。

▲畫堂春

宋黃庭堅魯直

◎○◎●●○○ ◎○◎●○○ ◎○◎●●○○ ◎●○○ ◎●◎○◎●

東風吹柳日初長韻 雨餘芳草斜陽叶 杏花零落燕泥香叶 睡損紅粧叶 寶篆烟銷龍鳳句

◎○◎●○○ ◎○◎●●○○ ◎●○○

畫屏雲鎖瀟湘叶 夜寒微透薄羅裳叶 無限思量叶

考正：右詞四十七字，後半換改作六字對句，故較前半少却一字。萬氏《詞律》收「落紅鋪徑」一首，實爲秦少游作，注爲徐俯，誤也。

填詞法：此調首句與《阮郎歸》第一句同，第二句與《清平樂》後半第二句同，第三句與本調第一句同，第四句與《醜奴兒》第二三句相同，唯《醜奴兒》係是四字對句，此則單句也。後半與前半同，但換頭作六字對句，與《清平樂》後半第三四句同，亦有不對偶者，但較遜耳。

▲攤破浣溪沙

南唐李嗣主璟

◎●○○●●○ ◎○◎●●○○ ◎●◎○●○● ●○○ ◎●◎○○●●

菡萏香銷翠葉殘韻 西風愁起綠波間叶 還與韶光共憔悴句 不堪看叶 細雨夢回雞塞遠

◎○◎●●○○　◎●◎○○●●　●○○
句　小樓吹徹玉笙寒叶　多少淚珠何限恨句　倚闌干叶

考正： 右詞四十八字，實係《浣溪沙》變體，破其結句爲兩句，增七字爲十字，故名《攤破浣溪沙》，别名《山花子》，後人以此詞「細雨夢回雞塞遠」一聯膾炙千古，竟名此調爲《南唐浣溪沙》，亦通。又按「沙」字應作「紗」，汲古閣作《浣紗溪》，似較通，特是沿誤已久，不可改矣。

填詞法： 此調本爲七言詩，但於末句除去上四字耳，蓋第一二句即爲七言仄起絶句之首二句，《浣溪沙》本調只三句，其第三句本亦平起平收之七言詩句。以此詞而論，當作「韶光憔悴不堪看」七字，今乃加「還與」二字於首，嵌「共」字於中，遂破成兩句，於是第三句竟與仄起七絶詩之第三句同。而第四句只三字，句法上二下一，與《昭君怨》末句同矣。後半换頭，首二句句法，蓋即仄起七律詩之第三聯也。第三句七字，亦與平起七律詩第七句同。末句三字，則與仄起七律之第八句末尾三字相同。若以偷聲減字例論，則亦可稱爲減字七律矣。

▲人月圓

金吳激彥高

◎○◎●○○● ◎●●○○ ◎○◎● ○○●● ○●○○ ◎○◎● ○

南朝千古傷心事句 還唱後庭花韻 舊時王謝句 堂前燕子句 飛向誰家叶 恍然一夢句 仙

○◎● ◎●○○ ◎○◎● ○○●● ◎●○○

肌勝雪句 宮鬢堆鴉叶 江州司馬句 青衫淚濕句 同是天涯叶

考正： 右詞四十八字，又名《青衫濕》，通首以四字爲主，或注前後結處爲六字兩句者，實誤。

填詞法： 此調第一句爲平起仄收之七言詩句，不用韻。第二句爲仄起平收之五字句，次句句法與《訴衷情》第二句同。第三四句皆四字，平起仄收不用韻，亦有用對偶者，句法與《憶秦娥》第四五句同。第五句亦四字，句法與《點絳唇》首句同。或有以第三句爲豆，而第四五句相對者，亦可。後半第一二三句，與前半第三四五句同。結尾三句亦與前半末三句同。

▲桃源憶故人

宋秦觀少游

◎○◎●○○● ◎●◎○○● ◎●◎○○● ◎●○○● ◎○◎●○○●

玉樓深鎖多情種韻 清夜悠悠誰共叶 羞見枕衾鴛鳳叶 悶則和衣擁叶 無端畫角嚴城動

叶

◎●◎○○●　◎●◎○○●　◎●○○●

驚破一番新夢叶　窗外月華霜重叶　聽徹梅花弄叶

考正：右詞四十八字，又名《虞美人影》，與《虞美人》本調異，汲古刻放翁詞，「桃源」均作「桃園」，亦誤。

填詞法：此調第一句與《菩薩蠻》首句同，第二句六字，句法與《昭君怨》第二句同。第三句與本調第二句同。第四句五字，與《點絳唇》、《誤佳期》第四句同。後半句法，均與前半相同，並無差異。

▲眼兒媚

明劉基伯温

○◎○◎●○○　◎●●○○　◎○◎●　◎○◎●　◎●○○　◎○◎●○○

萋萋芳草小樓西韻　雲壓雁聲低叶　兩行疏柳句　一絲殘照句　萬點鴉栖叶　春山碧樹秋重

●　◎●●○○　◎○◎●　◎○◎●　◎●○○

綠句　人在武陵溪叶　無情明月句　有情歸夢句　同到幽閨叶

考正：右詞四十八字，又名《秋波媚》，按宋人樂府，起句作「霏霏疏雨轉征鴻」，起首四字，平仄與此詞同。而王雱詞則作「楊柳絲絲弄輕柔」，左譽詞作「樓上黄昏杏花寒」，起四字用平仄平平，句法與此詞相反，而與南曲中《懶畫眉》起句相同，音韻殊見遒媚，可從。

填詞法：此調起句七字，前四字平仄可通用，但自以平仄平平爲佳。次句五字與《人月圓》第二句同，第三四句爲四字對句，亦與《人月圓》第三四句同。第五句亦四字叶韻，與《人月圓》第五句同。後闋首句換用平起仄收句，不叶韻，則尤與《人月圓》前闋盡同，毋庸贅述。

▲賀聖朝

宋葉清臣道卿

◎○◎●○○●　●○○○●　◎○◎●●○○　●◎○○●　◎○◎●　◎○

滿斟緑醑留君住韻　莫匆匆歸去叶　三分春色二分愁句　更一分風雨叶　花開花謝句　都來

◎●　●○○○●　◎○◎●●○○　●○○○●

幾許叶　且高歌休訴叶　不知來歲牡丹時句　再相逢何處叶

考正：右詞四十九字，後闋起句，萬氏《詞律》作「花開花謝都無語」，仍爲七字句，與前闋相同。唯後來作者，則皆以四字兩句爲多，蓋换頭耳。「都來幾許」或作「都來幾日」，「日」字叶，人智切，以入作去也。

填詞法：此調首句與《桃源憶故人》首句相同，次句五字，爲上一下四句法，第一字應仄，不可更易，第二字亦宜平聲，句法與《好事近》第四句同，葉詞「一分風雨」之「一」字，乃以入聲作平也。第三句與《畫堂春》首句同，第四句亦與《好事近》第四句相同。後闋换頭，作四字兩句，亦有用對偶者，以下三句均與前闋相同。

▲柳梢青

清朱彝尊竹垞

◎○○●　◎○○●　◎○○●　◎●○○　◎○○●　◎○○●　◎○◎●○
障羞羅扇韻　花時猶記句　者邊曾見叶　曲彔闌干句　玲瓏窗户句　也都尋遍叶　兩峯依舊青
○　●◎●　○○○●　◎●○○　◎○○●　◎○○●
青句　但不比豆　眉梢平遠叶　第一難忘句　重來崔護句　去年人面叶

考正：右詞四十九字，又名《早春怨》，後闋起句有叶仄韻者，如「家山孤負猿鶴」是也。

填詞法：此調前闋六句，皆四字句，上三句皆平起仄收，唯第二句不用韻，第四句仄起平收，第五句平起仄收，作對偶格，而不用韻。但亦有不對者，則流水格也。末句亦有用平平仄仄者，但不如仄平平仄之佳。後闋換頭，首句六字，平起平收，第一字可平，第三字可仄，與《清平樂》後闋首句同。第二句七字，上三下四，上三字例用襯字，故注爲豆，以下三句，則仍爲四字句，上二句亦有用對者，句法與前闋後三句同。

▲西江月

宋司馬光君实

◎●◎○◎● ◎○◎●○○ ◎○◎●●○○ ◎●◎○◎● ◎●◎○◎

寶髻鬆鬆挽就句 鉛華淡淡妝成韻 紅烟翠霧罩輕盈叶 飛絮游絲無定換仄叶 相見爭如不

● ◎○◎●○○ ◎○○●●○○ ◎●◎○◎●

見句 有情還似無情叶平 笙歌散後酒微醒平叶 深院月明人靜換叶仄

考正：右詞五十字，又名《步虛詞》，平仄兩叶，爲以前諸體所無。山谷、夢窗詞有於後闋换韻者，是亦偶然，非正格也。按《蓮子居詩話》云：「《西江月》、《一剪梅》二調，易致庸俗，故詞人不多作。」此語良確。即《人月圓》、《柳梢青》諸體，亦復類是，非失之凡庸，即失之呆滯耳。故凡填詞亦宜選調，不可貿然而爲。又按，温公此詞，本爲贈妓而作，人或疑爲他人僞托，特以污公，不知宋廣平鐵石心腸，猶賦梅花之句，初何礙於功業耶？其汲汲爲公辨誣者，正如責白香山憶妓詩多於憶民詩，同一迂腐耳。

填詞法：此調起三句，與《畫堂春》後半起三句同。第四句六字，换用仄叶，句法與第一句同。後闋字句句法，均與前闋同。

▲惜分飛

宋毛滂澤民

◎●○○○●
斷雨殘雲無意

◎●○○●●　◎●○○●●　◎●○○●　◎○○●○○●
淚濕闌干花着露韻　愁到眉峯碧聚叶　此恨平分取叶　更無言語空相覷叶

●　◎●○○●●　◎●○○●　◎○○●○○●
緒叶　寂寞朝朝暮暮叶　今夜山深處叶　斷魂分付潮流去叶

考正： 右詞五十字，前後闋同。第三句聖求詞作「簾映春窈窕」，「窈」字上聲，雖可作平，但終不宜，不可從也。

填詞法： 此調首句與《減字木蘭花》第二句同，第二句與《誤佳期》第二句同，第三句與《桃源憶故人》第四句同，第四句則與《桃源憶故人》第一句同。

▲南歌子

宋歐陽修永叔

◎●○○● ○○●●○ ◎○◎●●○○ ◎●◎○○●●○○ ◎●○○●

鳳髻金泥帶句 龍紋玉掌梳韻 去來窗下笑相扶叶 愛道畫眉深淺入時無叶 弄筆偎人久句

○○●●○ ◎○◎●●○○ ◎●◎○●●●○○

描花試手初叶 等閒妨了繡功夫叶 笑問鴛鴦兩字怎生書叶

考正： 右詞五十二字，又名《望秦川》、《風蝶令》。張泌此詞僅有二十六字，蓋爲單調。至毛熙震始加後疊，是則此調當始於五代。萬氏注云宋人始用此體，殆未見毛詞耶？

填詞法：此調前後闋均同，起爲五言對句，首句仄收，次句平韻，與平起之五律詩項聯相同。第三句七字，與《西江月》第三句同，末句爲九字句，句法當上二下七，與《相見歡》末句相同，萬氏注爲上六下三，實非。

▲醉花陰

北宋李清照女史

◎●◎○○●●　◎●○○●　◎●●○○　◎●○○　◎●○○●　◎○◎●

薄霧濃雲愁永晝韻　瑞腦噴金獸叶　佳節又重陽句　寶枕紗幮豆　昨夜涼初透叶　東籬把酒

○○●　●●○○●　◎●●○○　◎●○○　◎●○○●

黃昏後叶　有暗香盈袖叶　莫道不消魂句　簾卷西風豆　人比黃花瘦叶

考正：右詞五十二字，後半起句與前段平仄相反，東堂亦然。其餘諸家，詞前後俱用平起七字仄句，與「東籬」句同。《圖譜》收毛澤民一首，注云：「换頭第四字疑韻，如楊无咎詞『撲人飛絮渾無數』、李清照詞『東籬把酒黄昏後』，『絮』、『酒』、『後』俱韻，蓋即《樂府指迷》所謂藏短韻於句内者。」予按此説殊穿鑿，學者正不必爲所拘也。前半末句，《詞律》改作「半夜秋初透」，可謂點金成鐵，漱玉有知，定當呼屈。

填詞法：此調首句七字，與《惜分飛》首句同。次句五字，與《桃源憶故人》末句同。第三句與《誤佳期》後半起句同。第四句九字，句法爲上四下五，文氣宜貫。後闋換頭，起句爲平起仄收，句法與《人月圓》首句同。次句五字，句法上一下四，與《賀聖朝》「且高歌休訴」句同，故第一字應仄，但查各家詞，如稼軒、逃禪、東堂等均作上二下三，與前闋「瑞腦」句同，故第一字亦可用平。第三句與前第三句同，末句九字亦同。《圖譜》注前後兩結「紗」字、「西」字可仄，實不可從。

▲浪淘沙

南唐李後主煜

◎●●○○ 簾外雨潺潺韻 ◎●○○ 春意闌珊叶 ◎○◎●●○○ 羅衾不耐五更寒叶 ◎●◎○○●● 夢裏不知身是客句 ◎●○○ 一晌貪歡叶 ◎●● 獨自莫

○○ 憑欄叶 ◎●○○ 無限江山叶 ◎○◎●●○○ 別時容易見時難叶 ◎●◎○○●● 流水落花春去也句 ◎●○○ 天上人間叶

考正：右詞五十四字，本調原係平起七絕一首，僅二十八字。至李後主詞，始改雙調，每段尚存七言二句。蓋因舊曲，別製新聲者也。自南唐以後，俱用此調，亦名《賣花聲》，汲古刻李之儀詞，首句「雲卷霞舒」，萬氏疑爲「卷」下落去一字，並非另體。但按杜壽域作「簾外微風」一首，起句亦爲四字，固是另有一體，殆萬氏未之見耳。又石孝友詞，前後俱用「兒」字爲叶，蓋即福唐體，非變格也。

填詞法： 此調前後闋字句均同，第一句與《憶江南》次句同，第二句與《減字木蘭花》第三句同，第三句即爲平起平收七言詩句，第四句即仄起仄收之七言詩句，第五句則與本調第二句同。

▲鷓鴣天

宋聶勝瓊女史

◎●○○●●○　◎○◎●●○○　◎○◎●○○●　◎●○○●●○　○●●
玉慘花愁出鳳城韻　蓮花樓下柳青青叶　尊前一唱陽關曲句　別個人人第五程叶　尋好夢句

●○○　◎○◎●●○○　◎○◎●○○●　◎●○○●●○
夢難成叶　有誰知我此時情叶　枕前淚共階前雨句　隔個窗兒滴到明叶

考正： 右詞五十五字，又名《思佳客》，《詞律》收秦觀一首，於「出」、「第」、「滴」三字均用平，注云不妨用仄。殊不知用仄者，則首句及兩末句即應一律，非可任意爲之也。紅友生平所短，即不知曲爲何物，又好以不知爲知，即如此詞，乃引南曲《懶畫眉》爲例，殊不知《懶畫眉》句法爲仄仄平平仄平平，重在第六字用平，乃係定格，而此詞則第六字斷不可平，適舉反例，寧不誤盡後人。

填詞法：按此調實由七言絕句詩兩首合併而成，唯後闋換頭，減去第一句，改作三字兩句耳。平仄句法，莫不與七絕通，但應仄起，不得用平起耳。

▲虞美人

南唐李後主煜

◎○◎●○○●　◎●○○●　◎○◎●●○○　◎●●○◎●●○○　◎○
春花秋月何時了韻　往事知多少叶　小樓昨夜又東風換平　故國不堪回首月明中叶平　雕闌
◎●○○●　◎●○○●　◎○◎●●○○　◎●●○◎●●○○
玉砌應猶在三換仄　只是朱顏改叶三仄　問君還有幾多愁四換平　恰似一江春水向東流叶四平

考正：右詞五十六字，前後闋凡四用韻，兩平兩仄。結句九字，語氣可於四字作豆，或上二下七，但終以一氣呵成爲佳。

填詞法：此調首句平起仄韻，與《人月圓》首句同。第二句五字，與《惜分飛》第三句同。第三句七字，換用平韻。第四句九字，叶平，句法均與《南歌子》同。

▲南鄉子

宋孫夫人道絢

◎●●○○　◎●○○●●○　◎●◎○○●●　○○　◎●○○●●○　◎●
曉日壓重檐韻　斗帳春寒起未忺叶　天氣困人梳洗懶句　眉尖叶　淡畫春山不喜添叶　閒把

●○○　◎●○○●●○　◎●◎○○●●　○○　◎●○○●●○
繡絲撏叶　認得金鍼又倒拈叶　陌上遊人歸也未句　懨懨叶　滿院楊花不捲簾叶

考正：右詞五十六字，亦有單調，始自歐陽炯。馮延巳添爲雙調，後皆從之。唯歐陽修「翠密紅繁」一首，起祇四字，《詞律》未收，「眉間」、「懨懨」均二字句，平平乃定格，不可移易。

填詞法：此調首句五字，與《浪淘沙》首句同，第二句與《鷓鴣天》第一句同，蓋仄起之七字句也。第三句爲七字仄句，與《浪淘沙》第四句同，不用韻。第四句爲兩字句，例用平平，第二字叶韻，末句與本調第二句同。

▲鵲橋仙

宋秦觀少游

◎◯◎●　◎◯◎●　◎●◎◯◎●　◎◯◎●●◯◯　●◎●　◯◯◎●　◎
纖雲弄巧句　飛星傳恨句　銀漢迢迢暗度韻　金風玉露一相逢句　便勝却豆　人間無數韻　柔

◯◎●　◎◯◎●　◎●◎◯◎●　◎◯◎●●◯◯　●◎●　◯◯◎●
情似水句　佳期如夢句　忍顧鵲橋歸路叶　兩情若是久長時句　又豈在豆　朝朝暮暮叶

考正：右詞五十六字，亦作《鵲橋仙令》，前後闋次句亦有叶韻者，但非必要。

填詞法：此調首二句爲四字對句，首句第三字若平，則次句第三字應仄，句法與《眼兒媚》之「兩行疏柳、一絲殘照」同。第三句六字起韻，句法與《惜分飛》次句同。第四句爲七言平句，與《賀聖朝》第三句同。第五句七字，上三下四，故於「却」字分豆，句法與《柳梢青》後闋「但不比眉梢平遠」句同。後半句法均與前同。

▲一斛珠

南唐李後主煜

◎○◎●　◎○◎●○○●　◎○◎●○○●　◎●○○　◎●◎○●　◎●●
晚妝初過韻　沉檀輕注些兒個叶　向人微露丁香顆叶　一曲清歌豆　暫引櫻桃破叶　羅袖裛

○○●●　◎○◎●○○●　◎○◎●○○●　◎●○○　◎●◎○●
殘殷色可叶　杯深旋被香醪涴叶　繡床斜憑嬌無那叶　爛嚼紅絨豆　笑向檀郎唾叶

考正：右詞五十七字，又名《醉落魄》，按唐曹鄴《梅妃傳》：明皇既寵太真，遂疏梅妃，會夷使至，獻珍珠一斛，上憶妃，命密賜之，妃不受，以詩答明皇曰：「柳葉雙眉久不描，殘妝和淚污紅綃。長門自是無梳洗，何必珍珠慰寂寥。」上覽詩悵然，令樂府以新聲度之，號《一斛珠》。曲名蓋始此也。

填詞法：此調首句四字，平起仄韻，與《減蘭》起句同，次爲七字句，與《醜奴兒》起句同。第三句與第二句同。末句九字，於第四字略逗，句法與《醉花陰》之「寶枕紗幮，昨夜凉初透」句同，末三字若作仄平仄，則前後兩結均應一律，始稱。後闋首句换頭，作七字句，與《惜分飛》首句同，以下均與前闋相同。《詞律》改「裹」爲「裛」，亦與改「昨夜凉初透」爲「半夜凉初透」之手段相同。

▲踏莎行

宋寇準平仲

◎●○○　◎○●●　◎○◎●○○●　◎○◎●●○○　◎○◎●○○●　◎

春色將闌句　鶯聲漸老韻　紅英落盡青梅小叶　畫堂人靜雨濛濛句　屏山半掩餘香裊叶　密

●○○　◎○●●　◎○◎●○○●　◎○◎●●○○　◎○◎●○○●

約沉沉句　離情杳杳叶　菱花塵滿慵將照叶　倚樓無語欲銷魂句　長空黯淡連芳草叶

考正：右詞五十八字，又名《柳長春》，前後闋同。楊炎詞於第二句不起韻，是則與《鵲橋仙》起句相渾，諸家均無此體。又蔡伸詞「一切見聞，不可思議」，「見」、「可」二字均仄聲，亦不可從。

填詞法：此調實即七言仄韻詩兩首合併而成，特破其首句七字爲四字對句，句法與《柳梢青》之「曲折闌干，玲瓏窗户」似，萬氏注爲次句第三字可平，亦非。以下均七言句，第一三字平仄不拘。

考正白香詞譜卷二

天虚我生鑒定　泉唐陳小蝶編

▲臨江仙

宋歐陽修永叔

◎●◎○○●●　◎○◎●○○　◎○◎●●○○　◎○○●●　◎●●○○
池外輕雷池上雨句　雨聲滴碎荷聲韻　小樓西角斷虹明叶　欄杆私倚處句　遥見月華生叶
◎●◎○○●●　◎○◎●○○　◎○◎●●○○　◎○○●●　◎●●○○
燕子飛來窺畫棟句　玉鈎垂下簾旌叶　涼波不動簟紋平叶　水晶雙枕畔句　猶有墮釵横叶

考正：右詞六十字，《詞律》收秦觀一首，首句「千里瀟湘接藍浦」，尾三字用仄平仄，殊非正格。又按《草堂詩餘》有小令、中調、長調之分，後人因之，而錢塘毛氏則以五十八字以内爲小令，五十九字至九十字爲中調，九十一字以外爲長調，萬紅友駁之，謂少一字即短，多一字即長，必無是理。故其《詞律》不分小令、中調、長調等名，其實毛、萬二氏，均屬武斷。毛氏作《詞韻括略》，純出臆斷。而牽强引附，乖訛之多，已足見其妄。萬氏但尋字句，不諳音樂，謬詡知音，乃創推翻小令等説，多見其淺且陋耳。

夫小令即引子也，中調即過曲也，長調即慢詞也，在曲譜中固有區別，非可混用。蓋引子皆散板，惟用於出場，過曲則起板、贈板，用於唱工正場，猶皮黄之原板，故亦有用衝場過曲，不加引子者。長調則係慢板正曲，猶皮黄之有正板也，謂無區別可乎？故以《臨江仙》爲中調者，正爲毛氏所誤，蓋《臨江仙》實南吕引子，其爲小令固甚明也。而紅友以爲小令、中調，竟不必分，則尤非是。洵如彼言，試問製曲者固可於一曲中引子過曲相間而用否耶？要不待問老伶工而後知矣。

填詞法：此調起三句絶似《畫堂春》，唯《畫堂春》首句爲平起平韻，此則係仄句不用韻，適相反耳。末爲五字兩句，與仄起五絶詩末二句相同。後闋均與前闋同。

▲蝶戀花

宋蘇軾子瞻

◎●◎○○●●
花褪殘紅青杏小韻
◎●○○
燕子飛時豆
◎●○○●
緑水人家繞叶
◎●◎○○●●
枝上柳棉吹又少叶
◎○◎●○○●
天涯何處無芳草叶

◎●◎○○●●
架上鞦韆牆外道叶
◎●○○
牆外行人豆
◎●○○●
牆裏佳人笑叶
◎●◎○○●●
笑漸不聞聲漸杳叶
◎○◎●○○●
多情却被無情惱叶

考正：右調六十字，别名至多，所常用者爲《一籮金》、《鵲踏枝》、《明月生南浦》，此外猶有《黄金縷》、《鳳棲梧》、《卷珠簾》、《魚水同歡》諸名。《圖譜》於《蝶戀花》之外，更收《一籮金》一首，其起句作「武陵春色濃如酒」，平仄與此全反，而注云可平仄仄平平仄仄，是亦明知其爲《蝶戀花》矣，何必别列一體。

填詞法：此調亦爲仄韻七絶兩首合併而成，但於第二句加兩字豆，乃成九字句耳。首句與《臨江仙》同，次句上四下五，與《醉花陰》末句同。第三句與第一句同，末句七字，平起仄叶，與《踏莎行》末句同。

▲一剪梅

宋蔣捷勝欲

◎●○○●●○　◎●○○　◎●○○　◎○◎●●○○　◎●○○　◎●○
一片春愁帶酒澆韻　江上舟搖叶　樓上帘招叶　秋娘容與泰娘嬌叶　風又飄飄叶　雨又瀟

○
瀟叶

◎●○○●●○　◎●○○　◎●○○　◎○◎●●○○　◎●○○　◎●
何日雲帆卸浦橋叶　銀字箏調叶　心字香燒叶　流光容易把人拋叶　紅了櫻桃叶　綠了

○○
芭蕉叶

考正：右詞六十字，蓋七言與四言相間而成。首句與《鷓鴣天》首句同，《詞律》注於第五字可平，殊誤。下爲四字兩句，與《醜奴兒》第二三句同，惟上下二句宜相彷彿，亦不妨用疊句疊韻，如李易安「纔下眉頭，却上心頭」，即其例也。第四句與《臨江仙》第三句同，與本調第一句相反，其下仍爲四字兩句，與「江上」兩句同。後闋與前闋相同，唯劉後村詞，後闋首句作「酒酣耳熱説文章」誤作仄起，殊不可從。

【校記】

該調無填詞法。

▲河傳

宋秦觀少游

◎○◎● ●○○●● ◎○◎● ◎●◎○ ◎●◎○○● ●○○ ○●
恨眉醉眼韻 甚輕輕覷着豆 神魂迷亂叶 常記那回句 小曲闌干西畔叶 鬢雲鬆句 羅韈

● ◎○◎●○○● ◎●○○ ◎●○○● ◎●●○ ◎●◎○○● ●◎
剗叶 丁香笑吐嬌無限叶 語軟聲低豆 道我何曾慣叶 雲雨未諧句 早被東風吹散叶 瘦殺

○　○●●
人句　天不管叶

考正：右詞六十一字，「傳」字一作「轉」。按山谷亦有此詞，末句作「好殺人，天不管」，自注因少游詞，戲以「好」字易「瘦」字云，萬氏《詞律》收秦詞，尾句作「悶損人，天不管」，可謂點金成鐵。又「甚輕輕」九字，實只一句，上五下四，黄詞作「對歌對舞，猶是當時眼」，則上四下五句法，與秦詞異。又「常記那回，雲雨未諧」二句，「那」、「未」二字，應用仄聲，黄詞用平，亦不及。山谷於音律不諳，正類子瞻，世説黄九不如秦七，正於此等處見也。學者宜從少游游，毋學魯直魯也。

填詞法：此調首句四字，第一三字可平，與《一斛珠》首句同。次爲九字句，上五下四，實則即八字句加一字豆耳。第三句四字，應作平仄仄平，第三字不宜用平。第四句與《鵲橋仙》第三句同。第五第六爲三字兩句，與《更漏子》首二句同。後闋换頭，首句七字，與《虞美人》首句同。第二句亦九字句，但作上四下五，與《蝶戀花》次句同。第三四句與前半第三四句同。末亦三字兩句，與前半末二句同。

以上均引子，惟《浪淘沙》亦作羽調過曲，《人月圓》亦大石調過曲，自《漁家傲》以下，均過曲，惟《沁園春》係中呂引子，故傳奇都用作引。

▲漁家傲

宋范仲淹希文

●●◎○○●●　◎○◎●○○●　◎●◎○○●●　○◎●　◎○◎●○○●

塞下秋來風景異韻　衡陽雁去無留意叶　四面邊聲連角起叶　千障裏叶　長烟落日孤城閉叶

●●◎○○●●　◎○◎●○○●　◎●◎○○●●　○◎●　◎○◎●○○●

濁酒一杯家萬里叶　燕然未勒歸無計叶　羌管悠悠霜滿地叶　人不寐叶　將軍白髮征夫淚叶

考正：右調六十二字，前後闋同。《惜香詞》後段三字句不叶韻，實誤。楊慎詞於後闋第三句，作仄平平仄平平仄，徐小淑作前後闋起二句平仄均反，皆不可從。

填詞法：此調亦爲七言仄韻四句，惟第三句下，添一三字句耳。

▲蘇幕遮

宋范仲淹希文

●○○　○●●　◎●○○　◎●○○●　◎●○○○●●　◎●○○　◎●○○

碧雲天句　黃葉地韻　秋色連波豆　波上寒烟翠叶　山映斜陽天接水叶　芳草無情豆　更在斜陽

●　●○○　○●●　◎●○○　◎●○○●　◎●○○○●●　◎●○○　◎

外叶　黯鄉魂句　追旅思叶　夜夜除非豆　好夢留人睡叶　明月樓高休獨倚叶　酒入愁腸豆　化

●○○●

作相思淚叶

考正：右詞六十二字，因周邦彦作有「鬢雲鬆，眉葉斂」之句，故亦名《鬢雲鬆令》。第二四句與《蝶戀花》第二三同，《圖譜》於結句注可用平平平仄仄，實謬。又《嘯餘譜》收美成「隴雲沉」一首，於末句「斷雨殘雲，只怕巫山曉」，落去「雨」、「殘」二字，乃謂此調亦有六十字一體，尤誤。而吴純叔詞末句云「薔薇着雨胭脂瘦」，殆即本《嘯餘譜》而填，則誤之又誤矣。

填詞法：此調殆《蝶戀花》之變體，换首句爲三字對句，與《更漏子》首二句同，第三四句則與《蝶戀花》

第二三句同，第五句則又與《蝶戀花》第二句同，亦與《醉花陰》末句同，蓋即曲中所謂集曲也。

▲錦纏道

宋宋祁子京

●●○○ ◎●●○○● ●○○ ◎○○● ◎○◎●○○● ◎●○○ ◎●
燕子呢喃句 景色乍長春晝韻 覰園林豆 萬花如繡叶 海棠經雨胭脂透叶 柳展宮眉豆 翠拂

○○● ●○○●○ ◎○○● ●○○ ◎○○● ●◎○◎●○○● ●○
行人首叶 向郊原踏青句 恣歌攜手叶 醉醺醺豆 尚尋芳酒叶 問牧童遙指孤村道句 杏花

○● ◎●○○●
深處句 那裏人家有叶

考正： 右詞六十六字，後闋句法，各家論列至多，莫衷一是。紅友《詞律》則以「問牧童遙指孤村道」八字爲一句，疑「問」字爲襯。其實詞中自有此等上一下七之句法，如《解珮令》第三句是其例也。至「杏花」云云，平仄適與「柳展」句相反，則古人填詞，此例亦多，不足爲異，如《醉花陰》起句是也。《錦纏道》本係南曲正宮，惟字句截然不同，殊難引證。宋人填詞，類多自度，偷聲減字，加襯換頭，是其慣例。既無其他作者，自當奉爲正宗，又何疑焉。然其平仄，亦正有可通之處。萬氏不察，乃竟不敢加注一字，抑亦可笑，玆爲考定如左。

填詞法： 此調起句四字，與《踏莎行》首句同，故第一字可平。次句六字，與《好事近》次句同，故第一字可平，或謂第三字亦可平，但終不宜。如《好事近》之「風定老紅猶落」，《荆州亭》之「江展暮雲無際」，第三字皆用仄也。第三句七字，句法上三下四，與《鵲橋仙》末句略同，但首三字應作仄平平，與「又豈在」三字略異。蓋與《摸魚兒》首句同也（《摸魚兒》見後）。第四句爲七字仄韻，與《漁家傲》次句同。第六句亦即九字一句，於第四字作豆，與《蘇幕遮》結句同。後闋换頭，首句五字，上一下四，與《醉太平》末句同，宜作仄平平仄平，不可變易。次句四字，與《一斛珠》首句同，宜用仄平平仄，不可移易。第四句上三下四，與本調前半第三句同，第四句雖八字，其實七字句加一襯字，與前半第四句同。第五六句合九字，上四下五，句法與前結句同。但「杏花深處」平仄與「柳展宫眉」相反，因無他可作證，不得不從其例。若於第二第四用平仄兼通之字，則尤妙。故予嘗填此句云「酒醒時聽落葉空山際」，上句固平仄皆可讀也。

▲青玉案

宋賀鑄方回

◎○◎●○○●　●◎●○○●　◎●◎○○●●　●○○●　◎○○●　◎●○○
凌波不過横塘路韻　但目送芳塵去叶　錦瑟年華誰與度叶　月樓花院句　綺窗朱户叶　惟有春知

● ◎○◎●○○● ◎●○○●○● ◎●◎○○●● ●○○● ●○○●
處叶 碧雲冉冉衡皋暮叶 綵筆空題斷腸句叶 試問閒愁知幾許句 一川烟草句 滿城風絮

◎●○○●
叶 梅子黃時雨叶

考正：右詞六十七字，前闋第二句六字，後闋七字，餘皆同。賀方回以此詞得名，故人稱之「賀梅子」，蓋「梅子黃時雨」一句，實膾炙千古也。涪翁有云「解道江南腸斷句，世間唯有賀方回」，亦指此詞。

填詞法：此調起二句與《虞美人》同，但於第二句上加一字豆，《詞律》注爲三字豆，實非。第三句七字，與《漁家傲》第三句同。第四五句均四字，皆作仄平平仄，宜用對偶，其第一字雖可作平，但以仄聲爲佳，句法與《眼兒媚》之「兩行疏柳，一絲殘照」同。第六句與《錦纏道》末句同。後闋字句，與前闋相同。唯改次句爲七字拗句，應作仄仄平平仄平仄，與《洞仙歌》第三句同，乃定格也（《洞仙歌》見後）。

▲感皇恩

宋趙企循道

◎●●○○ ◎○○● ◎●○○●○● ◎○○● ◎●◎○○● ◎○○●●
騎馬踏紅塵句 長安重到韻 人面依然似花好叶 舊情䌫展句 又被新愁分了叶 未成雲雨夢句

○○●　◎●●○　◎○◎●　◎●○○●○●　◎○○●　◎●◎○○●　◎
巫山曉叶　千里斷腸句　關山古道叶　回首高城似天杳叶　滿懷離恨句　付與落花啼鳥叶　故
○○●●　○○●
人何處也句　青春老叶

考正：右詞六十七字，後闋起句四字，作者平仄多有參差，亦有用仄句者。如「洞房初見」、「繁枝麗蔭」等句皆是。唯周美成詞作「往事舊歡」，與此同，自是正格。且第三字應用去聲，不可不知。

填詞法：此調首句五字，與《南鄉子》首句同，但不起韻。次句四字仄韻，與《踏莎行》次句同。第三句七字拗句，末三字用仄平仄，亦係定格，與《青玉案》後闋第二句同。第四第五實即十字一句，上四下六，自相呼應。第六句五字，與《菩薩蠻》後闋起句同，第七句三字，與《滿江紅》末句同（《滿江紅》見後）。後闋與前闋同，但换頭作四字對句，首句第三字應用去聲，與《沁園春》第三句同（《沁園春》見後）。次句第一三字平仄不拘，其餘均與上半闋同。

▲解珮令

清朱彝尊竹垞

◎○◎● ◎○◎● ● ○○◎●○○● ◎●○○ ●◎● ◎○○● ●○
十年磨劍句 五陵結客句 把豆 平生涕淚都飄盡韻 老去填詞句 一半是豆 空中傳恨叶 幾曾
○ ●○◎●
圍豆 燕釵蟬鬢叶
◎○◎● ◎○◎● ●○○ ●○○● ◎●○○ ●◎●
不師秦七句 不師黃九句 倚新聲豆 玉田差近叶 落拓江湖句 且分付豆
◎○○● ●○○ ●○◎●
歌筵紅粉叶 料封侯豆 白頭無分叶

考正：右詞六十七字，第二句即當起韻。晏幾道詞「玉階秋感，年華暗去」，即於「去」字起韻。竹垞此詞，至第三句「盡」字，乃始起韻，蓋亦偶然，殊不可從，舒氏收此，亦失於檢點。

填詞法：此調首爲四字對句，與《鵲橋仙》起二句同，第三句八字，上一下七，與《錦纏道》後半第四句同。《詞律》於第三字注豆，實非。第二字不可用仄，唯第四字則不妨用平。第四句與《錦纏道》首句同。第五句七字，上三下四，與《鵲橋仙》末句同。第六句亦上三下四，但上三字應仄平平，與《錦纏道》第三句同。後闋首亦四字兩句，不用韻，與《鵲橋仙》首二句同。第三句亦上三下四，與與《錦纏道》第三句同。第四句以下，均與前半闋同。

▲天仙子

宋張先子野

◎●◎○○●●　◎●◎○○●●　◎○◎●●○○　○◎●　○◎●　◎●◎○○

水調數聲持酒聽韻　午醉醒來愁未醒叶　送春春去幾時回句　臨晚鏡叶　傷流景叶　往事後期空

●●　◎●◎○○●●　◎●◎○○●●　◎○◎●●○○　○◎●　○◎●

記省叶　沙上並禽池上暝叶　雲破月來花弄影叶　重重簾幕密遮燈叶　風不定叶　人初靜叶

◎●◎○○●●

明日落紅應滿徑叶

考正：右詞六十八字，全仄韻，唐調本祇單調三十四字，亦有全平韻及换平韻者。《樂府雜録》云《天仙子》本名《萬斯年》，李德裕進，屬龜兹部舞曲，因皇甫松詞有「懊惱天仙應有以」句，取以爲名，其後始加雙疊。

填詞法：此調亦爲七言仄韻詩兩首合併而成，頗近《漁家傲》。首句正同，次句則反，第三句則平起平收，亦與《漁家傲》第三句異，而與《踏莎行》第四句同。第四五句爲三字兩句，而《漁家傲》則僅一句。第六句則與《漁家傲》首句正同。

▲千秋歲

宋謝逸无逸

◎○◎● ◎●○○● ◎●● ○○● ◎○○●● ◎●○○● ○◎● ◎
楝花飄砌韻 蔌蔌清香細叶 梅雨過句 蘋風起叶 情隨湘水遠句 夢繞吳峯翠叶 琴書倦句 鷓
○◎●○○● ◎●○○● ◎●○○● ◎●● ○○● ◎○○●● ◎●
鴣喚起南窗睡叶 密意無人寄叶 幽恨憑誰洗叶 修竹畔句 疏簾裏叶 歌餘塵拂扇句 舞罷
○○● ○◎● ◎○◎●○○●
風掀袂叶 人散後句 一鈎新月天如水叶

考正：右詞七十一字，後闋换頭，餘均前後相同。青田詞後第三句作「良會知何許」，乃刻者誤落一字，非别體也。

填詞法：此調首二句與《清平樂》同，第三第四句與《天仙子》第四第五句同。第五六句與《菩薩蠻》第五六句同，但宜用對句。末二句則與《漁家傲》末二句同。

▲離亭燕

宋張昇皋卿

◎●◎○○●　◎●◎○○●●　◎●◎○○●●　●●◎○●●　◎●●○○　◎●
一帶江山如畫韻　風物向秋瀟灑叶　水浸碧天何處斷句　霽色冷光相射叶　蓼嶼荻花洲句　掩映
◎○○●　◎●◎○○●　◎●◎○○●　◎●◎○●●　●●◎○○●　◎
竹籬茅舍叶　雲際客帆高掛叶　烟外酒簾低亞叶　多少六朝興廢事句　盡入漁樵閒話叶　悵
●●○○　◎●◎○○●
望倚層樓句　寒日無言西下叶

考正：右詞七十二字，前起二句均六字，不必對偶。黄山谷詞「十載樽前談笑，天禄故人年少」，亦不用對偶也。

填詞法：此調實爲《荆州亭》變體，但於第二句下嵌入七字六字兩句。移《荆州亭》之第三四句作第五六句，即所謂攤破是也。故其首二句，句法與《荆州亭》首二句正同。唯此調可不用對偶，而《荆州亭》

對句則爲定格。第三四句則與《清平樂》第三四句同，第五六句則又與《荆州亭》第三四句同。後闋句法均與前同，但起二句須用對偶，所以别於前闋耳。

▲何滿子

宋孫洙巨源

◎●◎○◎● ◎○◎●○○ ◎●◎○○●● ◎○◎●○○ ●●◎○○● ◎
悵望浮生急景句 淒涼寶瑟餘音韻 楚客多情偏怨别句 碧山遠水登臨叶 目送連天衰草句 夜

○◎●○○ ◎●◎○◎● ◎○◎●○○ ◎●◎○○●● ◎○◎●○○
闌幾處疏砧叶 黄葉無風自落句 秋雲不雨長陰叶 天若有情天亦老句 摇摇幽恨難禁叶

◎●◎○○● ◎○◎●○○
惆悵舊歡如夢句 覺來無處追尋叶

考正：右詞七十四字，前後闋各六句，内五句各六字，一句七字，蓋舞曲也。原調只三十六字，始於唐。相傳開元中有歌者何滿，滄州人，臨刑進此曲以自贖，不免，然此曲竟傳於世。白樂天詩「世傳滿子是人名，臨就刑時曲始成」，即指此也。「何」字多有作「河」者，蓋本薛逢五「一聲河滿子，雙淚落君前」之句，故名。唐時本爲單調六句，每句六字，唯孫光憲詞第三句始作七字，成三十七字一體。其後乃加雙疊，句法與孫詞相同。巨源，廣陵人，詞譜作孫渌，誤。

填詞法： 此調起二句與《西江月》同，作者多用對句。第三句七字，仄起仄收，不用韻。與《離亭燕》第三句同。第四句仍六字，與本詞第二句同，末尾二句，亦爲六字對句，與《西江月》首二句同。

▲風入松

宋吳文英梦窗

◎○◎●●○○　◎●●○○　◎○●●○○●　●○◎　◎●○○　◎●◎○◎●

聽風聽雨過清明韻　愁草瘞花銘叶　樓前緑暗分攜路句　一絲柳豆　一寸柔情叶　料峭春寒中酒句

◎○◎●○○　◎○◎●●○○　◎●●○○　◎○◎●○○●　●○◎　◎

迷離曉夢啼鶯叶　西園日日掃林亭叶　依舊賞新晴叶　黄蜂頻撲鞦韆索句　有當時豆　纖

●○○　◎●◎○◎●　◎○◎●○○

手香凝叶　惆悵雙鴛不到句　幽階一夜苔生叶

考正： 右詞七十六字，孎窟此詞，前後段第二句作上一下四，蓋亦偶然，紅友以爲另是一格，未免穿鑿。

填詞法：此調前後闋同。首句七字，次句五字，均用平韻。第三句七字平起仄收，不用韻。此三句句法與《虞美人》起三句略同，而平仄互異。蓋一係平韻，一係仄叶耳。第四句七字，句法上三下四，第三字平仄可以通用。末尾二句，六字對偶，與《何滿子》結句同。

▲祝英台近

宋辛棄疾幼安

●○○ ○●● ◎●●○● ◎●○○ ◎●●○● ◎○◎●○○ ◎○○●
寶釵分句 桃葉渡韻 烟柳暗南浦叶 怕上層樓豆 十日九風雨叶 斷腸點點飛紅句 都無人管句

●◎● ◎○○● ●○● ◎◎◎●○○ ◎○●○● ◎●○○ ◎●●○
倩誰喚豆 流鶯聲住叶 鬢邊覷叶 試把花卜歸期句 重簪又重數叶 羅帳燈昏豆 哽咽夢中

● ◎○◎●○○ ◎○○● ●◎● ◎○○●
語叶 是他春帶愁來句 春歸何處叶 却不解豆 帶將愁去叶

考正：右詞七十七字，或無「近」字，又名《月底修簫譜》。《詞品》載戴石屏所娶江西女子，作《惜多才》一首，即《祝英台》也。此調五字句都拗，下三字作仄平仄。《譜》注可用平平仄，殊不宜從。

填詞法：此調首二句，三字對偶，第二句亦有不起韻者，如吳夢窗詞首句「翦紅情，裁緑意」，「意」字即不用韻。第三句五字，第一字可仄，尾三字當作仄平仄，乃係定格。第四句九字，上四下五，第一字平仄不拘。第五句六字，第一三字平仄不拘。或注第二字亦可仄，殊非，試問仄仄仄仄平平尚成詞句否耶？第六句四字，平起仄收，不用韻，語氣當與上六字句相連，即合兩句爲十字一句，上六下四亦可。第七句上三下四，與《解珮令》第五句同。後闋換頭，三字拗句，即叶仄韻。第二句六字，上三字平仄宜酌，第二字用仄，則第三字宜平，勿令四仄字相疊。以下諸句，則均與前同。此調亦有名《揉碎花箋》者，乃係後人杜撰，且其中平仄都誤，萬不可從。

▲御街行

宋范仲淹希文

◎○◎●○○●　●●●　○○●　◎○◎●●○○　◎●◎○○●　◎○◎●

紛紛墮葉飄香砌韻　夜寂靜豆　寒聲碎叶　真珠簾捲玉樓空句　天淡銀河拖地叶　年年今夜句

◎○◎●　◎●○○●　◎○◎●○○●　●●●　○○●　◎○◎●●○○

月華如練句　長是人千里叶　愁腸已斷無由醉叶　酒未到豆　先成淚叶　殘燈明滅枕頭攲句

◎●◎○○●　◎○●●　◎○◎●　◎●○○●

諳盡孤眠滋味叶　都來此事句　眉間心上句　無計相迴避叶

考正：右詞七十八字，書舟有《孤雁兒》詞，句法與此正同，乃別名也。

填詞法：此調首句七字，第一三字平仄不拘。次爲六字句，於第三字分豆，句法與《青玉案》第二句同。上三字均宜仄，第二字雖有用平者，但音節遜矣。第三句七字，平起平收，不用韻，與《踏莎行》第四句同。第四爲六字句，叶韻，與《離亭燕》次句同。第五第六爲四字兩句，不用韻，與《人月圓》之「舊時王謝，堂前燕子」句同。結句五字，與《青玉案》結句同。後闋句法均與前同。

▲驀山溪

宋黄庭堅魯直

◎○◎● ◎●○○● ◎●●○○ ◎◎◎ ○○◎● ◎○◎● ◎●●○○

鴛鴦翡翠韻 小小思珍偶叶 眉黛斂秋波句 儘湖南豆 山明水秀叶 娉娉嫋嫋句 恰近十三餘句

○◎● ◎○● ◎●○○● ◎○●● ◎●○○● ◎●●○○ ◎◎◎

春未透叶 花枝瘦叶 正是愁時候叶 尋芳載酒叶 肯落他人後叶 只恐遠歸來句 綠成陰豆

○○◎● ◎○◎● ◎●●○○ ○◎● ◎○● ◎●○○●

青梅如豆叶 心期得處句 每自不由人句 長亭柳叶 君知否叶 千里猶回首叶

考正：右詞八十二字，又名《上陽春》，前後闋首句多有不起韻者，「春未透，花枝瘦」等，前後三字四句，亦多不叶韻，且平仄各有參差。如張元幹詞「衣綫斷，帶圍寬」，則上句用仄，下句用平，俱不叶韻，後闋亦然。山谷詞「斜枝倚，風塵裏」，則兩句均叶，而後闋乃作「書謾寫，夢來空」，又與張詞相同。亦有兩句皆仄，而獨叶下仄者，如易祓詞前作「梨花雪，桃花雨」，後作「吳姬唱，秦娥舞」，即叶韻者也。此外平仄參差，尤不勝舉，但若首句既已起韻，則其三字句亦當叶仄。石孝友詞亦與山谷此詞正同，宜從。

填詞法：此調首二句與《千秋歲》同。第三句五字，仄起平收，與《感皇恩》首句同。第四句七字，上三下四，上三字平仄不拘，如石孝友詞「恐怕晚」三字即皆用仄者也，然以音節論，自以用仄平平爲佳。如《錦纏道》之「覩園林」句。第五句四字，第六句五字，亦可作九字一句，語氣自宜連貫。第七第八則三字兩句，皆叶仄韻，句法與《天仙子》第四五句同。第九句五字，與《蘇幕遮》結句同。後闋均與前闋同。

▲洞仙歌

南北孟蜀主昶

◎○◎●　●○○◎●　◎●○○●○●　●○○●●　◎●○○　○●●　●◎

冰肌玉骨句　自清涼無汗韻　水殿風來暗香滿叶　繡簾開一點豆　明月窺人句　人未寢句　欹枕

●○◎● ◎○○●● ◎●○○ ◎●○○●○● ◎●●○○ ◎●○○
釵橫鬢亂叶 起來攜素手句 庭户無聲句 時見疏星渡河漢叶 試問夜如何句 夜已三更句

○◎● ◎○◎● ●●●○○●○○ ●◎●○○ ●○○●
金波淡豆 玉繩低轉叶 但屈指西風幾時來句 又只恐流年句 暗中偷換叶

考正： 右詞八十三字，爲東坡改作。《詞苑叢談》載東坡自序云：「僕七歲時，見眉州老尼，姓朱，年九十餘。自言入蜀主孟昶宫。主與花蕊夫人避暑摩訶池上，作一詞。獨記其首兩句云『冰肌玉骨，自清涼無汗』，暇日尋味，豈《洞仙歌》乎？乃爲足之。」予按蜀主此詞，乃《玉樓春》，且人相傳誦，故未嘗佚失，其詞云：「冰肌玉骨清無汗。水殿風來暗香滿。繡簾一點月窺人，欹枕釵橫雲鬢亂。起來瓊户啓無聲，時見疏星渡河漢。屈指西風幾時來，只恐流年暗中換。」觀此，則東坡此詞，實全用其本句而成，乃必托眉州老尼，豈亦欲避勦襲之誚耶？但按詞句，則原作實不逮蘇詞，抑後人更因蘇詞，而附會成蜀主原詞耶？蓋七字句於下三字用仄平仄，乃《洞仙歌》定格，《玉樓春》固無此格也。《洞仙歌》爲長調中最有意味之曲，音節委婉，好語如珠，故填者易見長。

填詞法： 此調首句四字仄句，不用韻。第二句五字起韻，句法上一下四。第三句七字，唯第一字可平，下三字作仄平仄，乃係定格，不可更易。第四句九字連貫，作上五下四，即八字句加一豆者爲多。東坡此詞作上三下六，不可從也。第五句亦九字，句法上三下六，叶仄韻，上三字係豆，不可竟作一句，下六字唯第一字平仄不拘，第三字若用仄，則第五字應平，乃始相稱。後闋換頭，首句五字，不叶韻，第一字平仄不拘。第二句四字，實即下七字之豆。第三句七字，與前闋第三句同，宜拗。第四五字，仄起平收。第五句四字，實亦下句之豆，句法與「庭户無聲」同。第六句七字，句法上三下四，與《祝英台近》之結句同。第七句八字，實係仄起平收之七字句，上加一豆耳，亦可作上三下五讀。結句九字，句法上五下四，語氣宜貫，庶收得住。

▲瀟湘夜雨

宋趙長卿仙源

◎●○○　◎○◎●　◎○◎●○○　◎○◎●●○○　○●●　○○●●　○●
斜點銀釭句　高擎蓮炬句　夜深不耐微風韻　重重簾幕捲堂中叶　香漸遠豆　長烟裊穟句　光不

●　○●○○　○○●　○○●●　●●○○　◎○○●　◎○◎●　◎●○○
定豆　寒影搖紅叶　偏奇處豆　當庭月暗句　吐燄如虹叶　紅裳呈艷句　麗娥一見句　無奈狂蹤

●◎○○●　◎●○○　○●●　○○●●　○●●　○●○○　○○●　○○
叶　試煩他纖手句　卷上紗籠叶　開正好豆　銀花照夜句　堆不盡豆　金粟凝空叶　丁寧語豆　頻將

●●
好事句　◎●●○○
來報主人公叶

考正： 右詞九十三字，與《滿庭芳》格調頗近，當是其別體。

填詞法： 此調四字對起，不用韻。第三句六字，起平韻，與《何滿子》次句同。第四句七字叶平。第五第六則爲七字對句，句法均上三下四，平仄不可移易。結爲四字兩句，加以三字豆，故亦可作十一字句讀。後闋换頭，作四字三句，與《人月圓》後闋起三句同。第四第五亦爲四字兩句，加一字豆，乃成五字一句，四字一句。第六第七亦爲上三下四之七字對句，與前闋第五六句同。第八句爲三字豆，但亦可獨立成句。其下九字，則上四下五，句法與《滿庭芳》結句同(《滿庭芳》見後)。

▲滿江紅

元薩都剌天錫

◎●○○
六代豪華句　◎◎●
春去也豆　◎○◎●
更無消息韻　◎◎●
空悵望豆　◎○◎●
山川形勝句　●○○●
已非疇昔叶　◎●◎○○●●
王謝堂前雙燕子句

◎○◎●○○●　●◎○◎●●○○　○○●　○◎●　○○●　◎◎●　○○

烏衣巷口曾相識叶　聽夜深寂寞打孤城句　春潮急叶　思往事句　愁如織叶　懷故國句　空陳

●　●◎○○●　●○○●　◎●◎○○●●　◎○◎●○○●　●◎○◎●●○○

迹叶　但荒烟衰草句　亂鴉斜日叶　玉樹歌殘秋露冷句　臙脂井壞寒蛩泣叶　到而今只有蔣山青

○○●

句　秦淮碧叶

考正：右詞九十三字，前後段中七字兩句，多用對偶。蘇長公詞於後段上句獨作八字，「君不見」云云，多一「君」字。嬾窟前段亦用「君不見」，梅溪則於後段下句多一「望」字，稼軒於「山川」句多一「見」字，皆係誤筆，不可學也。

填詞法：此調首句四字，仄起平收不用韻，與《錦纏道》首句同。次爲七字句，上三下四，起仄韻，第一二字平仄可以不拘。程垓詞作「寶香度」，平仄即與此反。第三第四爲四字兩句，加三字豆，句法與《瀟湘夜雨》前闋結句「偏奇處」云云略同。唯一爲仄叶，一爲平叶耳。第五第六句均七字，上句仄起仄收，下句平起仄韻，宜用對偶。第七句八字，句法上三下五，實即平起平收之七字句，上加一豆也。故語氣不宜停頓。第八句三字，宜用平平仄，乃係定格，不可作平仄仄或仄平仄，致與別調相混。後闋起四句皆三字仄句，第二第四句叶韻，可分兩排，自爲對偶，但不免呆滯，不如以上二句對下二句爲便。第五六句亦四字兩句，上加一豆，句法與《洞仙歌》末句「但只恐流年暗中偷換」略同，但上句平仄異耳，宜用對偶。程垓詞「羨棲梁歸燕，入簾蝴蝶」，亦爲四字對句，冠一「羨」字領之。以下均與前闋第五句以下同，可不贅述。

▲玉漏遲

金元好問裕之

●○○●● ○○●● ◎○○● ◎●○○ ●◎●○○● ◎●○○●● ●

浙江歸路杳韻 西南却羨豆 投林高鳥叶 升斗微官句 世累苦相縈繞叶 不似麒麟殿裏句 又

◎● ○○○● ○●● ◎○●● ●○○● ◎◎●●○○ ●◎●○○

不與豆 巢由同調叶 時自笑叶 虛名負我句 半生吟嘯叶 擾擾馬足車塵句 被歲月無情

◎○○● ◎●○○ ◎●●○○● ●●○○●● ●◎● ○○○● ○●●

暗消年少叶 鐘鼎山林句 一事幾時曾了叶 四壁秋蟲夜雨句 更一點豆 殘燈斜照叶 清鏡曉叶

◎●●○○●

白髮又添多少叶

考正：右詞九十四字，「投林」至「自笑」，與後「暗消」至「鏡曉」同。首句五字，子京、夢窗皆不起韻，或有於「西南」斷句作七字，而下成六字句者，實非。

填詞法：此調首句五字，可不用韻。第二句爲豆，與第三句合成八字一句，上四下四，語氣相連。第四句四字，仄起平收。第五句六字，仄起仄叶，與《錦纏道》起二句同。第六句六字，仄起仄收，不叶韻，與《何滿子》後闋第五句同。第六句七字，上三下四，與《祝英台近》結句相同。第七句三字，平仄仄，係定格。第八句及第九句均四字，句法與本調第二三句同。後闋換頭，首句六字，亦可作平平仄仄平平，若第一字用仄，第二字用平，則第三字平仄亦可不拘。第二句五字，上一下四，與上闋第二句異。以下則均與前同，唯前結爲四字兩句，後結改爲六字一句耳。

▲水調歌頭

宋蘇軾子瞻

◎●●○●
明月幾時有句
◎●●○○
把酒問青天韻
◎○◎●○●◎●●○○
不知天上宮闕今夕是何年叶
◎●○○◎●
我欲乘風歸去句
◎●○○◎●
又恐瓊樓玉宇句
◎●●○○
高處不勝寒叶
◎●●○●
起舞弄清影句
◎●●○○
何似在人間叶
●◎●
轉朱閣句
◎●●
低繡户句
●○○
照無眠叶
◎○◎●
不應有恨

○●○●●○○　◎●○○◎●　◎●○○◎●　◎●●○○　◎●◎○●　◎●●

何事偏向別時圓叶　人有悲歡離合句　月有陰晴圓缺句　此事古難全叶　但願人長久句　千里共

○○

嬋娟叶

考正： 右詞九十四字，夢窗名《江南好》，白石名《花犯念奴》。起二句五字，亦有用對偶者，「幾時有」、「弄清影」，拗句最宜。「人長久」之「人」字，亦當用仄，與前結正同。「不知」至「何年」，「不應」至「時圓」，均爲十一字句，句法或上六下五，或上四下七，均可。東坡此詞，於「不知天上」句，即上六下五，「不應有恨」句，即上四下七，但貴一氣呵成耳。

填詞法： 此調重在拗句，首句五字，下三字用仄平仄，乃定格也。第三句十一字，第一第三第七字平仄不拘，《詞律》注第六字可平，殊不盡然。蓋作上六下五句法，則第六字萬不可平。惟作上四下七句法，則第六字間亦可平。蓋既成七言詩句，則不妨作平平仄仄仄平平矣。第四句六字，不用韻，與《玉漏遲》第六句相同。第五句亦六字，可與上句對偶，第五字平仄不拘。第六句五字，與第二句同。第七八句亦五字兩句，與首二句同。後闋換頭，起爲三字三句，句法與《相見歡》後闋起三句同。萬氏注第一句三字皆可作平，殊非是。第三句則當作仄平平。此調凡叶平韻之句，尾三字皆作仄平平，乃定格也。

第四句以下，均與前半同。

▲滿庭芳

宋秦觀少游

◎●○○　◎○◎●　●◎◎●○○　◎○○●　◎●●○○　◎●◎○●●　○

曉色雲開句　春隨人意句　驟雨纔過還晴韻　古臺芳榭句　飛燕蹴紅英叶　舞困榆錢自落句　鞦

◎●　◎●○○　○○●　○○●●　◎●●○○　◎○○●●　◎○◎●　◎

韆外豆　綠水橋平叶　東風裏豆　朱門映柳句　低按小秦箏叶　多情行樂處句　珠鈿翠蓋句　玉

●○○　●◎○◎●　◎●○○　◎●◎○◎●　●◎●　◎●○○○　○○●

轡紅纓叶　漸酒空金榼句　花困蓬瀛叶　豆蔻梢頭舊恨句　十年夢豆　屈指堪驚豆叶　憑闌久豆

○○●●　◎●●○○

疏烟淡日句　寂寞下蕪城叶

考正：右詞九十五字，又名《鎖陽臺》、《滿庭霜》。句法與《瀟湘夜雨》相近，唯七字句均不作儷語，爲少異耳。

填詞法：此調起二句四字對，第三句六字，起平韻，與《瀟湘夜雨》同。第四五句，上四下五，則與《瀟湘夜雨》之七字句異，而與《鷰山溪》後闋第四五句同。第六句六字，與《瀟湘夜雨》之六字句異，而與《玉漏遲》第五句同。第七句七字，上三下四，則與《瀟湘夜雨》之「光不定」句同。以下爲上四下五，加三字豆，則與《瀟湘夜雨》結尾三句正同。後闋换頭，首爲五字句，與《洞仙歌》後闋首句同，較《瀟湘夜雨》起句則多一字。第二三句四字，則與《瀟湘夜雨》後闋第二句正同，但須用對偶。第四五句亦四字對句，加一字豆，與《瀟湘夜雨》後闋第四五句正同。第六句以下，則均與本調前半相同。

▲鳳凰臺上憶吹簫

宋李清照易安

◎●○○　◎○◎●　◎○◎●○○　●◎○○●　◎●○○　◎●◎○◎●　○
香冷金猊句　被翻紅浪句　起來慵自梳頭韻　任寶奩塵滿句　日上簾鈎叶　生怕離懷別苦句　多
◎●　◎●○○　○○●　○○●●　◎●○○　○○　●○●●　◎◎●○○
少事豆　欲説還休叶　新來瘦豆　非干病酒句　不是悲秋叶　休休叶　這回去也句　千萬遍陽關
◎●○○　●◎○○●　◎●○○　◎●◎○◎●　○◎●　◎●○○　○○●
句　也則難留叶　念武陵人遠句　烟鎖秦樓叶　惟有樓前流水句　應念我豆　終日凝眸叶　凝眸處

豆

○○●◎　◎●○○

從今又添句　一段新愁叶

考正：右詞九十五字，「休休」二字，别家作者均不叶韻，自有漱玉此詞，近人都從之矣。後結「從今又添」一句，本與前結「非干病酒」句同，但從漱玉體時，則「添」字亦當用平，庶免畫虎之誚。

填詞法：此調前闋句法，盡與《滿庭芳》相同。惟第四五句九字，《滿庭芳》作上四下五，而此則於四字兩句上加一豆，爲少異耳。以下均同，惟末句減却一字，與《瀟湘夜雨》前結句同。後闋換頭，首爲兩字句，均作平聲叶韻。次句四字，宜仄平仄仄，不叶。第三句五字，别家均作上一下四句法，故第一字應仄，第二字可平，與第四句連合，成九字句。第五句以下，則與前闋盡同。

▲燭影摇紅

宋王詵晉卿

◎●○○　●○◎●○○●　◎○○●●○○　◎●○○●　◎●◎○●●　●○○

香臉輕勻句　黛眉巧畫宮妝淺韻　風流天付與精神句　全在嬌波轉叶　早是縈心可慣叶　更那堪

豆

○○●● ●○◎● ◎●○○ ○○○ ● ◎●○○ ●○◎●○○●

頻頻顧盼叶 幾回得見句 見了還休句 爭如不作平見叶 燭影搖紅句 夜闌飲散春宵短

叶

◎○○●●○○ ◎●○○● ◎●◎○◎● ○○○ ○○●● ●○◎●

當時誰解唱陽關句 離恨天涯遠叶 無奈雨收雲散叶 憑闌干豆 東風淚眼叶 海棠開後句

◎●○○ ○○○●

燕子來時句 黃昏庭院叶

考正：右詞九十六字，原名《憶故人》，祇四十八字，即此詞半闋，於「全在嬌波」句下分段作前後闋。南宋以後，乃重加雙疊，成九十六字。第二句第一字，自來作者均用仄聲，是宜注意。

填詞法：此調前後闋同，起二句與《點絳唇》同。第三句與《御街行》第三句同。第四句與《千秋歲》次句同。第五句與《玉漏遲》第六句同。第六句七字，上三下四，則與《鶩山溪》第四句同。結爲四字三句，首句仄收，不用韻，次句平收，末句仄叶。句法蓋與《柳梢青》結句大同小異。

▲暗香

清朱彝尊竹垞

◎○○●　●●○●●　○○○●　●●◎○　○●○○●○●　◎●○○●●
凝珠吹黍韻　似早梅乍萼句　新桐初乳韻　莫是珊瑚句　零亂敲殘石家樹叶　記得南中舊事句

◎●●　◎○○●●　●●●　◎●○○　◎●●○●　○●　●○●　◎●●◎
金齒屐豆　小鬟蠻語叶　看兩岸句　樹底盈盈豆　素手摘新雨叶　延佇叶　碧雲暮叶　休逗入茜

○　●○○●　●○◎●　○●◎○●○●　○●○○◎●　◎●●　◎○○●
裙句　欲尋無處叶　唱歌歸去叶　先向綠窗飼鸚鵡叶　惆悵檀郎終遠句　待寄與豆　相思猶阻叶

●●●　○●●　●○◎●
燭影下句　開玉盒豆　背人偷數叶

考正：右詞九十七字，又名《紅情》，本姜白石自度腔也。「零亂」至「兩岸」，與後「先向」至「影下」同，姜詞首句第三字用「月」字，乃以入作平，非可仄也。第四句第三字，夢窗、白石均用仄聲，而朱詞用平，作者以從仄聲爲宜。此外平仄皆依白石、夢窗二詞考定，《詞律》不注平仄，殊不可解。

填詞法：此調首句四字起韻，第二句五字，上一下四。第三句四字，叶仄，與《河傳》起三句同。第四句四字，第三字當用仄聲，亦與《河傳》第四句同。第五句七字，仄叶，與《洞仙歌》第三句同。第六句六字，不叶韻，與《玉漏遲》第六句同。第七句七字，上三下四，與《玉漏遲》第七句同。第八句三字，應全用仄聲。第九句上四下五，與《蝶戀花》第二句略同，唯末尾三字應拗，須作仄平仄耳。後闋换頭，起兩字，第一字平聲，第二字仄叶。第二句三字，平仄亦不可易。第三句上一下四，與前第二句相反。第四五句則與《眼兒媚》第三四句同。第六句至第九句，則均與前半第五句至第八句同。第十句上三下四，與前半第七句同。《詞律》所注，句豆都出臆斷，未嘗考證，不足信也。

▲聲聲慢

宋李清照易安

○○○　●　●●○○　○○●◎○　●　◎●○○　○●●○○●　○○●○

尋尋覓作平　覓韻　冷冷清清句　悽悽慘慘慼作平　慼叶　乍暖還寒句　時候最難將息叶　三杯兩琖

◎●　●○　○　●○○●　●●●　●○○◎●　◎○○●　●●○○

作平　淡酒句　怎敵作平　他豆　晚來風急叶　雁過也句　正傷心却是豆　舊時相識叶　滿地黃花

◎●　◎◎◎　◎◎●○◎●　◎●○○　○　●●○○　●　○○●○◎●

堆積叶　憔悴損豆　而今有誰忺摘叶　守著窗兒句　獨作平　自怎生得作平　黑叶　梧桐更兼細雨句

●○○　●　○　○　●　●●●　●○　○　○●●●
到黄昏豆　點仄　點作平　滴作平　滴叶　這次第句　只一作平　個作平　愁字了得叶

考正： 右詞九十七字，易安此作，多用疊字，以仄作平，轉入乙凡，與《北石榴花》音節相近，學者不善用變聲者，則於作平處當徑用平聲字填之爲妥。

填詞法： 此調首句四字，他作皆不起韻，與第二句四字對偶。第三句六字起韻，第四字亦可作平，而第五字則例不可仄，如高觀國詞「光風蕩摇金碧」，「摇金」二字，即均用平者。第四五句，李詞作上六下四，然查他家此詞，則皆於第四字斷句，如竹屋詞作「月艷水痕，花外峭寒無力」，仙源作「南斗騰光，應是間生賢出」，句法皆作上四下六也。第六句六字，第四字應用平聲。第七句七字，上三下四，第二字當用平聲。第八句三字，全仄，如他詞「禁漏促」、「細屈指」皆是，與《暗香》第八句同。第九句九字結句，他詞多作兩四字加一字豆，獨李詞作上三下六，然仍一氣呵成，固不拘也。後闋换頭，起六字叶，然他詞亦有不用韻者。第二句九字，與前第九句略同，惟上五字亦有作仄平平仄仄者，如放翁詞「是傳家合在玉皇香案」是也。第三四五六七句，與前半「乍暖」至「雁過也」同。末句七字，上三下四，第二三字例當作平，下四字例作平仄仄仄，不可移易。亦有用九字句，與前結句法同者，則爲趙仙源體，見《惜香樂府》中。

▲雙雙燕

宋史達祖邦卿

●○●●　◎○●○○　●○○●　◎○◎●　◎●●○○●　○●　○○●●
過春社了句　度簾幕中間句　去年塵冷韻　差池欲住句　試入舊巢相並叶　還相去聲　雕梁藻井叶

●◎●　○○◎●　○○●●○○　●●○○○●　○●　○○●●　◎○
又軟語豆　商量不定叶　飄然快拂花梢句　翠尾分開紅影叶　芳徑叶　芹泥雨潤叶　愛貼作平

●○○　●○○●　◎○◎●　◎●●○○●　◎●○○●●　●◎●　○○◎●
地爭飛句　競誇輕俊叶　紅樓歸晚句　看足柳昏花暝叶　應是棲香正穩叶　便忘了豆　天涯芳信叶

○◎●●○○　●●◎○●●
愁損翠黛雙蛾句　日日畫欄獨凭叶

考正：右詞九十八字，「度簾幕」以下，與後闋「愛貼地」下同，但換頭耳。前後比較，即足以知平仄，兹更就吴夢窗一首考定之。

填詞法： 此調首句四字，應作仄平仄仄，不可移易，與其他之四字句異。第二句五字，句法上一下四，與《玉漏遲》後闋第二句「被歲月無情」句同。亦有作上二下三者，即夢窗體也。第三句四字起韻，語氣應與上句相連，亦與《玉漏遲》「暗消年少」句同。第四句四字，與《玉漏遲》第二句同。第五六句均六字叶，與《玉漏遲》第五句同。第七句七字，上三下四，第二字可平，第六字當用平聲，與《玉漏遲》第七句同。結爲六字兩句，上句平收，下句仄叶，與《何滿子》結句略同，但平仄相反，若以上句作下句，以下句作上句，則正同也。後闋換頭，作兩字一句，與《暗香》後闋同。次句四字與前闋首句同，但須叶韻，而第一字用平，以下均與前同。

▲晝夜樂

宋柳永耆卿

◎○◎●○○●　●◎◎　◎○●　◎○●●○○　●●◎○◎●　◎●○○○●●
洞房記得初相遇韻　便只合豆　長相聚叶　何期小會幽歡句　變作別離情緒叶　況值闌珊春色暮
●◎◎　●○○●　◎●●○○　●○○○●　◎○◎●○○●　●◎◎　◎
叶　對滿目豆　亂花狂絮叶　直恐好風光句　盡隨伊歸去叶　一場寂寞憑誰訴叶　算前言豆　總
○●　◎○●●○○　●●◎○◎●　◎●○○○●●　●◎◎　●○○●　◎●
輕負叶　早知恁地難拚句　悔不當初留住叶　其奈風流端整外句　更別有豆　繫人心處叶　一日

●○○　●○○○●

不思量句　也攢眉千度叶

考正：右詞九十八字，前後闋同，「暮」字叶，「外」字不叶，柳詞别作則前後皆叶，作者自當以前後皆叶爲佳。

填詞法：此調首二句與《御街行》同，但次句亦可作仄平平、仄平仄，與後段次句同。第三句六字平收，第四句六字仄叶，與《雙雙燕》結二句同。第五句七字，仄起仄叶，與《漁家傲》第三句同，亦有於第六字用平，第五字用仄，句法與《洞仙歌》第三句同者。第六句七字，上三下四，第二三字亦可作平，與《解珮令》之「一半是空中傳恨」句同。結爲十字，分作兩句，上句五字，與五言詩同，下句五字，則上一下四，此等句法，唯《石州慢》之結句如「還記出門時，恰而今時節」與此同耳。

▲鎖窗寒

宋周邦彦美成

●●○○　○○●●　●○○●　○○●●　●●◎○○●　●○○　○◎●○

暗柳啼鴉句　單衣竚立句　小簾朱户韻　桐花半畝句　静鎖一庭愁雨叶　灑空階豆　更闌未休句

●○●●○○●　●◎○◎●　○○◎●　●○○●　○●　○○●　●●●○
故人剪燭西窗語叶　似楚江暝宿句　風燈零亂句　少年羈旅叶　遲暮叶　嬉遊處叶　正店舍無

○　●○◎●　○○●●　●●◎○○●　●○○　○◎●○　●○●●○●●
烟句　禁城百五叶　旗亭喚酒句　付與高陽儔侶叶　想東園豆　桃李自春句　小唇秀靨今在否叶

●○○　◎●○○　●●○○●
到歸時豆　定有殘英句　待客攜樽俎叶

考正：右詞九十九字，「桐花」至「西窗語」，與下「旗亭」至「今在否」同。「桐花」及「旗亭」句，亦有叶者，如千里詞於「畝」字用「許」，「酒」字用「羽」是也。但此句實與下六字句相連，蓋十字句中之四字豆耳。「西窗語」之「窗」字，前人亦多用仄，與後「今在否」之「在」字同。「更闌未休」之「闌」字，亦可用仄，與「桃李自春」之「李」字同。學者宜從。前結句爲四字三句，上加一豆，然亦有作上七下六，成爲兩句者。如蕭竹屋詞「悵佳人有約難來，緑遍滿庭芳草」，楊无咎詞「恨遲留載酒程期，孤負踏青時候」是也，蓋此十三字，語氣相貫，但須平仄不誤，即作兩句，亦猶十三字一句耳。此與《聲聲慢》結句上五下四，而李易安作「正傷心却是舊時相識」；《玉漏遲》第二三句皆四字，而元裕之作「西南却羨投林高鳥」爲八字一句，其例正同。

填詞法：此調四字三句起，平仄皆有一定，不可移易。句法蓋與《柳梢青》末三句同，特其平仄不如《柳梢青》之可以移易耳。第四五句實即十字一句，而以上四字爲豆，句法與《雙雙燕》第四五句相同。第六句七字，上三下四，上三字作仄平平，下四字亦可作平仄仄平，或平平仄平。但不可作仄仄平平，變拗體爲順。第七句七字，叶仄，與《青玉案》起句同，但第六字亦可用仄聲，如千里詞於第六字用「舊」，碧山用「更」字，玉田用「雁」字，皆是也。結爲四字三句，上加一字豆，句法實與《柳梢青》結句十二字同，特此於十二字上又加一字豆耳。唯《柳梢青》上句用平，此則三句皆仄，是又略異。後闋換頭，首句二字，次句三字，均仄叶，與《暗香》後闋同。第三四句即八字句加一字豆，亦與《暗香》同，但第四字不宜仄耳。第五句至第八句，均與前闋第四句至第七句同，唯第七句第五字及第八句第六字，均應用仄聲。非若前闋第六七句之可以平仄通用耳。結爲十二字，句法作上七下五，上句七字又分作上三下四，句法平收而不用韻，下句五字仄叶，句法與《暗香》前闋之結句同，但平仄不無小異，作者宜有辨別，毋使混同。

考正白香詞譜卷三

天虛我生鑒定　泉唐陳小蝶編

▲瑤臺聚八仙

宋張炎叔夏

◎●○○　○◎●　○●●●○○　●○○●　○●●●○○　◎●○○○●●
秋月娟娟韻　人正遠豆　魚雁待拂吟箋叶　也知遊事句　多在第二橋邊叶　花底鴛鴦深處睡句
◎○●●●○○　●○○　●○●●　○●○○　○○○○　●●　●●○●
柳陰淡隔裏湖船叶　路綿綿叶　夢吹舊曲句　如此山川叶　平生幾兩作平　謝屐句　便放歌自
●　●●○○　●●○○　○●●●○○　◎○◎●●●　●○●○○◎●○　○
得句　直上風烟叶　峭壁誰家句　長嘯竟落松前叶　十年孤劍萬里句　又何似畦分抱甕泉叶　中
○●　●●○◎●　◎●◎○
山酒句　且醉餐石髓句　白眼青天叶

考正：右詞九十九字，吴夢窗作《新雁過妝樓》，陳允平作《八寶妝》，字句均與此相同。其中有用去聲處，各家皆然。作者宜注意從之，非偶然合也。《白香詞譜》注此詞爲張英作，誤。

填詞法：此調皆叶平韻，首句四字，第一字可仄，句法與其他仄韻四字起句皆同。次句九字，上三字爲豆，第二字可平，下六字句，第二字宜用去聲。第三句四字，第三字《詞律》謂平仄通用，不知夢窗「翦秋一半」，「一」字亦以入作平也。第四句六字，平仄不可移易。或以第二作平，實謬，蓋去聲字於詞曲中最關重要，萬無作平之理，參觀他作即知。第五六句乃七言詩句一聯，與《憶江南》第三四句正同。第七句爲三字句，仄平平乃係定格，與《憶江南》第四句同。第八九句皆四字，上句仄收，下句平叶，與《鳳凰臺上憶吹簫》前段末二句正同。後闋換頭六字句，上四全平，吴作「誰知壺中自樂」，陳作「還思驂鸞素約」，是明證也。第二三句皆四字，上加一豆，成上五下四之九字句，與《鳳凰臺上憶吹簫》第四五句同，惟「寶奩塵滿」之「塵」字用平，而此「自」字則例用去聲也。第四五句與前段第三四句同，惟前段第三句爲仄平平仄，而此作仄仄平平，則又相異。但吴作則此句云「雁風自動」，亦正與前半句法相同。第六句六字仄收，第一三字平仄不拘。第七句八字，上一下七，即於七言句上冠一字耳。《詞律》注爲上三下五，毋乃太笨。結句十二字，分爲三句，首爲三字，次爲五字，上一下四，結爲四字，句法略似《鳳凰臺上憶吹簫》前結三句，唯此於第二句上加一字豆耳。而末句亦可作平平仄平，陳作「藍橋不成」，吴作「秋香月中」，皆有其例。但第三字用仄，則第一二字當平，其中實有相互之關係也。

▲陌上花

金張翥仲举

◎○●●　◎○◎●　◎○○●　◎●○○　◎●●○○●　◎○◎●○○●　◎
闗山夢裏句　歸來還又豆　歲華催晚韻　馬影雞聲句　諳盡倦游荒館韻　綠箋密記多情事句　一

●●○○●　●◎○●●　◎○○●　●○○●　●○○●●　◎○◎●　◎●
看一回腸斷韻　待殷勤寄與句　舊遊鶯燕句　水流雲散句　滿羅衫是酒句　香痕凝處句　唾碧

○○◎●　◎●○○　◎●○○●●　◎○◎●○○●　○●○○○●　●◎○●●
啼紅相半叶　只恐梅花句　瘦倚夜寒誰煖叶　不成便没相逢日句　重整釵鸞箏雁叶　但何郎縱有

◎○○●　●○○●
豆　春風詞筆句　病懷渾懶叶

考正：右詞九十九字，「馬影」下與後「只恐」下均同。結句十三字，即四字三句加一字豆，句法與《瑣窗寒》上闋結句同。但亦可作上三字豆，下接六字一句，四字一句，猶《瑣窗寒》結句之亦可作上七下六，固不拘也，唯不可前後互異耳。《詞譜》於起句注爲六字兩句，於「歸來」分句，「還又」二字屬於下。後闋首句作三字，「是酒」二字屬下，無「香」字，係誤。

填詞法：此調蓋集《玉漏遲》、《離亭燕》、《瑣窗寒》三調而成，即所謂犯調也。首句四字仄收，不起韻。次句八字，而以上四字作豆略頓，句法與《玉漏遲》二三句同。第三句四字，第四句六字，合之即爲十字一句，與《玉漏遲》第四五句亦同。第五句七字仄收，不叶韻。第六句六字仄叶，第三字可平，與《離亭燕》第四句同。結爲十三字句，亦即四字三句加一字豆，與《瑣窗寒》前闋結句同，但亦可作上九下四句法，一氣呵成，是與《瑣窗寒》之可作上七下六句法不無少異。後闋首句五字，應用仄平平仄仄，句法應上一下四。次即十字句，上四下六，而四字句用仄，與《瑣窗寒》第四五句同。以下句法，則與前闋第四句以下均同。

▲解語花

宋周邦彦美成

○○●●　●●○○　○●○○●　●○○●　○○●　◎●●○◎●　○○◎●

風銷燄蠟句　露浥烘爐句　花市光相射韻　桂華流瓦叶　纖雲散豆　耿耿素娥欲下叶　衣裳淡雅叶

◎●●　◎○◎●　○●○　○●○○　◎●○○●　○●◎○●●　●○○○

看楚女豆　纖腰一把叶　簫鼓喧豆　人影參差句　滿路飄香麝叶　因念帝城放夜叶　望千門如

●　○●○●　●○○●　○○●　◎●●○○●　○○●●　◎●●　◎○◎●

晝句　嬉笑遊冶叶　鈿車羅帕叶　相逢處豆　自有暗塵隨馬叶　年光是也叶　惟只見豆　舊情衰謝

○●○　○●○○　●●○○●

叶

清漏移豆　飛蓋歸來句　任舞休歌罷叶

考正： 右詞一百字，「桂華」以下與後「鈿車」以下同，唯結句前作上二下三，後作上一下四，不可相混。吴夢窗「門横皺碧」一首，於「鈿車羅帕」句不叶，是乃偶然疏漏，不可法也。

填詞法： 此調起爲四字對句，平仄皆有一定，與《瑣窗寒》起二句相似，而平仄相反。第三句五字，第四句四字，平仄均不可移易。如夢窗詞作「暮寒如剪」亦爲仄平平仄也。第五句九字，句法係上三下六，與《洞仙歌》前段結句同，惟《洞仙歌》上三字可作平仄仄，此則第二字必須用平聲也。第七句七字，上三下四，與《雙雙燕》第七句同。第八句七字，上三下四，第九句五字，二句語氣相連，與《瑣窗寒》後結句法略同。惟上三字豆，當作平仄平，非若《瑣窗寒》作仄平平耳。後闋首句六字，與《聲聲慢》同，唯《聲聲慢》則第五字可仄，此則第三字可平，是其異點。第二三句，即八字加豆，第一字用仄，下二句一作平平平仄，係順；一作平仄平仄，係拗，是係定格。如夢窗詞「伴蘭翹清瘦，蕭鳳柔婉」，是明證也。以下均與前闋同，唯結句五字，上一下四，與前略異。

▲換巢鸞鳳

宋史達祖邦卿

◎●○○ ●◎○●● ◎●○○ ◎○○●● ●●●○○ ◎○◎●●○○

人若梅嬌韻 正愁橫斷塢句 夢繞溪橋叶 倚風融漢粉句 坐月怨秦簫叶 相思因甚到纖腰叶

◎○●○ ○○●○ ○○● ●○●●○● ○● ○●● ○●◎

定知我今豆 無魂可銷叶 佳期晚句 謾幾度淚痕相照換仄叶 人悄叶仄 天渺渺叶仄 花外語

○ ◎●○● ◎●○ ◎○○● ◎●○○● ○●○○●○○ ◎○

香豆 時透郎懷抱叶仄 暗握荑苗句 乍嘗櫻顆句 猶恨侵階芳草叶仄 天念王昌忒多情句 換巢

◎●○○● ○○○ ●○○◎●○●

鸞鳳教偕老叶仄 温柔鄉句 醉芙蓉一帳春曉叶仄

考正： 右詞一百字，平仄互叶。於前半末一韻，換用仄叶，爲他詞體格所無。

填詞法： 此調首句四字，與《瑶臺聚八仙》首句同，起平韻。次二句共九字，上五下四，即於對句上加一豆，與《鳳凰臺上憶吹簫》第四五句同。第四第五爲五字對句，句法爲前各詞所無。《南歌子》起句雖亦五字對句，而平仄實則相反，蓋《南歌子》爲仄起五言詩句，此則爲平起五言詩句也。第六句七字，平起平叶，與《瀟湘夜雨》第四句同，即平起之七言詩句也。第七句八字，於第四字分豆，句法頗似《醉太平》之起二句，特《醉太平》爲四字兩句叶韻，此則爲八字一句，故第四字可不必叶韻。第八句爲三字仄句，亦可作下句之豆。第九句七字，即六字句加一字豆，句法與《聲聲慢》結句相似，但第五六字平仄異耳。此句即換叶仄韻，惟仄韻必用同部之韻，不可出韻。後闋叶仄，首句二字，次句三字，與《暗香》、《瑣窗寒》句法均同，惟《暗香》次句作仄平仄，《瑣窗寒》作平平仄，此調則作平仄仄，是其異點，作者宜慎別之，不可相混。第三句九字，上四下五，與《祝英台近》第四句同，惟《祝英台近》句尾皆作仄平仄，此則作平平仄，亦有異。第四五句爲四字對句，上句平收，下句仄收，俱不用韻，與《瑣窗寒》等詞起句同。第六句六字，與《鵲橋仙》第三句同。第七句七字，作平仄平平仄平平，乃係拗句，與《眼兒媚》首句作「楊柳絲絲弄輕柔」之句法同，與《洞仙歌》之「但屈指西風幾時來」亦同，只減去一字豆耳。第八句亦七字叶仄，第九句三字，均用平聲，與《解語花》之「清漏移」三字略異。次句七字，上三下四，與《驀山溪》第四句似，但上三字務作仄平平，非若《驀山溪》之可以移易也。

▲念奴嬌

元薩都剌天錫

●○○●
石頭城上句
●○◎
望天低豆
◎●●○○●
吴楚眼空無物韻
◎●◎○○●●
指點六朝形勝地句
◎●◎○○●
惟有青山如壁叶
◎●○○
蔽日旌旗句

○○◎● ◎●○○● ◎○○● ◎○○●○● ◎●◎●○○ ○○◎●

連雲檣櫓句 白骨紛如雪叶 大江南北句 消磨多少豪傑叶 寂寞避暑離宮句 東風輦路豆

○●○○● ◎●○○●● ◎●○○○● ◎●○○ ◎○◎● ◎●○○●

芳草年年發叶 落日無人松徑冷句 鬼火高低明滅叶 歌舞樽前句 繁華鏡裏句 暗換青青髮叶

◎○○● ◎○○ ●○●

傷心千古豆 秦淮一作平 片明月叶

考正：右詞一百字，又名《百字令》、《百字謡》、《酹江月》、《大江東去》、《大江西上曲》、《壺中天》、《無俗念》、《淮甸春》、《湘月》。蘇東坡「大江東去」一首，作者皆以爲祖，天錫此詞，即步東坡原韻，特句法有互異耳。東坡詞第二句作「浪淘盡，千古風流人物」，後闋第二三句作「小喬初嫁了，雄姿英發」，句法皆有參差。蓋坡公詞只尚才氣，放意爲之，初不沾沾於音律者也。乃後人不察，必於原調之外，更爲强立一體，妄意割裂，牽强附會，殊爲多事。而《圖譜》諸書，且因一字之微，列至九體，使人茫然無所適從，實足貽誤後學。天錫此詞，雖依坡公原韻，獨能力矯其誤，守律惟嚴，洵是佳作，且用蘇韻處，均無一毫勉强，尤屬難能而可貴也。

填詞法： 此調起句四字，不用韻。次句九字，應作上三下六，《詞律》收辛稼軒一首爲正體，而注作上四下五，與東坡詞別爲兩體，殊不知其實本無異也。作上三下六句，故第三字平仄不拘，如樵隱作「算無地」、「闐風頂」等是，但以格調論，終應作仄平平爲佳，即坡公他詞亦作「見長空」也。第四字平仄亦可不拘，辛稼軒作「又匆匆過了」，「過」字即用仄聲。第三句七字，不用韻，與《滿江紅》第五句同。第四句六字，與《雙雙燕》第五句同。第五第六爲四字對句，不用韻，與《換巢鸞鳳》之「荑苗」、「櫻顆」句同。第七句五字，第三字不可用仄，與《燭影搖紅》之第四句同。結句共十字，上四下六，與《瑣窗寒》之「桐花半畝」句略同，唯《瑣窗寒》下六字作仄仄仄平平仄，此則應仄平平仄平仄，係拗句，是其特異之點也，不可改作順句。後闋起句六字平收，與《玉漏遲》後闋同，第二句九字，句法上四下五，與《青玉案》結句同。或作上五下四，不可法也。以下句法，與前闋「指點」以下均同。

▲東風第一枝

元張翥仲舉

●●○○　○○●●　○○●●○●　●○●●○○　◎○●○◎●　○○◎●

老樹渾苔句　橫枝未葉句　青春肯誤芳約韻　背陰未返冰魂句　陽梢已含紅萼叶　佳人寒怯句

◎◎●　◎○○●　●●◎◎●○○　◎●●○○●　○●●　●○●●　○●

誰驚起豆　曉來梳掠叶　是月斜花外么禽句　霜冷竹間幽鶴叶　雲淡淡豆　粉痕漸薄叶　風細

●　●◯●●　●◯●●◯◯　◎◯●◯◎●　◯◯◎●　◎◎●　◎◯◯●　●
細豆　凍香又落叶　叩門喜伴金樽句　倚闌怕聽畫角叶　依稀夢裏句　記半面豆　淺窺珠箔叶　怎

◯◎◎●◯◯　◎●●◯◯●
時得重寫鸞箋句　去訪舊遊東閣叶

考正： 右詞一百字，夢窗一首。於第一字用平，次句第三字亦用平，固無妨。但其後段起句作「曾被風容易送去」，則句法殊拗。末二句作「信下蔡陽城俱迷，看取宋玉詞賦」，則尤拗捩，俱不可從。此詞用去聲等字，各家皆同，不可亂填。

填詞法： 此調起爲四字對句，與《瑣窗寒》起句同。第三句六字起韻，句法與《聲聲慢》第三句同。第四第五爲六字對句，下句第二字不可換仄，如梅溪詞「彩筆休題繡户」，「筆」字係作平聲。第六句四字，不用韻。第七句七字，叶仄，句法上三下四，與《滿江紅》第二句句法相同，唯《滿江紅》四字句作仄仄平平，此則爲平平平仄也。而與《玉漏遲》之「不是麒麟殿裏，又不與巢由同調」句法亦同，但少「不是」兩字耳。結爲六字兩句，上句用平，下句叶仄，與第四五句同，但多一字豆，此亦六字對句，上加一字爲之領首。後闋起二句爲七字對句，句法上三下四，與《瀟湘夜雨》所用之七字對句相同，而平仄相反。以下句法，與前半闋「背陰未返」以下均同。此調結處上句亦有注作上三下四，而下接六字句者，如《詞律》收史梅溪詞結作「待過了、一月燈期，日日醉扶歸去」，於「了」字注豆，「期」字注句，其實應一氣呵成，唯上句第三四字，固不妨平仄通用也。

▲慶春澤

清朱彝尊竹垞

○●○○　○○●●　●○◎●○○　◎●○○　●○◎●○○　◎○◎●○○●
橋影流虹句　湖光映雪句　翠簾不捲春深韻　一寸横波句　斷腸人在樓陰叶　遊絲不繫羊車住句
●○○◎●○○　●○○　◎●○○　◎●○○　○○●●○○●　●○○◎●
倩何人傳語青禽叶　最難禁叶　倚遍雕闌句　夢遍羅衾叶　重來已是朝雲散句　悵明珠佩冷
◎●○○　◎●○○　◎○◎●○○　◎○◎●○○●　●○○◎●○○　●○
句　紫玉烟沉叶　前度桃花句　依然開滿江潯叶　鍾情怕到相思路句　盼長堤草盡紅心叶　動愁
○　◎●○○　◎●○○
吟叶　碧落黄泉句　兩處誰尋叶

考正：右詞一百字，或加慢字，實即《高陽臺》耳。「最難禁」、「動愁吟」兩句，他詞多不叶韻，如劉鎮作

「恣嬉遊」、「怕歸來」兩句皆不叶韻。僧皎如作「問東君」、「莫閒愁」則於「君」字叶韻，而「愁」字則否，正不必一定也。

填詞法：此調起亦四字對句，與《東風第一枝》同，唯此詞第一字多用平者，如他詞「燈火烘春」及「紅入桃腮」等句，皆可引證。第三句六字，與《鳳凰臺上憶吹簫》第三句正同。第四五句即爲上四下六之十字句，句法與仄句中之十字句略同，如《念奴嬌》結句等皆是，但平仄互異耳。第六句七字仄收，不叶韻，與《風入松》第三句同，第七句亦七字，而句法作上一下六，或上三下四，均不拘，但不可作上四下三之七言詩句。第八句爲三字句，可不叶韻。結爲四字兩句，次句叶韻，若第八句不叶韻，則此三句當成爲十一字句，一氣呵成，與《鳳凰臺上憶吹簫》結句「凝眸處，從今又添，一段新愁」句法相同。但上三字豆，應作仄平平耳。後闋起句七字，與《晝夜樂》後闋首句同，但不用韻，次爲加豆之四字對句，與《滿庭芳》後闋第四五同。以下與前第四句下均同。

▲桂枝香

宋王安石介甫

○○●●　●●●◎○　◎◎○●　◎●○○◎●　●○○●　◎○◎●○●

登臨縱目韻　正故國晚秋句　天氣初肅叶　千里澄江似練句　翠峯如簇叶　征帆去棹殘陽裏句

●○○　◎○○●　●○○●　◎○◎●　●○○●　●◎●○○●●　●◎◎
背西風豆　酒旗斜矗叶　綵舟雲淡句　星河鷺起句　畫圖難足叶　念自昔豪華競逐叶　嘆門外

○◎　◎◎○●　◎●○○◎●　●○○●　◎○◎●○○●　●○○　◎◎○●
樓頭句　悲恨相續叶　千古憑高對此句　謾嗟榮辱叶　六朝舊事隨流水句　但寒烟豆　衰草凝緑叶

●○○●　◎○◎●　●○○●
至今商女句　時時猶唱句　後庭遺曲叶

考正：右詞一百字，亦名《疏簾淡月》，因張宗瑞「梧桐細雨」一首得名。蓋《東澤綺語續詞》首首如此，好以詞句，別列新名，非有異也。或謂此調有南北之分，用入聲韻則名《桂枝香》，用上去聲韻，則名《疏簾淡月》，説亦穿鑿，不足據也。

填詞法：此調首句四字起韻，第二三句均四字，上加一豆，與《暗香》起三句同，唯《暗香》次句爲仄句，此則用平，是其不同之點。第四五句實即十字句，上六下四，但亦有作上四下六者，如張宗瑞「梧桐細雨」一首是也。第六句七字，不叶韻，與《慶春澤》第六句同。第七句七字，上三下四，亦與《慶春澤》第七句同，而平仄則異。結爲四字三句，與《柳梢青》起首三句同。後闋首句七字，句法上一下六，亦可作上三下四。以下諸句，則均與前同。

▲翠樓吟

清黃之雋石牧

●●○○ ○○●● ○○●○○● ◎○○●● ●○● ◎○○● ○○◎●
月魄荒唐句 花靈髣髴句 相攜最無人處韻 闌干芳草外句 忽驚轉豆 幾聲啼宇叶 飄零何許叶

●●●○○ ○○◎● ○○● ●○○● ●○○● ●● ●●○○ ●●
似一縷游絲句 因風吹去叶 渾無據叶 想應淒斷句 路旁酸雨叶 日暮叶 渺渺愁予句 覺黯

○○● ●○○● ◎○○●● ●○● ◎○○● ○○◎● ●●●○○ ○
然銷者豆 別離情緒叶 春陰樓外遠句 入烟柳豆 和鶯私語叶 連江暝樹叶 欲打點幽香豆 隨

○◎● ○○● ●○○● ●○○●
郎黏住叶 能留否叶 只愁輕絕句 化爲飛絮叶

考正：右詞一百一字，乃白石自度曲，作者平仄皆準姜詞。即石牧此詞，亦與姜詞平仄一律，無所更動。《詞林正韻》云此調專用去聲韻，但姜詞「萋萋千里」，「里」字亦是上聲，所論亦未盡然。

填詞法：此調首爲四字對句。第三句六字，與《齊天樂》次句同，第四句五字不叶韻，與《換巢鸞鳳》第四句同。第五句七字，上三下四，第四字可平，與《祝英台近》結句同。第六句四字叶韻，與《解語花》第六句同。第七句九字，上一字爲豆，下爲四字兩句，亦可作對偶，與《瑣窗寒》「正店舍無烟，禁城百五」句同。第八句三字仄叶，結爲四字兩句，亦可作對句。句法蓋與《玉漏遲》前結三句略同。後闋首句二字仄叶，第二句四字平收，實與上二字連合成句，初與《念奴嬌》後起「寂寞避暑離宮」句無異，特《念奴嬌》「寞」字無韻，此則用韻，遂成兩句。第三句亦九字句，上五下四，「春陰」以下，與前「闌干」以下均同。

▲瑞鶴仙

宋史達祖邦卿

◎○○●●　●◎●○○　◎○○●　○○●○●　●○○○●　◎○○●　○○

杏烟嬌濕鬢韻　過杜若汀洲句　楚衣香潤叶　回頭翠樓近叶　指鴛鴦沙上豆　暗藏春恨叶　歸鞭

●●　●◎●　○○●●　●○○　◎●○○　◎●●○●　○●　◎○○●

隱隱叶　便不念豆　芳痕未穩叶　自簫聲豆　吹落雲東句　再數故園花信叶　誰問叶　聽歌窗罅

●●○○　●○○●　◎○◎●　○○●　●○●　●○○○●　○○○●　◎

句　倚月鈎闌句　舊家輕俊叶　芳心一寸叶　相思後豆　總灰盡叶　奈春風多事豆　吹花搖柳句　也

●○○●●　●○○　◎●○○　●○●●
把幽情唤醒叶　對南溪豆　桃萼翻紅句　又成瘦損叶

考正：右詞一百二字，竹山詞通首皆以「也」字住句，而於「也」字之上用韻，此與稼軒《水龍吟》用「些」字同，上一字亦叶韻，但《瑞鶴仙》共十三韻，而「也」字之上，七平叶，六仄叶，與福唐體不同。蓋游戲之作也。《惜香》一首亦效竹山，以「也」字住句，而其上一字不叶，則失之粗心，誤認騷體爲福唐體耳。此皆詞中創例，作者正不必從。

填詞法：此調首句五字，與《玉漏遲》同，即應起韻。次爲九字句，上五下四，與《桂枝香》次句同，但查梅溪别作云「爲發妝酒暖」，是上五字亦可作仄句矣。第三句五字叶韻，與《祝英台》第三句同。第四句九字，與第二句句法相似，稼軒作「似三峽波濤」，是亦可用平句，與「過杜若汀州」句同矣。但亦可作上三下六，如周美成詞「濃於酒，偏醉情人詞客」是也。第五句亦四字，與上半句同。第六句七字，上三下四，上三字爲豆，可作仄平仄。結十三字，上句七字，上三下四，仄起平收；下句六字仄叶，宜以一氣呵成。句法蓋與《暗香》結句「看兩岸，樹底盈盈，素手摘新雨」頗相似，特此結句乃有六字，爲十三字句耳。後闋首句只二字，第二字叶韻，第二三句爲四字對句，第四句四字叶仄，三句亦皆連續，與《桂枝香》結處三句相似。但彼則三句皆仄，此則次句落平。第五句四字叶仄，與前四句同。第六句本於前半「回頭翠樓近」同，但多一字，乃以上三字作豆，第一二字或作仄，非宜。第七句九字，上五下四，與前「指鴛鴦沙上」句法相同，但不用韻。第八句六字，叶韻，此二句語氣亦當連續。結十一字，上三字豆，下作四字兩句，句法與《鳳凰臺上憶吹簫》結句同，而平仄互異。

▲水龍吟

宋張炎叔夏

○○◎●○○　◎○◎●○○●　◎○●●　◎○●●　◎○●●　◎●○○　◎
仙人掌上芙蓉句　涓涓猶滴金盤露韻　輕妝照水句　纖裳玉立句　飄飄似舞叶　幾度消凝句　滿
○○●　◎○○●　●◎○◎●　◎○◎●　○●●　○○●　◎●◎○○●
湖烟月句　一汀鷗鷺叶　記小舟夜悄句　波明香杳句　渾不見豆　花開處叶　應是浣紗人妒叶
●○○　◎○○●　◎○●●　◎○○●　◎○●●　◎●○○　◎○○●　◎○
褪紅裳豆　被誰輕誤叶　閒情淡雅句　冶姿清潤句　憑嬌待語叶　隔浦相逢句　偶然傾蓋句　似傳
○●　●◎○◎●　◎○◎●●○●
心素叶　怕湘皋珮解句　綠雲十里捲西風去叶

考正： 右詞一百二字，又名《龍吟曲》、《小樓連苑》、《海天闊處》、《莊椿歲》。自「輕妝」至「香杳」，與後「閒情」至「十里」同。篇中四字句，前後各六，上三句俱仄，下三句一平二仄，不可誤用。「記小舟」五字，「波明」四字，「渾不見、花開處」，是上三下三句法，不可變易，此定格也。少游詞「賣花聲過盡，垂楊院落，紅成陣、飛鴛甃」，句法本同。《嘯餘譜》誤以落字屬下句，讀作「落紅成陣飛鴛甃」，遂謂上八下七，另是一體，實誤。「怕湘皋」五字，係上一下四句。結處實爲七字一句，本只「緑雲十里西風去」，其「捲」字乃襯字，連上句一氣呵成云。「細看來不是楊花點點是離人淚」其實應於「不」斷句，「楊花」七字，而「是」字爲襯，《嘯餘》注「楊花」分句固非，而萬氏注爲四字兩句，亦未察也。

填詞法： 此調首句六字，次句七字起韻，第三四五句皆四字仄句，語氣貴連，但第五句用韻，與《柳梢青》起三句同，惟《柳梢青》首句用韻，此則不叶。第六七八句，亦四字三句，上句用平，下二句用仄，與《柳梢青》第四五六句同。第九句五字，上一字爲豆，第十句四字，與上句語氣相聯，皆不用韻，與《瑣窗寒》第八九句同。結句六字，於上三字分豆，與《晝夜樂》次句略同，後闋首句六字，仄起仄韻，與《聲聲慢》同。次句七字，上三下四。以下第三句至第八句，皆四字，與上第三至第八同。第九句五字，上一下四，實即下句之豆。結句本七字，而於第四字下加一襯字，下四字作仄平平仄，成上一下三之句法。

如稼軒作「紅巾翠袖揾英雄淚」，放翁作「楊花和恨向東風滿」，「揾」字、「向」字皆襯也。故與其他結句，四字三句而上加一字豆者，似是而實非也。

▲齊天樂

宋姜夔堯章

◎○◎●○○●　○○●○○●　●●○○　○○●●　◎●○○○●　○○●●
庾郎先自吟愁賦韻　淒淒更聞私語叶　露濕銅鋪句　苔侵石井句　都是曾聽伊處叶　哀音似訴叶
●◎●○○　●○○●　●●○○　●○◎●●○●　○○●○●●　●○○●
正思婦無眠句　起尋機杼叶　曲曲屏山豆　夜深獨自甚情緒叶　西窗又吹暗雨叶　爲誰頻斷
●　○●○●　●●○○　○○●●　◎●○○○●　○○●●　●◎●○○　●
續句　相和砧杵叶　候館吟秋句　離宮吊月句　別有傷心無數叶　豳詩漫與叶　笑籬落呼燈句　世
○○●　●●○○　●○○●●
間兒女叶　寫入琴絲豆　一聲聲更苦叶

考正：右詞一百二字，又名《臺城路》、《五福降中天》、《如此江山》，「似」、「訴」、「漫」、「與」均應用去聲。「西窗」句與《瑤臺聚八仙》後闋起句略同，王沂孫作「銅仙鉛淚似洗」用三平三仄，夢窗用平平平平仄仄，竹屋用平仄平仄仄仄仄，均較遜。大凡填詞，句法必取其聲調佳者，古人之作，間有不同，亦偶然耳。後闋結句五字，當上三下二，白石此詞「一聲聲更苦」，亦當以「一聲聲」三字連讀，或作上二下三，如王沂孫詞之「柳絲千萬縷」，不可從也。近有作上一下四句法，且於第二第四字注可仄可平者，是爲《甘草子》結句「惹兩眉離恨」矣，豈復是《齊天樂》，斷不可從。

填詞法：此調首句七字起韻，與《晝夜樂》起句同。次六字句，應作平平仄平平仄，與《東風第一枝》「陽梢已含紅萼」同。第三第四爲四字對句，第五句六字，即承上二句叶韻。第六句四字叶韻，與《瑞鶴仙》第五句同。第七句五字，上一下四。第八句四字叶韻，與上句相應，亦即九字上五下四句法，與《雙雙燕》第二三句同。第九爲四字豆，第十句七字，句法亦相連貫，蓋即上四下七之十一字句法，與《暗香》第四五句同。下七字句第三字應用平聲或入聲字，不可用上去。後闋首句六字，應作平平仄平仄仄。第二句五字，應上一下四，呼起下句四字，如王沂孫詞「嘆移盤去遠，難貯零露」是也。「貯」字用仄，亦與姜詞用「和」字同。第四句至第六句，與前第三句至第八句同。結句九字，上四下五，平仄不可移易。下五字句，當作上三下二，第四字不可用平，乃定格也。

▲雨霖鈴

宋柳永耆卿

○○○●　●○○●　●◎○●　○○●●○●　○○●●　○○○●　●●○○
寒蟬凄切韻　對長亭晚豆　驟雨初歇叶　都門帳飲無緒句　方留戀處句　蘭舟催發叶　執手相看豆

●●●○●○●　●●●　○●○○　●●○○●○●　○○●●○○●　●○
淚眼竟無語凝噎叶　念去去豆　千里烟波句　暮靄沉沉楚天闊叶　多情自古傷離別叶　更那

○　●●○○●　○○●●○●　○●●　●○○●　●●○●　○●○○●●○
堪豆　冷落清秋節叶　今宵酒醒何處句　楊柳岸豆　曉風殘月叶　此去經年句　應是良辰好景虛

●　●●●　○●○○　●●○○●
設叶　便縱有豆　千種風情句　更與何人説叶

考正：右詞一百三字，篇中拗句至多，自來作者，平仄均依此詞，不敢出入。《詞綜》收黄裳一首，除所注數字可平可仄外，餘亦均同。獨句法中頗有參差，兹舉證如左。

填詞法：此調首句四字，上三字平，下一字仄起韻。黄詞「天南游客」與此同。次句八字第四字略頓作豆，上四字句法爲上一下三，務用仄平平仄，下句四字，與他詞同。黄詞「甚而今却送君南國」，則於

「君」字分豆，不可從也。第三句六字，不用韻，作平平仄仄平仄，黄作「西風萬里無限」，句法亦同。第四五句皆四字，蓋以承上六字句者，黄詞作「吟蟬暗續，離情如織」，平仄雖同，而句法則誤，應作上一下三，即於「楊柳岸」句加一襯字耳。第六句十一字，應作上四下七，《圖譜》於「淚眼」注句，作上六下五，係誤。黄詞「秣馬脂車，去即去多少人惜」，亦上四下七，此七字句之第三字係襯，尤宜注意，不可變爲七言詩句。第七句七字，此上三字係豆，黄詞作「望百里烟慘雲山」，句法平仄均同。上三字務作仄仄仄，乃定格也。結句七字，仄仄平平仄平仄，句法與《洞仙歌》「水殿風來暗香滿」同，黄詞作「送兩城愁作行色」，則爲上四下三句法，較此爲遜，不可從也。後闋起句即爲平常七言仄句，應作上四下三，而黄詞作上三下四，云「飛帆過浙江封域」，音節遜遠。次句八字，上三下五，黄作「到秋深，且艤荷花澤」，與此正同。柳詞「更那堪」之「那」係平聲，《圖譜》誤注爲仄。第三句六字，與前「都門」句同，黄詞作「就船買得鱸鱖」，第一字作仄，亦遜。第四句七字，上三下四，黄詞作「新穀破雪堆香積」同。第五句四字，亦與黄詞「此與誰同」句相同。第六句八字，上二下六，句法與「都門帳飲無緒」同，但加兩字豆耳。黄作「須記秦東有客相憶」亦同，《譜》注「良辰好景」可用仄仄平平，實謬。第七句上三下四，與前「念去去」正同。第八句五字，上二下三，黄詞作「願聽了一闋歌聲，醉倒拌今日」亦與此正同，唯「拌」字或作仄聲，非宜。以時代按之，柳詞在前，黄詞在後，勉仲當是依耆卿而填，句法雖有出入，從黄固不如從柳也。

▲喜遷鶯

宋吳禮之子和

◎○○●　●◎○◎●　○○○●　◎●○○　◎○◎●　◎●●○○●　◎●●
銀蟾光彩韻　喜稔歲閏正句　元宵還再叶　樂事難留句　佳時罕遇句　依舊試燈何礙叶　花市又

○○●　○●○○●　●◎●　●○○◎●　◎○○●　○●　○●○　○●
移星漢句　蓮炬重芳人海叶　儘勾引句　遍嬉遊寶馬句　香車喧隘叶　晴快叶　天意教豆　人月

●○　◎●○○●　◎●○○　◎○◎●　◎●●○○●　◎●●○○●　○●○
更圓句　償足風流債叶　媚柳烟濃句　夭桃紅小句　景物迥然堪愛叶　巷陌笑聲不斷句　襟袖餘

○○●　●○●　●○○◎●　◎○○●
香仍在叶　待歸也句　便相期明日句　踏青挑菜叶

考正：右詞一百三字，「樂事」以下與後「媚柳」至結句同，舉證於左。

填詞法：此調首句四字起韻，次句五字，上一下四，第四字應平聲，他詞皆然。第三句四字，與上句合成上五下四之九字句，句法與《桂枝香》起三句略同。第四五爲四字對句，第六句六字，與上兩句相承，與《齊天樂》第三四五句同。第七八句爲六字對句，兩句皆仄，句法與《離亭燕》起二句同，但上句不用韻耳。蔣竹山詞上句作「露添牡丹新艷」，是第一二字亦可用仄平，但音節較遜矣。第五字務用平聲，後闋「不斷」之「不」字，乃入聲作平，舊譜注爲仄聲，係誤。此二句之區別在第三字，宜注意。第九句三字，不用韻，即下二句之豆，結句九字，上五下四，但亦可作上三下六，如本詞，即可於「遍嬉遊」三字住句也。後闋首句二字，與《换巢鸞鳳》同，次句七字，上三下四。第三句五字，語氣與前句相連，而與《换巢鸞鳳》之第二三句亦同。但「天渺渺」第三字用仄，此則爲下句之豆，用平聲耳。以下句法，與前闋同。

▲綺羅香

宋張炎叔夏

●●○○ ○○●● ◎●●○○● ◎●○○ ◎●●○○● ●◎◎ ◎●○

萬里飛霜句 千山落木句 寒艷不招春妬韻 楓冷吴江豆 獨客又吟愁句叶 正船艤豆 流水孤

○ ●◎● ◎○○● ●○○●●○○ ●○◎●●○● ○○●●● ○

村句 似花繞豆 斜陽芳樹叶 甚荒溝一片淒涼句 載情不去載愁去叶 長安誰問倦旅叶 羞

●○○◎● ◎○○● ◎●○○ ◎●●○○● ●◎◎ ◎●○○ ●◎●

見衰顔借酒句 飄零如許叶 漫倚新妝豆 不入洛陽花譜叶 爲迴風豆 起舞樽前句 盡化作豆

◎○○● ●○○●●○○ ●○○●●

斷霞千縷叶 記陰陰緑遍江南句 夜窗聽暗雨叶

考正： 右詞一百四字，「楓冷」至「淒涼」，與後「漫倚」至「江南」同，首句亦有不用韻者，如張仲舉詞通首押「語」、「御」韻，此句「薰籌須待被煖」，「煖」字即不叶韻，殆失檢耳，是不可從。

填詞法： 此調四字對句起，第三句六字起韻，與《醉樓吟》起三句略同，但《醉樓吟》第三句第二字平，此則第二字當仄，爲差異耳。第四句十字，上四下六，亦可分作兩句，與《玉漏遲》「升斗微官」句同。第五第六皆上三下四之七字句，上句平收，下句仄叶，宜用對偶，句法與《滿庭芳》之七字對句略同，唯上三字平仄稍有異耳。第七句亦七字，應作上一下六，但亦可作上三下四。結句七字，作仄平平仄仄平仄，第一字須仄，與《齊天樂》前結同。第三字應平，如用仄，必用入聲，不可用上去。後闋首句上三字平，下三字仄，與《齊天樂》後起略同。次句六字，第三句四字叶，此二句亦可併作一句，使作上四下六，與《聲聲慢》「乍暖還寒，時候最難將息」句法同，庶與前半「寒艷」句並立，則以下句法均與前同。唯換頭換尾而已。結句五字，與前半異，上二下三，與《齊天樂》之上三下二略異，是宜注意。

▲永遇樂

宋蔣捷勝欲

◎●○○　●○◎●　○●○●　◎●○○　◎○●●　◎●○◎●　◎○○●
清逼池亭句　潤侵山閣句　雲氣凝聚韻　未有蟬前句　已無蝶後句　花事隨流水叶　西園支徑句

◎○◎●　◎●●○○●　◎○●　○○●●　◎○●○○●　◎○◎●　◎○

今朝重到句　半礙醉筇吟袂叶　除非是豆　鶯身瘦小句　暗中引雛穿去叶　梅檐滴溜句　風來

○●　●●○○◎●　◎●○○　◎○●●　◎●○◎●　◎○○●　◎○◎●

吹斷句　放得斜陽一縷叶　玉子敲枰句　香綃落剪句　聲度深幾許叶　層層離恨句　淒迷如此句

◎●●○○●　◎○●　○○●●　●○●●

點破漫煩輕絮叶　應難認豆　爭春舊館句　倚紅杏處叶

考正：右詞一百四字，又名《消息》，「未有」至「瘦小」，與後「玉子」至「舊館」同，「雲氣」二字應用平仄，用仄平者不過十之二三，與《瑣窗寒》相混，不可從也。「幾許」之「幾」字，依上半闋例，應作平聲，但他譜收竹山此詞，於上半「流水」句，亦作「逝水」，是前後兩五字句皆拗，而趙以夫亦用「萬」字「點」字，是則固以拗爲宜矣。

填詞法：此調首爲四字對句，第三句亦四字起韻，與《瑣窗寒》起三句略同，但第三句應作平仄平仄，與《瑣窗寒》之仄平平仄有異。第四五句，四字對偶，第六句五字叶韻，與《解語花》第一二三句同，但此五字句，第四字可拗，爲差別耳。第七八句仍是四字對偶，第九句六字相承，與《綺羅香》起三句略同，但第七句迴異。第十句七字，上三字豆，應平平仄或仄平仄，有作仄平平或平平平者，聲調均遜。結句六字，第二字應平，趙師俠詞於此二句作「有輕盈妍姿靚態，緩步閬風仙苑」，則與《瑞鶴仙》結句相混，不足法也。後起三句，上二句四字，下句六字，與前第七八九句同，第四句至第十句，與前第四至第十句同。結句四字，作仄平仄仄，上一下三，乃是定格。

▲南浦

宋程垓正伯

○●●○○　●●○　○○◎●○●　◎●●○○　○○●　◎●●○○●　○○
金鴨懶薰香句　向晚來豆　春醒一枕無緒韻　濃綠漲瑤窗句　東風外豆　吹盡亂紅飛絮叶　無言

●●　●○○●○○●　●○●●　○◎●○○　◎○○●　○○●●○○　●
竚立句　斷腸惟有流鶯語叶　碧雲欲暮叶　空惆悵韶華句　一時虛度叶　追思舊日心情句　記

○●○○　◎○○●　◎●●○○　○○●　◎●●○○●　○○●●　●○○●
題葉西樓句　吹花南浦叶　老去覺歡疏句　傷春恨豆　都付斷雲殘雨叶　黃昏院落句　問誰猶在

○○●　●○●●　○◎●○○　◎○○●
憑闌處叶　可堪杜宇叶　空只解聲聲句　催他春去叶

考正:右詞一百五字,「濃緑」以下,與後「老去」下同,此調作者句法都有參差,當分别説明於左。

填詞法:此調首句五字,平收不用韻,實即五言詩句,平仄一定,與《感皇恩》首句同。次句九字,上三下六,起仄韻,片玉、梅溪諸家皆與此相同。唯碧山作「認麴塵乍生,色嫇如染」,是則上五下四,而「乍」字且用去聲。陶九成作「羨雲屏九疊,波影涵素」,「疊」字以入聲作平,句法與碧山正同。又玉田作「燕飛來,好是蘇堤纔曉」,雖亦上三下六,而「好是」兩字皆仄,「堤」字用平,皆不足法。第三句亦五字,與首句同。第四句九字,上三下六,上三字作平平仄,下六字第一字可平可仄,各家皆同。第五句四字,第六句七字,亦即上四下七之十一字句,與《踏莎行》第二三句同。第七句四字,他詞亦有不叶韻者,與下結句九字相連。梅溪詞「謝屐未蠟,安排共文鴛重游芳徑」,後段作「海棠夢在,相思過西園秋千紅影」,「蠟」字「在」皆不用韻,且尤可於「安排」及「相思」斷句,作上六下七句法。玉田詞作「回首池塘春欲遍,絶似夢中芳草」,則上句爲七言詩句,而下結六字,「回首池塘」且作平仄平平,與「碧雲欲暮」句大異。碧山詞「再來漲緑迷舊處,添却殘紅幾片」,雖亦上七下六,而「再來漲緑」四字作仄平仄仄,與「碧雲欲暮」句同。此體唯陶九成用之,但終是變體,與東坡《念奴嬌》詞用「浪淘盡千古風流人物」,同爲例外,不足法也,作者當從程詞爲是。後闋起句六字,次爲九字句,上五下四,與《玉漏遲》後起三句同。以下句法與前第三句以下均同。

▲望海潮

金折元禮

◎○○●　○○◎●　◎○◎●○○　◎●●○　○○●●　◎○◎●○○　◎●
地雄河岳句　疆分韓晉句　潼關高壓秦頭韻　山倚斷霞句　江吞絶壁句　野烟縈帶滄洲叶　虎旆

●○○　●◎○◎●　◎●○○　◎●○○　●○○●●○○　○○●●○○
擁貔貅叶　看陣雲截岸句　霜氣横秋叶　千雉嚴城句　五更殘角月如鉤叶　西風曉入貂裘叶

●○○◎●　◎●○○　◎●●○　○○●●　◎○◎●○○　○●●○○　●◎
恨儒冠誤我句　却羡兜牟叶　六郡少年句　三關老將句　賀蘭烽火新收叶　天外嶽連樓叶　掛幾

○◎●　◎●○○　◎●○○●●　●●●○○
行雁字句　指引歸舟叶　正好黄金换酒句　羯鼓醉凉州叶

考正： 右詞一百七字，「山倚」至「横秋」，與後「六郡」至「歸舟」同，柳詞於「看陣雲截岸」句作「怒濤卷霜雪」，「掛幾行雁字」句作「乘醉聽簫鼓」，皆上二下三，句法不同，可以通用。

填詞法： 此調通首平韻，首爲四字對句，與《鵲橋仙》起二句同，第三句六字起韻，與《慶春澤》第三句同。第四五亦爲對句，上句平仄仄平，下句平平仄仄，乃係定格。他詞皆然，唯上句第一字平仄不拘。

第六句六字叶韻，與《慶春澤》第五句同。第七句爲五字句，與《水調歌頭》第二句同。第八第九即上五下四之九字句，上句應作上二下四，若作上二下三，前後當一律，但係例外，非正格也。第十句四字，十一句七字，當作仄平平仄仄平平，不可作平平仄仄仄平平。後起六字，與前闋六字句同。次爲九字，上五下四，與前第八九句同，以下句法均與前同，唯結句十一字，上六下五，與前上四下七不同。

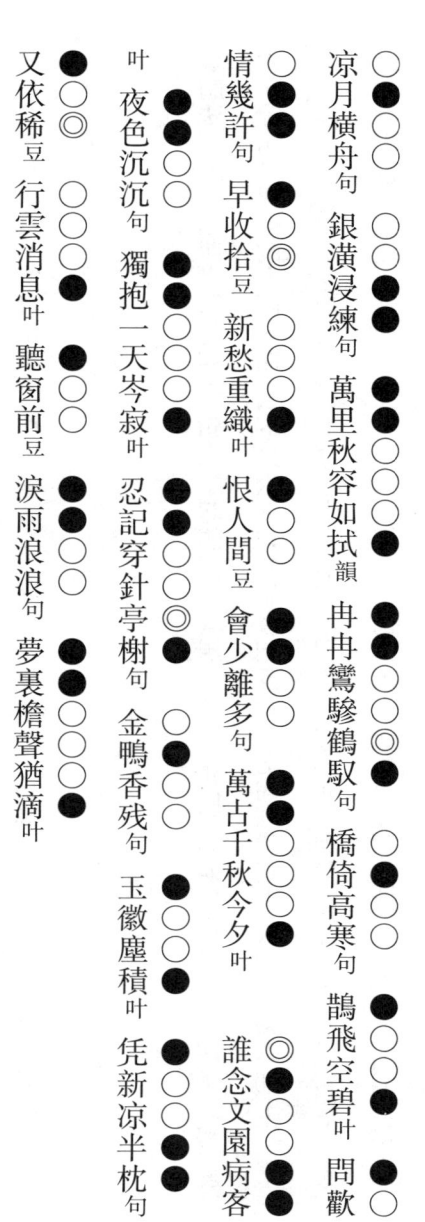

▲奪錦標

元張埜埜夫

○●○○ ○○●● ●●○○○● ●●○○◎● ○●○○ ●○○● ●○
涼月橫舟句 銀潢浸練句 萬里秋容如拭韻 冉冉鸞驂鶴馭句 橋倚高寒句 鵲飛空碧叶 問歡

○●● ●○◎ ○○○● ●○○ ●●○○ ●●○○○● ◎●○○●●
情幾許句 早收拾豆 新愁重織叶 恨人間豆 會少離多句 萬古千秋今夕叶 誰念文園病客叶

●●○○ ●●○○○● ●●○○◎● ○●○○ ●○○● ●○○●●
夜色沉沉句 獨抱一天岑寂叶 忍記穿針亭榭句 金鴨香殘句 玉徽塵積叶 凭新涼半枕句

●○◎ ○○○● ●○○ ●●○○ ●●○○○●
又依稀豆 行雲消息叶 聽窗前豆 淚雨浪浪句 夢裏檐聲猶滴叶

考正：右詞一百八字，「萬里」下與後「獨抱」下同，通首除四字平句外，每句首字皆用仄聲，「誰」字亦應用仄爲宜。

填詞法：此調起四字對句，第三句六字起韻，與《綺羅香》起三句同，第四句六字，下接四字對句，於第六句叶韻。與他詞上兩句四字、下接六字句叶韻者相反。第七句五字，上一下四。第八句七字，上三下四，第三字平仄不拘。第九句七字，上三下四。第十句六字，句法與《瑞鶴仙》第七八句略同。後起首句六字，與《水龍吟》同，但第五字仄。第二三句與《陌上花》第三四句同。以下句法，與前段第四句以下均同。

▲薄倖

宋賀鑄方回

◎○○●　●◎●　○○●●　●◎●　○○○●　◎●◎○○●　●◎○　○●

淡妝多態韻　更滴滴豆　頻迴盼睞叶　便認得豆　琴心先許句　欲綰合歡雙帶叶　記畫堂豆　風月

○○　○○●●○○●　●●●○○　◎○◎●　◎●○○◎●　◎●●　○○

逢迎句　輕嚬淺笑嬌無奈叶　向睡鴨爐邊句　翔鴛屏裏句　羞把香羅偷解叶　自過了豆　燒燈

●○●●　●○◎●　◎○◎　◎●○○◎●　◎○◎●○○●　●○○●　●
後句　都不見豆　踏青挑菜叶　幾回憑句　雙燕丁寧深意句　往來却恨重簾礙叶　約何時再叶　正

○○◎●　○○●●○○●　◎◎●●　◎●○○◎●
春濃酒困句　人間晝永無聊賴叶　懨懨睡起句　猶有花梢日在句

考正：右詞一百八字，「幾回憑」句云云，《詞律》於「雙燕」斷句，按此句實係上三字豆，故諸家於第三字平仄不拘，如吕渭老作「如今但、樵隱作奈當時」，南澗作「任雞鳴」，與此正同。「正春濃」下十二字，當一氣呵成，吕渭老詞「儘無言閒品秦箏，淚滿參差雁」，則上七下五，樵隱詞「怕嬌雲細雨，東方驀地輕吹散」，則上五下七，兩家平仄不殊，而句法各别，是蓋一氣呵成，故不拘也。

填詞法：此調首句四字起韻，與《雨霖鈴》首句同。次句七字，上三下四，第二字可平，第六字應仄，與《永遇樂》第十句同，但上三字不能用平平仄耳。第三句七字，上三下四，亦與《永遇樂》第十句同。第四句六字，與《齊天樂》第五句同。第五句與《綺羅香》第七句同，第六句七字，叶韻，與《綺羅香》第八句同，但第五字應平。下結三句，實即四字對句，上加一豆，下接六字作結。後闋起句六字，上三下三，與《水龍吟》之「渾不見花開處」句法同，但不叶韻。次句七字叶韻，上三下四，與《綺羅香》第六句同。第三四句，上三下六，與《喜遷鶯》結句「便相期、明日踏青挑菜」句同。故亦可作上五下四，一氣呵成。第五句七字，與前「輕嚬淺笑」句同。第六句四字叶韻，句法上一下三，或上二下二均可。第七第八共十二字，句法或上五下七，或上七下五，均不拘。結句十字，上四下六，與前結「翔鸞」云云同。

▲疏影

宋張炎叔夏

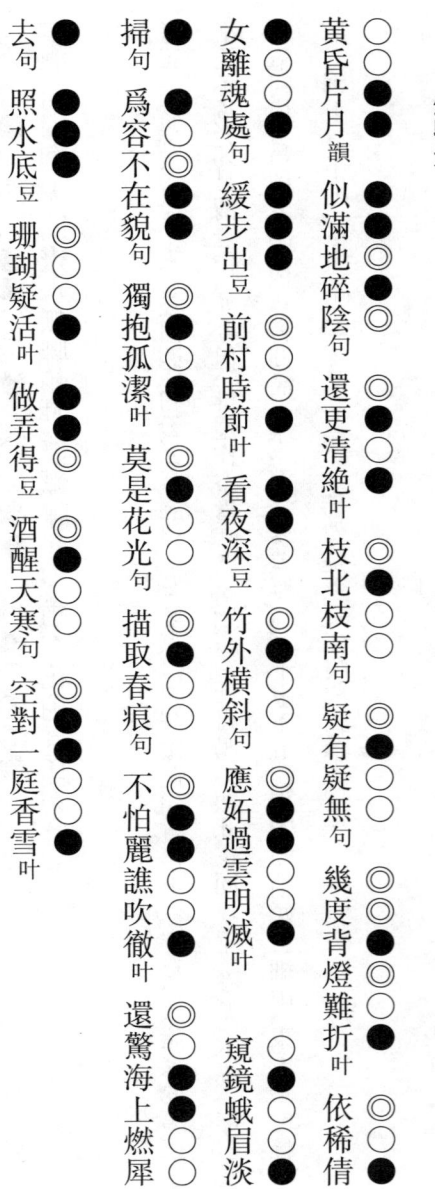

○○●●　●●◎●◎　◎●○●　◎●○○　◎●○○　◎◎●◎○●　◎○●
黃昏片月韻　似滿地碎陰句　還更清絕叶　枝北枝南句　疑有疑無句　幾度背燈難折叶　依稀倩

●○○●　●●●　◎○○●　●●○　◎●○○　◎●●○○●　○●○○●
女離魂處句　緩步出豆　前村時節叶　看夜深豆　竹外橫斜句　應妬過雲明滅叶　窺鏡蛾眉淡

●　●○◎●●　◎●○●　◎●○○　◎●○○　◎●●○○●　◎○●●○○
掃句　爲容不在貌句　獨抱孤潔叶　莫是花光句　描取春痕句　不怕麗譙吹徹叶　還驚海上燃犀

●　●●●　◎○○●　●●◎　◎●○○　◎●●○○●
去句　照水底豆　珊瑚疑活叶　做弄得豆　酒醒天寒句　空對一庭香雪叶

考正：右詞一百十字，又名《緑意》，彭元遜有《解佩環》詞，亦與此同。或因姜白石詞有「想佩環」三字，故易此名。「還更清絶」以下，與後「獨抱清潔」下同。「幾度背燈」句，白石詞作「無言自倚修竹」，是亦可作平平仄仄平仄矣，且此詞本爲白石自度腔，平仄自當從石帚爲宜。

填詞法： 此調首三句與《桂枝香》起首略相似，唯此第二句第三字可平，第五字可仄，如姜詞有「翠禽小小」是也。第四第五均四字平句，第六句六字，亦可作平平仄仄平仄。第七句七字，不叶。第八句亦七字，上三下四，叶韻，與《桂枝香》第六七句略同，但下句三字豆，係全仄，是其異點。第九爲七字平句，亦上三下四。第十句六字叶，與《東風第一枝》結二句同。後闋起句六字，不叶韻。第二三即爲九字一句，上五字應作上二下三，與前半作上一下四者不同，下句四字，與前第三句同。以下句法均同，唯「不怕麗譙吹徹」句，各詞皆用仄仄平平平仄或仄仄仄平平仄，非若前闋「幾度背燈」句，可作平平仄仄平仄，是宜注意。

▲過秦樓

宋周邦彦美成

●●○○ ◎○○● ●●●○○● ○○●● ◎●○○ ●●●○○● ○●

水浴清蟾句 葉喧涼吹句 巷陌馬聲初斷韻 閒依露井句 笑撲流螢句 惹破畫羅輕扇叶 人静

●●○○　○●○○　◎○○●　●○○●●　○○○●　●○○●　○●●

夜久憑闌句　愁不歸眠句　立殘更箭叶　歎年華一瞬句　人今千里句　夢沉書遠叶　空見説豆

●●○○　◎○○●　●●●○○●　○○●●　◎●○○　●●●○○●　○●

鬢怯瓊梳句　容銷金鏡句　漸嬾趁時勻染叶　梅風地溽句　虹雨苔滋句　一架舞紅都變叶　誰信

○○●○　○●○○　◎○○●　●○○●●　◎●○○●●

無聊爲伊句　才減江淹句　情傷荀倩叶　但明河影下豆　還看疏星幾點叶

考正：右詞一百十一字，後起比前段多三字豆，結處改四字兩句爲六字一句，《草堂》收魯逸仲《惜餘春慢》詞，與此正同。但結處前後爲四字兩句，凡一百十三字，方千里和周美成此詞，一本作「濃又飛紅萬點」與此同，一本「濃于空裏，飛紅萬點」，是與魯逸仲同矣。據此則《惜餘春》實即《過秦樓》也。正不必別列一體，致淆觀聽。又蔡友古《蘇武慢》詞一百十一字，亦與《過秦樓》同，末句「儘遲留、憑仗西風，吹乾淚眼」，與周詞上五下六者不同，實則此十一字本宜一氣呵成，正不必强爲斷句，別列一體也。

填詞法：此調起爲四字對句，第三句六字起韻，與《奪錦標》起三句同。第四五句亦爲四字對句，上句仄，下句平，與《解語花》首二句同。第六句與本調第三句同，第七句六字，但於第三四字換平，則第五字應仄，連下句作上四下六亦可。第八句四字平收，第九句四字叶仄，宜與上兩句互相聯貫，結爲四字三句，上加一字豆，與《瑣窗寒》上闋結句同。後闋與前同，但於起句加三字豆，結句減去兩字，成上五下六或上三下八之十一字句耳。

▲沁園春

宋陸游務觀

○●○○ ●●○○ ◎◎●○ ●◎○◎● ◎○◎● ◎○◎● ◎●○○

孤鶴歸來句 再過遼天句 換盡舊人韻 念累累枯塚句 茫茫夢境句 王侯螻蟻句 畢竟成塵叶

◎●○○ ◎○◎● ◎●○○●○ ○○● ●○○●● ●●○○ ○○

載酒園林句 尋花巷陌句 當日何曾輕負春叶 流年改句 嘆圍腰帶剩句 點鬢霜新叶 交親

●●○○ ●◎●○○●○ ●◎○◎● ◎○◎● ○○◎● ◎●○○

叶 散落如雲叶 又豈料而今餘此身叶 幸眼明身健句 茶甘飯軟句 非惟我老句 更有人貧叶

◎●○○ ◎○●● ◎●○○●○ ○○● ●○○●● ◎●○○

躲盡危機句 消殘壯志句 短艇湖中閒采蓴句 吾何恨句 有漁翁共醉句 溪友爲鄰叶

考正： 右詞一百十四字，又名《壽星明》，爲《沁園春》正格。「念累累」以下，與後「幸眼明」下同。「又豈料」句、「當日」句、「短艇」句下五字，均作平平平仄平，宜從。《詞律》注可作仄仄平，雖亦有之，但終不如平仄平之委婉耳。

填詞法：此調起首二句，皆用仄仄平平，於第三句拗，重在第三字仄，勿與上二句相混，宜注意。第四五爲四字對句，上加一豆，與《陌上花》「待殷勤寄與、舊游鶯燕」二句同。第六句四字，與上兩句同。第七句四字則相反，仄起平收，與《瑤臺聚八仙》前結二句略同。第八九句爲四字對句，與《過秦樓》起二句同。第十句七字，第一字可以不拘，下三字務用平仄平。第十一句三字，應作平平仄，不可作平仄仄。下結九字，上五下四，與《瑤臺聚八仙》後闋結句「中山酒」以下同。後闋起句二字叶韻，與《鳳凰臺上憶吹簫》後起同，有不叶者，係誤漏，不可從。次句四字，與前「再過遼天」句同。第三句八字，上一下七，即「當日何曾」句加一字豆也。第四句以下，與前第四句以下同。

▲摸魚兒

元張翥仲舉

●○○ ◎○○● ◎○○●○● ○○◎●○○● ◎●●○○● ○●● ◎

漲西湖豆 半篙新雨句 麴塵波外風軟韻 蘭舟同上鴛鴦浦句 天氣嫩寒輕煖叶 簾半捲叶 度

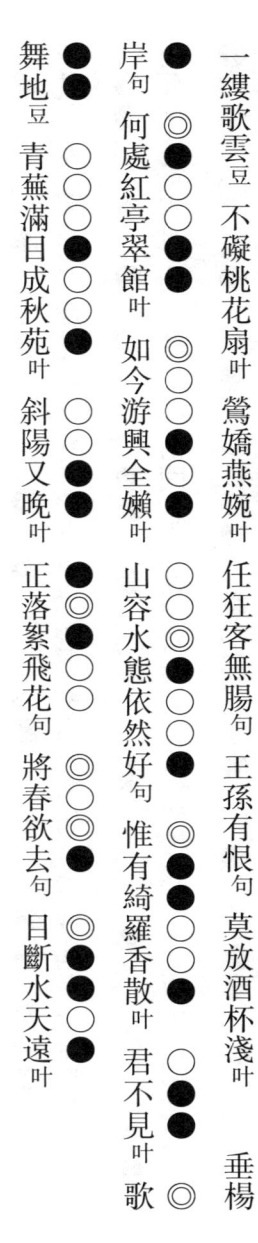

●●○○ ◎●○○● ○○●● ●◎●○○ ◎○◎● ◎●●○● ○○
一縷歌雲豆 不礙桃花扇叶 鶯嬌燕婉叶 任狂客無腸句 王孫有恨句 莫放酒杯淺叶 垂楊

● ◎●○○●● ◎○○●○● ○○◎●○● ◎●●○○● ○●● ◎
岸句 何處紅亭翠館叶 如今游興全嬾叶 山容水態依然好句 惟有綺羅香散叶 君不見叶 歌

●● ○○○●○○● ○○●● ●◎●○○ ◎○◎● ◎●●○●
舞地豆 青蕪滿目成秋苑叶 斜陽又晚叶 正落絮飛花句 將春欲去句 目斷水天遠叶

考正：右詞一百十六字，《摸魚兒》或作《摸魚子》，又名《買陂塘》、《邁陂塘》、《安慶摸》。「麴塵」下與後「如今」下同。「簾半捲」、「君不見」二句，第二字亦有用平者，但不如仄聲爲佳。第六句上三字連屬於下，改作十字句，一氣呵成，但下五字務作上二下三方稱。芸窗作「看塵袂方清，有恩綸催入」，乃作上一下四，五字兩句，殊不可從。又「山容」句，何夢桂作「風急岸花飛盡也」，平仄亦反，不可從也。

填詞法：此調起句七字，上三下四，仄句不用韻，爲以前各詞起句所無。惟《子夜歌》「視春衫篋中半在」與此同耳。次句六字起韻，應作平平平仄平仄，與《東風第一枝》第三句略同，但第三字不可用仄，是爲異點。第三句七字，不叶韻。第四句六字叶仄，與《疏影》第七八句略同，但下句少一字耳。第五句三字叶，與《翠樓吟》第八句同，但第二字應仄。第六句或上三下七，或分五字兩句，上句上一下四，下句上二下三均可。第七句四字叶韻，第三字應用仄聲。第八九句係四字對句，上加一豆。末句五字，第一字平仄不拘，重在第三字仄，宜注意。後起爲三字句，不叶韻。次句六字叶，與《離亭燕》後闋次句同。以下句法與前第二句以下均同。

▲賀新郎

宋李玉

◎●○○●　●○○　◎○●●　●○○●　◎●◎○○◎●　○●○○○●●　●
篆縷銷金鼎韻　醉沉沉豆　庭陰轉午句　畫堂人靜叶　芳草王孫知何處句　惟有楊花糝徑叶　漸

◎●　○○○●　◎●◎○○◎●　●○○　◎●○○●　◎●●　●○●　○
玉枕豆　騰騰春醒叶　簾外殘紅春已透句　鎮無聊豆　殢酒懨懨病叶　雲鬢亂豆　未梳整叶　江

○●●○○●　●○○　○○●●　●○○●　◎●◎○○◎●　○●○○●●
南舊事休重省叶　遍天涯豆　尋消問息句　斷鴻難倩叶　月滿西樓憑闌久句　依舊歸期未定叶

●◎●　○○○●　◎●◎○○◎●　●○○　◎●○○●　○●●　●○●
又只恐豆　瓶沉金井叶　嘶騎不來銀燭暗句　枉教人豆　立盡梧桐影叶　誰伴我豆　對鸞鏡叶

考正：右詞一百十六字，一作《賀新涼》，因東坡有「乳燕飛華屋」之句，亦名《乳燕飛》，亦名《金縷曲》、《貂裘換酒》。「醉沉沉」以下，與後「遍天涯」同。篇中七字四句，毛幵詞均於下三字作平平仄，與此詞「知何處」、「憑闌久」二句同。高觀國四句皆作平仄仄，與「春已透」、「銀燭暗」二句同。查此四句，或順或拗，各家參差不一。正不必拘泥，但前半必與後半一律，不可自出兩歧。東坡詞「手弄生綃白團扇，濃艷一枝細看取」，則尾三字皆作仄平仄，是與洞仙歌第三句同矣，不足法也。

填詞法：此調首句五字起韻，句法與《水調歌頭》起句略同，但第三字平耳。第二三句均四字，上加三字豆，句法與《滿江紅》第三四句略同，但第二三字應平，不可用仄。第四句七字，第五句六字叶，則與《念奴嬌》第四句正同。第六句七字，上三下四，叶韻，與《東風第一枝》第七句同。第七句七字，與本調第四句同。第八句八字，上三下五。結句六字，上三下三，與《晝夜樂》次句略同。但此二句務作平仄仄、仄平仄，乃定格也。後闋首句換頭作七字，餘均與前同。

▲春風嫋娜

清朱彝尊竹垞

●○○◎● ●●○○ ○●● ●○○ ●○○◎● ◎○◎● ○○●● ○
倩東君着力句 繫住韶華韻 穿小徑句 漾晴沙叶 正陰雲籠日豆 難尋野馬句 輕颺染草句 細

●○○　●●○○　○○◎●　●●○○○●○　●●○○●○●　○○○●●○○
綰秋蛇叶　燕蹴還低句　鶯銜忽溜句　惹却黃鬚無數花叶　縱許悠揚度朱户句　終愁人影隔窗紗

◎●◎○◎●　○○●●　◎○●　●●○○　○○●　●○○　○○●●
叶　惆悵謝娘池閣句　湘簾乍捲句　凝斜眄豆　近拂檐牙叶　疏籬罥句　短垣遮叶　微風別院句

◎●○○　◎●○○　◎○◎●　◎○●●　●●○○　○○◎●　●○○◎●
明月誰家叶　紅袖招時句　偏隨羅扇句　玉鞭裊處句　又逐香車叶　休憎輕薄句　笑多情似我句

○○●●　◎●○○
春心不定句　飛夢天涯叶

考正：右詞一百二十五字，爲馮艾子自度腔，「正陰雲籠日」句，馮詞作「倚紅闌、故與蝶圍蜂繞」，「倚紅闌」三字是豆，句法爲上三下六。

填詞法：此調起句五字，次句四字，實即四字兩句加一豆，與《沁園春》結句同，與《望海潮》第八九句亦同。第三第四爲三字對句，與《搗練子》起首二句同。第五句九字，亦可作上三下六，與《河傳》次句同，但不用叶；如作上五下四，則與《沁園春》第四五句同。第六句四字仄收，第七句四字平叶，與《沁園春》第六七句同。第八九亦爲四字對句，上句平收，下句仄收。第十句七字，尾三字宜作平仄平。此三句均與《沁園春》第八九十句同。結爲七字兩句，上句仄收，下句平叶，實即七言詩句，但上句拗作仄仄平平仄平仄，第五字不可用平耳。後闋起句六字，仄收不叶，與《水龍吟》後闋起句同。第二句四字，與《瑤臺聚八仙》第一句同。第三句七字，上三下四，則與《滿庭芳》第七句同。第四五亦三字對句，與前第三四句同。第六句四字，與第七句四字相連，故亦可不用對偶，但於第四字略作頓逗。第八九句皆四字，與本調前闋第八九句同。第十第十一與前第六七句同。第十二句四字，與本調後闋次句同。結處三句，上句五字，上一下四；下兩句四字，與《瑣窗寒》結句略同，但易其末句作平叶耳。

▲多麗

金張翥仲舉

●○○　◎○◎●○○　●○○　◎○◎●　◎○◎●○○　●○○　◎○◎●

晚山青韻　一川雲樹冥冥叶　正參差豆　烟凝紫翠句　斜陽畫出南屏叶　館娃歸豆　吳臺遊鹿句

◎◎●　◎●○○　◎●○○　◎○◎●　◎●◎○●○○　●◎●　◎○◎●

銅仙去豆　漢苑飛螢叶　懷古情多句　憑高望極句　且將尊酒慰飄零叶　自湖上豆　愛梅仙遠句

◎●●○○　○○●　◎○◎●　◎●○○　●○○　◎○●●　◎○◎●○○
鶴夢幾時醒叶　空留得豆　六橋疏柳句　孤嶼危亭叶　待蘇堤豆　歌聲散盡句　更須攜妓西泠

●○○　◎○◎●　◎◎●　◎●○○　◎●○○　◎○◎●　◎○◎●●○○
叶　藕花深豆　雨凉翡翠句　菰蒲軟豆　風弄蜻蜓叶　澄碧生秋句　鬧紅駐景句　採菱新唱最堪聽

●◎●　◎○◎●　◎●●○○　○○●　◎○◎●　◎●○○
叶　見一片豆　水天無際句　漁火兩三星叶　多情月豆　爲人留照句　未過前汀叶

考正： 右詞一百三十九字，又名《緑頭鴨》。此調作者雖多，求其音律諧協，詞句婉麗，無過於是篇。《詞品》以爲是石孝友作，然《金谷遺音》不載，而張仲舉《蜕巖樂府》則有此詞，自注云「西湖泛舟，席上以『晚山青』爲起句，各賦一詞」，是固爲蜕巖之作無疑矣。此詞前闋起處，但多三字、六字各一句，自「正參差」以下，即與後「待蘇堤」至結句盡同，他家起句多不用韻，唯盧炳、潘閬所作與此同。孏窟詞於「疏柳」二字作「是誰」，「留照」二字作「化爐」，平仄互異。此外句法各家亦有參差，然終以仲舉此詞爲當。

填詞法： 此調起句三字，次句六字，均用韻。但上三字亦可作豆，不用韻。如柳詞「鳳凰簫」一首，「簫」

字即不用韻。第三句七字，上三下四，與《錦纏道》第三句同。第四句六字，與上七字相承，與《鳳凰臺上憶吹簫》第三句同。第五第六爲七字對句，均上三下四，與《瀟湘夜雨》第五六句略同。第七第八爲四字對句，與《春風嫋娜》第八九句同。第九句七字叶韻，與《瀟湘夜雨》第四句同。第十句七字，上三下四。第十一句五字叶韻，與《瀟湘夜雨》後結兩句同。第十二第十三爲四字兩句，上加三字豆，則與《瀟湘夜雨》前結兩句同。後闋與前闋第三句以下均同，故不贅。

考正白香詞譜後序

甚矣！校書如掃落葉，其信然也。是書校本以强子化誠自石莊寄示者爲最精，但其疏漏處亦猶未免。張子一堃則自嚴州寄來校本，於字體之正譌亦多有所矯正。以强本對勘，則又互有疏密。夫二子者，校書如讎，認之最切，然猶不免有所遺漏。李子冷自壽州寄來一表，綜計不過一二十字，掛一漏萬，粗忽可知，然竟有强、張二子所未見者，殆所謂明足以察秋毫之末，而不見輿薪歟？束子世澂自鳩江來表，所舉亦有足補强、張二子未逮之處。惟於平仄圈識，輒援一三五不論例，漫爲更易，殊失填詞家選聲之意。蓋同是一種句法，其間仄聲字有萬不可以平聲代者正多也。本譜凡作◎處，前後闋每有互異，非謂前闋可◎而後必●或○，蓋取聲調端以不作◎爲宜。因其詞句實用仄爲平，則不得不以◎爲識。試以前後異處相較，則知◎者固遜於○或●也，當從○或●而不宜從◎。漫爲變通，實於本意無當，故不取也。餘倣此。兹定校本實綜四子所舉，一一爲之勘定，費時亦旬餘，恐四子者對於○與●與◎之間猶有疑爲漏誤，故特表而出之，亦以示學者，俾知平仄符號實編者有所棄取，非矛盾也。擇善而從，其毋忽諸。戊午十月，天虛我生誌於栩園。

考正白香詞譜附録

泉唐陳小蝶編

詞人姓氏録附各家評注

▲三畫

万俟雅言，宋，字詞隱，遊上庠，不第。崇寧中充大晟府製撰，有《大聲集》五卷。黄叔暘曰：雅言精於音律，自號詞隱。發妙旨於律吕之中，運巧思於斧鑿之外，平而工，和而雅，比諸刻琢句意而求精麗者遠矣。

▲四畫

王建，唐，字仲初，潁川人。大曆十年進士，與韓愈、張籍齊名。

王詵，宋，字晉卿，太原人，徙開封。尚英宗女魏國公主，歷官定州觀察使，開國公駙馬都尉贈昭化節度使，謚榮安。黄魯直曰：晉卿樂府清麗幽遠，工在江南諸賢季孟之間。

王安石，宋，字介甫，臨川人，自號半山老人。熙寧初同中書門下平章事，封舒國公，改封荆，加司空，卒贈太傅，謚曰文。崇寧中追封荆王，有《臨川集》一卷。

王安禮，宋，字和甫，安石弟，累官尚書左丞。

王安國，宋，字平甫，安石弟。舉進士，又舉茂才異等。熙寧初除西京國子教授，終秘書閣校理，有《王校理集》。

王雱，宋，字元澤，介甫之子。舉進士，累官天章閣待制兼侍講，遷龍圖閣直學士，卒贈右諫議大夫。

王禹偁，宋，字元之，鉅野人。太平興國八年進士，累知制誥，入翰林爲學士。咸平初出守黄州，徙蘄州，有《小畜集》。

王沂孫，宋，字聖與，號碧山，又號中仙，會稽人。有《碧山樂府》二卷，一名《花外集》。張叔夏曰：王碧山越人也，其詩清峭，其詞閒雅，有姜白石意趣。

毛熙震，五代，蜀人，官秘書監。

毛滂，宋，字澤民，江山人。爲杭州法曹，以樂府受知蘇長公得名。知武康縣，又知秀州。有《東堂詞》二卷。周煇曰：澤民詞語盡而意不盡，意盡而情不盡。

毛幵，宋，字平仲，信安人。仕止州倅，有《樵隱詞》一卷。

尹鶚，五代，成都人。仕蜀爲校書郎，累官參卿。

方千里，宋，三衢人，有《和清真詞》一卷。

元好問，金，字裕之，秀容人。興定五年進士，歷官左司都事，轉行尚書省左司員外郎，金亡不仕，有《遺山集》。張叔夏曰：遺山詞深於用事，精於鍊句，風流蘊藉處不減周秦。

▲五畫

白居易，唐，字樂天，太原人，徙居下邽。貞元十四年進士，歷官中書舍人，出知杭州，以刑部尚書致仕，卒贈僕射，有《長慶集》。

司馬光，宋，字君實，夏縣人。寶元初中進士甲科，累官資政殿學士，尚書左僕射兼門下侍郎，贈太師温國公，謚文正。

左譽，宋，字與言，天台人。登第後，去爲浮屠，所著有《筠翁長短句》。王仲言曰：與言策名之後，籍甚宦途。錢塘幕府樂籍有名姝張芸，女名穠，色藝妙天下，君頗顧之，如「盈盈秋水，淡淡春山」與「一段離愁堪畫處，横風斜雨挹衰柳」，及「帷雲剪水，滴粉搓酥」等句，皆爲穠作。當時都人有「曉風殘月柳三變，滴粉搓酥左與言」之對。後穠委身立勳大將家，易姓章，疏封大國。紹興中，君因覓官行闕，暇日訪西湖兩山間，忽逢車輿甚盛，中覩一麗人，褰簾顧君而鬘曰：「如今若把菱花照，猶恐相逢是夢中。」視之，乃穠也。君醒然悟入，即拂衣東渡，一意空門。

石孝友，宋，字次仲，有《金谷遺音》一卷。

史達祖，宋，字邦卿，汴人。有《梅溪詞》二卷。姜堯章曰：邦卿詞奇秀清逸，融情境於一家，會句意於兩得。張功甫曰：生詞織綃泉底，去塵眼中，有環奇警邁之長，無訑蕩汙淫之失，可分鑣清真，平睨方回。

史隽之，宋，紹定初知江陰軍。

▲六畫

朱藻，宋，字野逸。

朱彝尊，清，字竹垞，秀水人。康熙己未，召試檢討，預修《明史》及《一統志》。年十七即肆力古學，凡天下有字之書，無不披覽。時王漁洋工詩而疏於文，汪苕文工文而疏於詩，閻百詩、毛西河工考據而詩文皆次，先生獨淹有諸公之長，著有《曝書亭集詞》十卷，《詞綜》三十六卷。

朱淑真，宋，錢塘人，文公姪女，自號幽棲居士，有《斷腸集》一卷。世稱《生查子》「月上柳梢頭」一詞，集中不載，乃誤收歐陽永叔詞也。見《四庫提要・廬陵集第一百三十一卷》。

呂渭老，宋，字聖求，一作濱老，秀州人。宣和末朝進士，有詞一卷。趙師秀曰：聖求詞婉媚深窈，視美成、耆卿伯仲。

▲七畫

李傑，唐昭宗，即位後改名敏，又名曄。懿宗第七子，在位十六年，爲朱温所弑。《中朝故事》云：乾寧三年，李茂貞犯闕，帝次華州，韓建迎歸郡中，帝鬱鬱不樂，每登城西齊雲樓遠望，因製《菩薩蠻》詞，中有「何處是英雄，迎儂歸故宫」之句，詞見《唐詩紀事》。

李存勗，後唐莊宗，小字亞子。天佑五年嗣立爲王，滅梁襲尊號，改元同光，在位三年。好優俳，設伶官，嘗粉墨登場，自稱「李天下」，竟爲伶人郭從謙所弑。

李璟，南唐中主，字伯玉，徐州人。唐宗室之裔，嗣父昇僭號，改元保大。初名景通，後奉周正朔，避廟諱，改名璟。宋建隆二年卒，其子從嘉乞追復帝號，太祖許之，廟號元宗。

李煜，南唐後主，字重光，初名從嘉，元宗第六子。建隆二年嗣立，開寶八年國入於宋，封違命侯，卒封吴王，贈太師。

李白，唐，字太白，蜀人，一云山東人，供奉翰林，求還山。後坐永王李璘事，流夜郎，赦還。代宗以左拾遺召，已卒。張碧曰：李太白辭天與俱高，青且無際，鯤觸巨海，瀾濤怒翻。

李德裕，唐，字文饒。趙郡人。宰相吉甫子，以蔭補校書郎，拜監察御史。穆宗即位，擢翰林學士，授御史中丞。牛僧儒、李宗閔追怨吉甫，出德裕爲浙江觀察使。太和三年，召拜兵部侍郎。後出爲鄭滑節度使，踰年，徙劍南，以兵部尚書召拜中書門下平章事，封贊皇縣伯。宗閔罷，代爲中書侍郎集賢殿大學士，爲李訓所怨，改兵部尚書，旋貶袁州刺史，遷淮南節度使。武宗朝，召同中書門下平章事，拜太尉，封衛國公，當國凡六年，威名獨重於時。宣宗即位，罷爲荆州節度使，白敏中、令狐綯使黨人構之，貶崖州司户參軍，卒。德裕少力學，善爲文，雖在大位，手不去書，有著作甚富。

李之儀，宋，字端叔，無棣人。第進士，通判原州。徽宗初，提舉河東常平，坐爲范純仁作遺表，編管太平，自號姑溪居士。徙唐州，終朝請大夫，有《姑溪詞》二卷。

李玉，宋人，無字，或云是李元輝，但元輝名玨，與此異。黄叔暘曰：李君詞雖不多，但風流藴藉，已盡《賀新郎》一詞矣。

李玨，宋，字元輝，景定三年進士第一。

李清照，宋，字易安，格非之女。濟南人。嫁趙明誠，有《漱玉集》一卷。《清波雜志》云：易安以重陽《醉花陰》詞函致明誠，明誠嘆賞，自愧弗如。務欲勝之，一切謝客，忘食寢者三日夜，得五十闋，雜易安作以示友人陸德夫。德夫玩之再三，曰：「只三句絶佳」。明誠詰之，答曰：「莫道不消魂，簾捲西風，人比黄花瘦。」正易安作也。張正夫曰：易安元宵《永遇樂》云「落日鎔金，暮雲合璧」已自工致。至於「染柳烟濃，吹梅笛怨，春意知幾許」，氣象更好。後疊云「於今憔悴，風鬟霧鬢，怕見夜間出去」，皆以尋常語度入音律，鍊句精巧則易，平淡入調者難。且秋詞《聲聲慢》此乃公孫大娘舞劍手，本朝非無能詞之士，未曾有一氣至十四疊字者。後疊又云「到黄昏點點滴滴」，又使疊字，俱無斧鑿痕。「怎生得黑」，「黑」字不許第二人押。婦人中有此奇筆，殆間氣也。

李重元，係李甲之誤，甲字景元，華亭人。

吴潛，宋，字毅夫，寧國人。嘉定十年進士第一，淳祐中參知政事，拜右丞相兼樞密使，進左丞相，封慶國公，晉封許。景定初，安置循州，卒贈少師。有《履齋詩餘》三卷。

吴文英，宋，字君特，四明人。嘗從吴毅夫游，有《夢窗詞》四卷。張叔夏曰：夢窗詞七寶樓臺，眩人眼目，拆碎下來不成片段。沈伯時曰：夢窗深得清真之妙，但用字下語太晦處人不易知。

吴禮之，宋，字子和，錢塘人。有《順受老人詞》五卷。

吴激，金，字彦高，建州人。宋宰相拭之子，米芾之壻。使金，留不遣，官翰林待制。皇統初，出知深州，卒。有《東山集》一卷。黄叔暘曰：彦高詞精妙悽婉。

吴城小龍女，事見《荆州亭》詞後注。

宋祁，字子京，安州人，徙開封之雍丘。天聖中進士，累官翰林學士承旨，卒贈尚書，謚景文。與其兄郊並名重當世，時人謂之「大小宋」，有《出麾小集》、《西州猥稿》。李端叔曰：宋景文、歐陽永叔以餘力游戲，而風流閒雅超出塵表。

何夢桂，宋，字巖叟，初名應祁，字申甫，淳安人。咸淳中廷試一甲三名，授台州軍事判官。歷仕至大理寺卿，至元中累徵不起，有《潛齋集詞》一卷。

杜安世，宋，字壽域，京兆人，有詞一卷。

辛棄疾，宋，字幼安，歷城人。耿京聚兵山東，留掌書記，奉表南歸，高宗召見，授承務郎。累官龍圖閣待制，進樞密都承旨。德祐初，以謝枋得請贈少師，謚忠敏。有《稼軒長短句》十二卷。

折元禮，金人，官治中。

汪懋麟，清，字季角，號蛟門，江都人。康熙六年進士，授内閣中書，遷刑部主事，坐事罷歸。文品峭刻，摹王介甫，詩詞取法蘇、韓。有《百尺梧桐閣集詞》。

▲八畫

孟昶，後蜀嗣主，字保元，蜀主知祥第三子。明德元年立爲太子，在位二十八年。國亡降宋，封秦國公，卒贈楚王，謚恭惠。

和凝，五代，字成績，鄆州人。舉進士，後唐知制誥，入翰林爲學士。後晉天福中，拜中書侍郎同門下平章事。歸後漢，拜太子太傅，封魯國公，有《紅葉稿》。

易祓，宋，字彦祥，長沙人，一云寧鄉人。寧宗朝賜進士第一，累官禮部尚書。有《山齋集》一卷。

周邦彦，宋，字美成，錢塘人。歷官秘書監，進徽閣待制，提舉大晟府。出知順昌府，徙處州，卒贈宣奉大夫。有《清真集詞》二卷、《後集》一卷。强焕曰：「美成詞撫寫物態，曲盡其妙。」陳質齋曰：「美成詞多用唐詩，隱括入律，渾然天成，長閡尤善鋪叙。富艷精工，詞人之甲乙也。」

周紫芝，宋，字少隱，宣城人。舉進士爲樞密編修，守興國，有《竹坡詞》三卷。孫競曰：「竹坡樂章，清麗婉曲，非苦心刻意爲之。」

▲九畫

皇甫松，唐，字子奇，湜之子，自稱檀欒子。

韋莊，五代，字端己，杜陵人。乾寧元年進士，入蜀，王建辟掌書記，尋召爲起居舍人。建表留之，爲蜀散騎常侍判中書門下事。有《浣花集》。《古今詞話》云：韋莊以才名寓蜀，王建割據，遂羈留之。莊有寵人，姿質艷麗，兼善詞翰。建聞之，托以教内人爲詞，强莊奪去。莊追念悒怏，作《小重山》及《荷葉杯》詞，情意悽怨，人相傳誦，盛行於時。姬後傳聞之，遂不食而卒。

范仲淹，宋，字希文，吴縣人。大中祥符八年進士，仕至樞密副使，參知政事。嘗出鎮延州，賊輒遠去，相戒曰「不如大范老子之可欺」，其見畏如此。卒贈兵部尚書、楚國公，謚曰文正。有集。

▲十畫

徐伸，宋，字幹臣，三衢人。政和初以知音律爲太常典樂，有《青山樂府》一卷。黄叔暘曰：青山詞多雜調。

徐俯，宋，字師川，分寧人。由通直郎歷進右諫議大夫，紹興初賜進士出身，累擢端明殿學士。簽書樞密院事，權參知政事，有《東湖集》。

秦觀，宋，字少游，高郵人。登第後，蘇軾薦於朝，除太學博士，選正字兼國史院編修官，坐黨籍徙。徽宗立，放還，至藤州卒。有《淮海集》。蔡伯世曰：子瞻詞勝於情，耆卿情勝於詞，辭情相稱者惟少游而已。葉少藴曰：少游樂府語工而入律，知樂者謂之作家。子瞻戲之云「山抹微雲秦學士，露花倒影柳屯田」，蓋以氣格爲病也。

柳永，宋，字耆卿，初名三變，樂安人。景祐元年進士，官至屯田員外郎。有《樂章集》九卷。李端叔曰：耆卿鋪叙行意，備足無餘，較之《花間》，韻終不勝。吴虎臣曰：三變好爲淫冶之曲，傳播四方。嘗有《鶴冲天》詞云「忍把浮名，换了淺斟低唱」。及臨軒放榜，時人語之曰「且去淺斟低唱，要何浮名？」

姜夔，宋，字堯章，鄱陽人。流寓吴興，有《白石道人詞》五卷。范石湖曰：白石有裁雲縫月之妙手，敲金戛玉之奇聲。沈伯時曰：白石清勁知音，亦未免有生硬處。張叔夏曰：姜白石如野雲孤飛，去留無迹。又云：白石詞不惟清虚，且又騷雅，讀之使人神觀飛越。

陸游，宋，字務觀，山陰人。以蔭補登仕郎，隆興初賜進士出身。范成大帥蜀，爲參議官。人譏其頹放，因自號放翁。嘉泰初，詔同修國史，升寶章閣待制，有《劍南集》，詞二卷。劉潛夫曰：放翁、稼軒一掃纖艷，不事斧鑿，高則高矣，但時時掉書袋，要是一癖。

晁補之，宋，字无咎，鉅野人。舉進士，元祐初除秘書省正字，遷校書郎。以秘閣校理通判揚州，召還，爲著作郎。坐黨籍徙。大觀末，知泗州，卒。有《雞肋集》一卷。陳質齋曰：无咎嘗云「今代詞手惟秦七、黄九」，然兩公之詞，亦自不同，若无咎者固未多遜也。

高觀國，宋，字賓王，山陰人。有《竹屋痴語》一卷。陳唐卿曰：竹屋、梅溪要是不經人道語，其妙處美成、少游亦未及也。按梅溪即史邦卿，見前。

侯寘，宋，字彦周，東武人。晁説之甥，紹興中以直學士知建康，有《孏窟詞》一卷。

晏幾道，宋，字叔原，殊幼子。監穎昌許田鎮，有《小山詞》一卷。黄魯直曰：叔原樂府常以詩人句法入之，精壯頓挫，能摇動人心。合者高唐、洛神之流，下者不減團扇、桃葉。程叔徹曰：伊川聞誦晏叔原「夢魂慣得無拘檢，又踏楊花過謝橋」，笑曰「鬼語也」，意亦賞之。

陳師道，宋，字履常，一字無己，彭城人。元祐初蘇軾等薦爲徐州教授，遷太學博士，終秘書省正字。有《後山集長短句》二卷。胡元任曰：後山自謂他文未能及人，獨於詞，不減秦七、黄九，其自矜如此。

陳與義，宋，字去非，季常孫。本蜀人，徙居河南葉縣。政和中登上舍甲科，紹興中拜翰林學士，知制誥、參知政事。有《簡齋集》、《無住詞》一卷。黄叔暘曰：去非詞雖不多，語意超絶，識者謂可摩坡仙之壘。

陳允平，宋，字君衡，號西麓，明州人。有《日湖漁唱》二卷。張叔夏曰：詞欲雅而正，志之所之，一爲物役，則失其雅正之音。近代陳西麓所作平正，亦有佳者。

▲十一畫

張泌，五代，字子澄，一作珌，江南人，仕南唐爲内史舍人。

張昇，宋，字果卿，韓城人。第進士，累官參知政事。以彰信軍節度使同中書門下事，判許州，改鎮河陽，以太子太師致仕。贈司徒兼侍中，謚康節。廖賓于曰：仁宗時，昇爲御史中丞，指切時政，無所畏避，帝謂之曰「卿孤立乃能如此」，昇曰「臣仰托聖主，致位侍從，是爲不孤。今陛下之臣持禄養望者多，而赤心謀國者少，臣竊以爲陛下乃孤立耳」，帝爲感動。英宗初，請老還鄉，留之不克，遂判許州。

張炎，宋，字叔夏，循王俊裔，居臨安，自號樂笑翁。有《玉田詞》三卷、《樂府指迷》一卷。仇仁近曰：叔夏詞意度超玄，律吕洽協，當與白石老仙相鼓吹。

張元幹，宋，字仲宗，長樂人。紹興中坐送胡銓及寄李綱詞除名，有《歸來詞》、《蘆川集》二卷。

張先，宋，字子野，吴興人。爲都官郎中，有《安陸詞》一卷。李端叔曰：子野才不足而情有餘。《古今詩品》云：有客謂子野曰：「人皆謂公『張三中』，即心中事、眼中淚、意中人也。」子野曰：「何不目之爲張三影？」客不曉。公曰：「『雲破月來花弄影』，『嬌柔嬾起，簾捲壓花影』，『柳徑無人，墮絮飛無影』，此予平生所得意也。」

張輯，宋，字宗瑞，鄱陽人。有《東澤綺語債》二卷。朱湛廬曰：東澤得詩法於堯章，世謂謫仙復作，不知其又能詞也。

張榘，宋，字方叔。潤州人，有《芸窗詞》。

張翥，金，字仲舉，晉寧人。至正初以隱逸薦爲國子助教，累官河南行省平章政事，兼翰林學士。有《蜕巖樂府》三卷。萬紅友曰：張翥詞風流婉約，在淺深濃淡之間，真絶唱也，吾安得起蜕巖於九京而北面事之。

張埜，元，字埜夫，邯鄲人，有《古山樂府》二卷。

寇準，宋，字平仲，下邽人。太平興國中進士。累官尚書右僕射、集賢殿大學士。景德中同中書門下平章事，封萊國公。爲丁渭所搆，乾興初貶雷州司户參軍，卒贈中書令，謚忠愍。有《巴東集》。

彭元遜，元，字巽吾，廬陵人。

陶宗儀，元，字九成，台州人。流寓松江，有《南村集》。

▲十二畫

温庭筠，唐，字飛卿，本名岐，太原人。官方山尉。有《握蘭》、《金荃》等集。黄叔暘曰：飛卿詞極流利，當爲《花間集》之冠。

馮延巳，五代，字正中，其先彭城人，唐末徙家新安。事南唐爲左僕射同平章事，有《陽春録》一卷。陳世脩曰：馮公樂府思深詞麗，韻逸調新。

馮艾子，宋，字偉壽，號雲月雙溪子。黄叔暘曰：偉壽精於律吕，多自製腔。

黄庭堅，宋，字魯直，分寧人。舉進士，元祐初爲校書郎，遷集賢殿校理，擢起居舍人，追謚文節，有《山谷詞》三卷。晁无咎曰：魯直小詞固高妙，然不是當行家語。

黄昇，宋，字叔暘，號玉林。有《散花庵》一卷。胡季直曰：玉林蚤棄科舉，一意讀書，閒從吟詠，游受齋稱其集爲「晴空玉柱樓」。

黄裳，宋，字勉仲，延平人。歷官端明殿學士，贈少傅，有《演山詞》二卷。

黄銖，宋，字子厚，建安人，有《穀成集》。

黄機，宋，字幾仲，一云幾叔，東陽人。有《竹齋詩餘》一卷。

黄之雋，清，字石牧，華亭人。康熙辛丑進士，官編修，以詩詞名。有《唐唐集》。

孫光憲，五代，字孟文，陵州人。游荆南，高從晦以爲從事，仕南平，官檢校秘書兼御史大夫，勸高繼冲獻三州之地，宋太祖授以黄州刺史，將用爲學士而卒。有《荆臺》、《筆備》、《橘齋》、《鞏湖》諸集。

孫深，宋，字浩然。

孫洙，宋，字巨源，廣陵人。舉進士，元豐中官翰林學士。黄叔暘曰：孫公於元豐間爲翰苑，與李端愿太尉往來尤數。會一日，鎖院宣召者至其家，出數十輩蹤迹得之於李氏，時李新納妾，能琵琶，公飲不肯去，而迫於宣命，入院幾二鼓矣。遂草三制罷，復作《菩薩蠻》長短句，以記别恨，遲明遣以示李，其詞云：「樓頭尚有三通鼓。何須抵死催人去。上馬苦匆匆。琵琶曲未終。　回頭凝望處。那更廉纖雨。謾道玉爲堂。玉堂今夜長。」一時傳播。

孫道絢，宋，黄銖母，自號冲虚居士。

程垓，宋，字正伯，眉山人。與蘇東坡爲中表兄弟，有《書舟雅刻》一卷。

賀鑄，宋，字方回，衛州人。孝惠皇后族孫。元祐中通判泗州，又倅太平州。退居吴下，自號慶湖遺老。有《東山寓聲樂府》三卷。張文潛曰：方回樂府妙絶一世，盛麗如游金、張之堂，妖冶如攬嫱、施之袂。幽索如屈、宋，悲壯如蘇、李。周少隱曰：方回有「梅子黄時雨」之句，人謂之「賀梅子」，方回寡髮，郭功父指其髻曰「此真賀梅子矣」。

曾允元，元，字舜卿，號甌江，太和人。

湯顯祖，明，字義仍，一字若士。江西臨川人，著有《玉茗堂四夢》。蔣若生曰：先生論文以本朝宋濂爲宗，所居玉茗堂文史狼藉。埘豕圈雜沓庭户，蕭閒詠歌，俯仰自得。胸中塊壘發爲詞曲。著四夢，雖流連風懷，感激物態，要於洗蕩情塵，銷歸烏有，作達觀空想，亦可悲矣。

▲十三畫

楊炎，宋，字西樵，號止濟翁，廬陵人。有《西樵語業》一卷。

楊无咎，宋，字補之，清江人。高宗朝累徵不起，自號清夸長者，有《逃禪集》二卷。

楊慎，名，字用脩，新都人。大學士廷和之子。正德辛未廷試第一，授翰林院修撰，以議禮謫戍滇南。著述最富，有《升庵集詞》及《詞品》一卷。

▲十四畫

趙師俠，宋，字介之，汴人，燕王德昭七世孫。舉進士，不仕。有《坦庵長短句》一卷。尹先之曰：坦庵先生詞章，摹寫風景物狀，俱極精妙，初不知其得之之易。又曰：先生爲文如泉，不擇地出。

趙長卿，宋，字仙源，南豐人。宋宗室，有《惜香樂府》十卷。

趙企，宋，字循道，大觀中宰績溪。

趙以夫，宋，字用父，長樂人。端平中，知漳州。有《虚齋樂府》。

葉夢得，宋，字少藴，吴縣人。紹聖四年進士，累遷翰林學士兼侍讀，除户部尚書，以崇信軍節度使致仕，贈檢校少保，有《建康集》、《石林詞》二卷。關子東曰：葉公妙齡詞甚婉麗，晚歲落其華而實之，能於簡淡時出雄傑，合處不減東坡。

葉清臣，宋，字道卿，長洲人。天聖初進士，歷官翰林學士，權三司使，罷知河陽，卒贈左諫議大夫。有集。

蔡伸，宋，字伸道。莆田人，襄之孫。宣和中官彭城倅，歷左中大夫，有《友谷詞》一卷。

僧皎如，宋，字如晦，本名皎。

▲十五畫

劉禹錫，唐，字夢得，中山人。貞元中進士，仕爲太子賓客。會昌中官檢校禮部尚書。

劉鎮，宋，字叔安，南海人。嘉泰二年進士，自號隨如學士，稱爲隨如先生。劉潛夫曰：叔安樂府麗不至褻，新不犯陳，周、柳、辛、陸之能事，庶幾兼之矣。

劉過，字改之，襄陽人，一云太和人。有《龍洲詞》一卷。黄叔暘曰：改之爲稼軒之客，詞多壯語，蓋學稼軒者也。

劉克莊，宋，字潛夫，號後村，莆田人。以蔭補潮州倅，遷建陽令，移仙都。淳熙中賜同進士出身，官龍圖閣直學士，出爲福州路提點刑獄。有詞一卷，名《後村别調》。

劉基，明，字伯温，青田人。元至正初，以春秋舉進士，授高安縣丞。累官江浙副提舉。元政亂投劾去，太祖聞其名，徵爲御史中丞，從太祖略定群亂，多建奇勳，封誠意伯。爲胡惟庸所搆，中毒藥卒，有《青田詞》。

鄭獬，宋，字毅夫，安陸人。皇祐五年舉進士，擢翰林學士，坐不肯用新法，王安石惡之，出知杭州，徙青州，有《鄖溪集》。

潘閬，宋，字逍遥，大名人。嘗居洛陽賣藥，太宗朝有薦其能詩者，召見崇政殿，賜進士及第，授四門國子博士，坐事，遁入中條山，尋出自首，謫信州，真宗朝復爲徐州參軍。

▲十六畫

薛昭藴，唐，號澄州，仕至侍郎。

歐陽炯，五代，益州人。仕後蜀爲中書舍人，或云大學士。後從昶歸宋，授左散騎常侍。

歐陽脩，宋，字永叔，廬陵人。第進士，歷官禮部侍郎兼翰林侍讀學士，拜樞密副使參知政事，以太子少師致仕，卒贈太子太師，謚文忠。有《六一居士詞》三卷。陳質齋曰：歐陽公詞多有與《花間》、《陽春》相混，亦有鄙褻之語厠其中，當是仇人無名子所爲也。羅長源曰：公嘗致意於《詩》，爲之本義，温柔敦厚所得深矣。今詞之淺近者，前輩多謂是劉煇僞作，又云元豐中崔公度跋馮延巳《陽春録》，謂其間有誤入《六一詞》者，今柳三變詞亦有雜之《平山集》中，則其浮艷者殆非皆公少作也。

蔣捷，宋，字勝欲，義興人，有《竹山詞》一卷。

蔣子雲，宋，字元龍。

盧炳，宋，字叔陽，自號醜齋，有《哄堂詞》一卷。

盧祖皋，宋，字申之，永嘉人，慶元中進士，官軍器少監，有《蒲江詞》一卷。

▲十七畫

戴復古，宋，字式之，天台人。陸游門人，有《石屏集》一卷。

謝逸，宋，字無逸，臨川人，第進士，有《溪堂詞》一卷。

薩都剌，元，字天錫，雁門人。登泰定進士，官京口録事，終河北廉訪司經歷。

▲十八畫

韓琦，宋，字稚圭，安陽人。天聖中進士，嘉祐初同中書門下平章事、集賢殿大學士，遷昭文館大學士，封儀國公，再進魏國公，拜右僕射。卒贈尚書令，謚忠獻。徽宗追論定策勳，贈魏郡王。有《安陽集》。吴虎臣曰：魏公皇祐初鎮揚州，撰《維揚好》四章，所謂「二十四橋千步柳，春風十里捲珠簾」者是也。其後罷相，出鎮安陽，復作《安陽好》十首。

聶冠卿，宋，字長孺，新安人。舉進士，慶歷中入翰林學士，判昭文館兼侍讀學士，有《蘄春集》。

聶勝瓊，宋，長安妓，歸李之問。

▲十九畫

蕭允之，元，字竹屋，世稱竹屋者，係高觀國，非蕭允之。

▲二十畫

顧敻，五代，仕蜀爲太尉。

魏承班，五代，仕至太尉。

蘇軾，宋，字子瞻。眉山人。嘉祐初，試禮部第一，歷官翰林學士。紹聖初安置惠州，徙昌化，元符初北還，卒於常州。高宗即位，贈資政殿學士，復贈太師，謚文忠。有《東坡居士詞》二卷。晁无咎曰：居士詞，人謂多不諧音律，然横放傑出，自是曲子内縛不住者。陳無己曰：東坡以詩爲詞，如教坊雷大使之舞，雖絶天下，終非本色。《吹劍續録》云：東坡在玉堂日，有幕士善歌，因問：「我詞比柳如何？」對曰：「柳郎中詞，宜十七八女郎按執紅牙拍，歌『楊柳岸曉風殘月』；學士詞，須關西大漢執鐵綽板，唱『大江東去』。」公爲之絶倒。

釋惠洪，宋，字覺範，有《石門文字禪》。許彦周曰：上人善作小詞，情思婉約似秦少游。

增訂晚翠軒詞韻

陳祖耀校正

第一部

平聲　一東二冬通用

東蝀。同峒銅桐筒侗童僮瞳罿艟潼衕。中忠衷終。蟲沖种狆忡。崇菘。融雄熊。穹窮藭。馮芃。風楓豐渢。充。空。公攻功工弓躬宮。隆窿籠聾瓏礱朧曨。蒙濛蠓瞢。紅鴻虹訌。崇戎叢潨。翁。悤葱聰驄。通恫。葼椶。嵸豵。蓬篷。烘

冬零。琮淙鬃。宗倧。農儂噥憹膿。淞鬆松忪。鍾鐘。舂。衝。容溶鎔榕蓉庸墉鏞傭慵。封葑。胸兇洶凶。邕饔雍。龍蘢。醲濃穠襛。重。從蹤。逢縫。禺喁。丰蜂鋒烽。茸蹤。蛩邛蛬筇。恭供龔共。樅鏦。縱蹤

仄聲　上聲：一董二腫　去聲：一送二宋通用

上聲

[董]董蝀懂。侗桶恫。動㖦峒。攏籠。琫俸唪菶。曚懵。總鬆憁。孔空。汞。蓊滃蓊。

[腫]種踵。冗毹。竦悚慫聳。捧。冢。寵。隴壟。甬埇勇踊俑湧蛹。洶詾。恐。拱珙鞏。擁壅

去聲

[送]淞。糉偬爰。涷湅棟蝀。痛。洞峒詷恫慟。弄哢。哄鬨。控鞚空。貢贛戇。夢瞢。諷鳳。衆。湏。中。仲

[宋]。綜。統。用。俸縫。葑。縱。頌誦訟。從。種踵。重緟。恐。供拱。共。雍灉壅

第二部

平聲　三江七陽通用

[江]扛釭。腔跫。降缸。邦梆。龐。龙哤。雙艭。窗。淙漎。樁。幢攏。瀧

[陽]揚暘颺羊洋徉錫楊煬瘍。芳妨。詳祥翔庠。粱粱糧凉良量。香鄉薌。商傷觴殤湯。

房防魴。章彰鄣樟漳璋瘴麞。昌倡菖閶猖鯧。羌蜣。薑僵疆姜韁。强繮。長腸揚萇。張漲。襄緗驤相廂箱瀼湘鑲。方枋肪坊祊。將漿螿創。亡忘望鋩。娘。牀。莊裝妝奘。裳嘗償常鱨。當襠璫鐺簹。霜驦鷞孀。牆檣嬙戕。鏘將槍蹌嗆鶬斨。筐匡眶。王徨。央怏秧殃鞅鴦泱。狂。唐塘棠堂餹螳碭螗鶶。郎廊哴踉浪硠琅鋃筤稂狼榔。倉滄蒼。岡綱剛鋼。桑喪。康糠穅慷。荒肓。黄簧潢璜皇篁遑凰煌艎隍蝗徨惶鷬鱑堭。光胱桄。湯。汪。卬。臧贓。傍旁。滂霶磅。昂航杭行桁吭頏。彭幫挈

仄聲　上聲：三講二十二養　去聲：三絳二十三漾通用

上聲

講港。項。棒玤蚌

養癢。兩裲魎。響嚮享饗。仰。槳蔣獎。爽。丈杖仗。賞。仿紡。長。廣昉倣。上。蕩盪簜。朗閬。慷。象像橡。襁强鏹。鯗想。怏盎。敞氅廠。昶。鞅。攘穰壤。罔網惘輞。枉

往。怳謊。搶傖。磉嗓顙。榜髈。莽漭蟒。沆吭。曩。曭黨讜。髒。恍慌。幌晃榥。蒼。块泱盎

去聲

[絳]降。巷。戇。幢撞

[漾]羕樣恙養煬颺。量諒亮兩緉。狀。向餉鄉。悵暢鬯韔。訪。放舫。相。忘。望妄。嶂障瘴。謗搒。臟藏。浪埌。況誑。脹帳漲。匠。創愴。尚上。讓。醬將。王旺迋。宕碭。吭行桁。葬。伉抗亢炕閌。曠壙纊。唱。當擋。壯裝。仗長杖。釀。鄉。儻盪蕩。喪。償。桄

第三部

平聲　四支五微八齊十灰半通用

[支]卮。肢枝氏只。移匜簃廖迆迻蛇。逶委萎。危。爲溈。麾撝。乖。吹炊。窺。隨隋蛇。奇琦騎。欹崎碕。漪猗椅。岐祇歧。宜儀涯崖。疲皮郫。離籬鸝蠡褵螭醨璃驪樆。兒而洏。卑裨俾庳。澌斯廝。痿。差嵯。知蜘。馳池篪褫。脂祗砥。施弛師詩思司緦撕罳絲尸篩獅螄。飢。姿咨資粢。遲墀。私。綏雖睢濉。追。維惟唯。楣眉湄嵋麋郿。之芝。遺。悲。帷。誰。貽疑嶷。時塒蒔鰣。嗤媸蚩。雌。慈孜孳仔滋耔茲。期棊旗琪萁

蘄淇祺麒騏其。祠詞辭。緇淄輜錙。梨犂黧蜊釐嫠貍。嘻嬉禧戲熙。噫醫。癡笞。嫣。

佳雎騅錐椎。醾縻。縻。罷吱。蠵。墮。鐫。腄箠。羸。義犧曦。虧。匙。姬基。飴頤

宧台眙怡詒。持。衰榱。絺郤。椎鎚槌搥。規摫。耆鰭祁。葵馗逵夔騤。丕邳。毘比琵

粃魮貔笓。嫠。垂陲倪。貲訾。疵。胝。纍檌縲。尼怩呢。伊咿。龜

微薇。霏菲妃騑。非誹斐扉飛。肥淝。機饑幾譏。歸。希稀欷晞。揮暉輝徽褘翬。衣

依。威葳。沂。巍。祈頎旂畿。韋違幃闈圍

齊臍蠐。西栖嘶犀。妻萋凄棲悽。氐低磾羝。梯緹。題嗁提媞禔綈蹄醍隄稊鶗。泥

鸛。黎璨藜。雞乩稽笄。谿鷄。醯。兮奚蹊傒騱嵇。倪猊鯢輗猊霓麑。圭閨鮭袿。奎

刲。攜鸛畦。篦狴。批砒。鼙。迷。齏躋擠

灰虺。恢詼魁盔。隈椳嵔煨偎。傀瑰。回迴茴。槐佪。桅嵬。追堆搥鎚。推。隤穨。

雷儡壘。挼。崔催嶉摧。梧。胚坯醅抔。裴徘培陪。枚梅莓媒玫煤

仄聲　上聲：　四紙五尾八薺十賄半　去聲：　四寘五味八霽九泰半十一隊半通用

上聲

紙砥只咫枳。是諟氏。弛豕。侈哆恀。舐。爾邇。屣簁蓰釃。揣。捶箠錘。蘂蕋。徙

璽。靡蘼。彼。被埤。此佌泚。紫訾呰。髓瀡。觜。壘累讄樏漯誄耒。技妓。綺旖碕。倚旖輢。蟻艤。褫。豸廌阤杝。邐旎柅。酏迤。企跂。姽硊。委萎。蔿鄬。毀燬。詭桅。跪。俾髀鞞箄。庀仳。婢庳。弭敉芈䉒。旨恉指底。矢。視。水。死。秭姊。兕。嶵。雉滍。履。唯。癸揆。几机。跽。洧鮪。歸。軌簋匭晷宄。鄙。嚭秠。否痞圮。美眯。匕比妣秕。止趾址畤芷祉。齒茝。始。市恃。耳駬珥。滓。史使駛。士仕柹朼。俟涘。枲葸。子仔耔梓。似巳祀姒耜汜圮苢。徵。恥。峙痔塒。里理娌悝裏鯉李。以已苡。矣唉。喜嬉嬉。起屺杞芑。己紀䀢。擬儗。你

[尾]娓亹。斐悱朏菲誹。匪篚棐榧。豨唏。豈。幾蟣。扆。螘顗。韙偉暐韡葦煒緯瑋。虺卉。鬼

[薺]鱭。洗。濟擠。米瀰。醴禮澧蠡。禰嬭泥昵。陛。氏邸底詆柢觝砥。體涕醍緹。啓棨綮。弟娣悌遞。睨

[賄]悔。傀塊。猥椳痿。磊瘰蕾儡。罪。腿。浼每痗。餒娞。琲。匯瘣

去聲

[寘]忮觶。翅啻。惴。吹。瑞睡。諉。詈離。屣韃。賜。刺莿庛。漬積胔柴眥。智。縋

槌鍾硾。累嫘。易貤施袘。企跂。縊。恚。觖。戲。寄徛。臂襞。義議誼。爲。餧委。
譬。至摯贄鷙織。位。媚魅。遂燧隧璲穟穗。萃粹顇悴瘁。醉檇。類淚。邃誶睟崇。
翠。祕秘閟泌邲。費轡。濞淠。備贔糒。饋簣匱媿。嗜視示謚。利莉痢。蒞。致輊質躓
緻。穉稚治雉薙。膩。墜懟。棄。冀驥洎曁覬穊季悸。贔咥。器。二貳。帥率。次。
恣。懿饐。四泗駟肆。志誌識痣幟。試。熾。侍蒔時。餌珥。胾。駛使。廁。事笥伺寺
嗣飼字。置。吏。異食。噫。亟。記。忌諱。意薏。避比。帔詖陂跛。被。骳。地。肆
廙。喟。愧魄。畀庇鼻庳。痳。劓

未 味費髴芾。沸屝。翡費蜚。胃謂媦紨渭鯛彙蝟。畏尉慰蔚瑋。魏。既溉。衣。毅。
饋墍愾甈。氣嚱。諱卉汼。貴

霽 濟擠。細壻些。切砌妻。薺劑。媲睥。閉。薜。謎。帝諦嚏蒂蝃締。替剃涕裼屜
薙。弟第悌娣髢睇遞禘棣。麗隸儷戾沴荔唳捩。泥泥。系繫係褉。殢。契鍥。計繼髻薊
祭際傺。醫翳緊殪瞖。詣羿睨霓。慧惠蕙穗蟪蔧。嘒嘒噦。桂罣。歲繐。脆。彗轊。世
貰勢。掣。制製晰淛。誓噬筮逝。說稅帨裞。毳橇。贅。汭芮。瘞。憩揭。猘厲。偈。
衛讆。鱖橛蹶。滯彘墆。例厲勵礪犡蠣糲。綴餟。曳拽裔詍枻泄洩。睿銳。藝囈。蔽敝

幣弊斃獙。袂

貝 鯖梖狽。兑。霈沛旆。昧沫韎。最。會繪檜。譢噦。儈膾澮薈獪。外

泰 酹。娧蛻駾

隊 逮瑇。對碓敦。退。纇擂耒。内。背輩。配妃。佩琲背悖焙。妹瑁痗黴秼。碎誶。

倅啐晬綷焠。潰嬇繢。誨悔晦靧。塊。憒。廢祓。肺。吠筏。乂刈。穢鐬濊。喙

第四部

平聲　六魚七虞通用

魚 漁。初。書舒紓。居据裾琚車椐。余予歟礜妤輿旟餘畬璵。歔噓墟虛。疎蔬梳蔬。

閭廬櫚驢瀾。諸。除儲躇滁篨蒢。如茹洳袽駑。渠磲蕖蘧鐻璩醵。胥湑糈鰖。疽趄蛆雎

狙沮岨。苴且罝。徐。鋤耡鉏。攄摴樗㻬。於箊淤。祛胠袪。蜍。豬瀦

虞 禺愚娛嵎隅喁。無毋蕪巫誣廡。酺蒲蒱匍。胡乎壺瓠葫瑚餬糊醐弧湖狐猢。孤辜姑

酤沽觚菰呱鴣蛄。徒途塗荼鍍圖屠瘏酴菟。奴拏帑駑笯。吾吳齬梧蜈鼯。呼。盧鑪鑪壚

顱櫨纑壚瀘艫蘆鱸。蘇酥。徂。烏嗚鄔洿杇。逋晡餔。枯刳。麤。都闍。鋪舖。于迂盂

竽雩汙。吁盱昫姁。紆。區嶇驅軀。拘俱駒岣。劬癯衢氍鸜枸。敷麩桴孚俘郛。膚趺夫鈇。扶符芙鳧蚨。須鬚需繻嬃。趨。諏。輸。毹褕萸。樞。芻。朱邾珠侏硃。殊銖洙茱。雛。儒濡襦嚅孺。株誅蛛姝。踰。厨幮。俞逾渝覦愉窬瑜榆臾腴瘐揄諛崳。模摹謨膜嫫。婁蔞鏤

仄聲 上聲：六語七麌　去聲：六御七遇通用

上聲

語齬圄圉禦篽。吕侶旅膂。紵拧宁佇杼。與予。渚煑。暑鼠黍。汝籹茹。杵處。貯著衧。醑湑諝糈。女。許滸。巨拒距鉅詎炬苣。所。楚礎。阻俎詛。咀沮。齟。舉莒筥。敘漵序緒嶼。墅抒。楮褚

麌羽禹偊雨宇鄅瑀。甫府俯腑脯黼簠。父斧釜輔莆腐。武舞侮嫵憮膴廡碔鵡。杜肚。詡昫煦姁栩訏。豎樹。庾愈瘐窳。主炷麈。拄柱。乳醹。窶。數藪。矩枸。齲踽。取。縷褸僂嶁簍蔞。姥牡。土吐。虜鹵櫓艣。覩賭堵。古詁鼓瞽股賈盬蠱罟牯羖估酤。苦。五伍仵迕午。簿部。祖組。虎琥滸。弩努怒。户怙祜楛扈岵雇。隝鄔。普溥浦。補譜圃。咻。缶否。母某畝

去聲

[御]馭語。慮鑢濾。據倨踞鋸鐻据。覷狙。去。署曙薯。恕庶。著。箸除宁。翥。疏。飫棜瘀淤。遽醵。絮。茹洳。豫預譽礜澦蕷。女。處。助。詛殂

[遇]寓禺。嫗。樹澍裋。附坿袝跗駙鮒賻。付傅賦。注注炷蛀鑄霔。屨。屨絇句瞿。昫呴姁呴。裕諭籲。赴訃仆。務婺霧鶩鶩。足。懼具聚颶。芋雨。娶趣。暮慕募墓。數。孺。度渡鍍。路潞輅賂璐露鷺。笯怒。妒妬斁蠹。兔吐。顧雇詁故固錮酤痼。誤捂晤悟寤迕忤。護濩婟瓠互沍涸。庫袴胯。素訴愬溯愫。措厝錯醋。祚阼胙。作。布佈。怖鋪。汙惡杇。媍負。阜。副富

第五部

平聲 九佳半十灰半通用

上平聲

[佳]街。鮭鞵。厓崖涯睚捱。牌。崽。釵差。柴。皆階偕稭楷喈。揩。挨。諧骸。乖。懷淮。齋。豺儕。排俳。埋霾

灰 哈胎台邰鮐。槐。開。哀埃唉。臺儓駘苔擡㒼。該豥垓陔荄。咳孩頦。才材財裁
纔。來萊徠崍騋。栽哉烖。猜偲。顋鰓鬛。皚敱。災菑災

仄聲上聲：九蟹十賄半九泰半　去聲：十卦半十一隊半通用

上聲

蟹 解獬。解。買。廌豸。嬭。矮。拐罫。擺。罷。駴駭。楷。挨。騃。擸

賄 海醢。愷凱塏闓鎧嘅。改。亥閡。欸靉。采採綵彩。宰載在。茝。待迨殆駘靆怠紿
怠。乃鼐

去聲

泰 太汰。藹靄。帶。柰奈。害。賴賚癩瀨籟。蓋丐。蔡。艾。外

卦 懈廨。邂解。賣。隘嗌。粺稗。債。曬。怪。派。玠戒誡介價界衸疥屆芥。械薤
瀣。蕢蒯喟塊簣。拜。湃。憊韛糒。殺鎩煞。邁。夬獪澮。快駃噲。敗。唄。呰眦。
蠆。餲

代 岱黛袋逮逯玳靆。貸。態。戴。徠睞賚。耐鼐。塞賽。再載。菜。在。慨愾嘅欬鎧。
溉概槩。愛僾靉曖。礙閡

第六部

平聲 十一真十二文十三元半通用

[真]眕振甄振袗稹縝。申身娠伸呻紳。瞋嗔。因姻禋氤裀茵陻闉湮。辛新薪莘。辰晨宸神人仁。親。津。塵陳臣。秦螓。珉岷閩緡泯。頻顰嚬嬪蘋。春椿。倫綸輪掄淪䑳侖。醇焞淳鶉純蒓蓴。鄰嶙磷潾璘轔麟驎鱗燐粼。賓濱。珍。夤寅。紉。囷菌箘。麕。銀垠狺垠誾。巾。勻畇汮。鈞均。筠荺。貧。民。彬邠豳份。荀恂詢洵郇。瞤。脣。諄惇肫。鄞。繽。逡皴。遵。旬巡循馴。瑧榛蓁。姺侁詵甡

[文]紋玟汶蚊雯聞。雲云芸紜耘員篔湨鄖。熅氳緼轀。汾枌棼賁蕡濆焚墳頒氛。分饙。群裠。熏薰纁曛獯醺勳葷焄煇。君軍。芬紛雰棻。欣炘昕。殷慇。斤筋。勤懃墐。芹。齗听

[魂]餛渾琿。昆褌崑琨鯤錕。溫轀緼瘟蕰。門捫。孫蓀猻飧。村。尊罇。存蹲。敦墩。暾燉。屯沌鈍豚臀囤。盆湓。奔賁。噴。論崙。坤髡。昏婚惛涽閽。根跟。痕。恩。吞

仄聲 上聲：十一軫十二吻十三阮半 去聲：十二震十三問十四願半通用

上聲

[軫]診疹鬒賑黰袗紾縝眕稹。矧哂。緊。忍訒。盡藎。儘。引蚓縯。閔憫敏慜。牝。

準。腎蜃。菌箘窘。隕殞湞賈。泯黽。尹允。隼。蠢惷。盾楯吮。筍簨

[吻]脗抆刎。忿。粉。憤弅。惲蘊褞韞醖搵。隱。謹堇巹槿瑾。齔。近。听

[混]渾緷焜棍。本畚笨。衮滾緄輥鯀。閫壼綑悃梱捆。漶。損。忖。撙。鱒。囤盾沌遯

腯。很詪。懇墾齦。穩

去聲

[震]賑振侲娠裖鬒。信訊卂迅汛。刃仞訒認軔牣。儐擯鬢。燼贐藎。陣診。僅覲瑾廑瘽

饉殣。進璡晉搢。趁。峻浚濬。吝燐藺躪。胤。釁。鎮。印。諄。舜蕣瞬。順閏潤。俊

晙駿儁。殉徇。韌。慭。櫬襯

[問]聞紊抆汶。忿。糞奮僨。分。運暈緷韗鄆韻。訓熏。捃皸。郡窘。醖慍熅縕蘊。

靳。近。隱

[慁]溷。敦頓。嫩。論。褪。遜巽。寸焌。悶。鈍遁腯。艮。恨硍。困。搵。諢。奔。

噴。坌。饐。

第七部

平聲 十三元半十四寒十五删一先通用

上平聲

元 原源沅嫄黿。袁爰援媛園垣轅湲猿。暄喧諼諠萱壎。鴛鵷蜿冤怨智。言。軒掀。鞬。翻旛幡繙番反。藩樊蕃。煩繁緐璠礬膰燔笲蘩。圈

寒 韓邗汗漢翰。頇鼾。看刊。干乾肝竿杆玕幹。安鞍。豻。跚珊姍。餐。殘。單殫丹簞瘅鄲。灘攤嘆。壇檀彈癉驙。闌讕蘭欄襴瀾。難。桓完丸紈莞萑皖。歡讙驩。寬。官倌棺觀冠。剜。刓。潘拌。般。槃盤般蹣胖瘢磐磻蟠。瞞漫謾顢蹣墁曼饅鬘鰻。酸痠。鑽攢。耑端。湍。團剸摶糰鱄。鸞鑾巒欒孌圞

删 潸。關。彎灣。還環鐶鍰寰闤轘澴鬟圜。姦菅。顏。班斑頒般。攀。蠻鬟。山疝訕。潺孱僝。閑憪嫻癇鷳。慳。間艱。鬜。殷。鰥綸。頒

先 跣。千芊阡。箋戔濺韉。前。邊籩萹編楄鯿。蹁褊胼軿駢。眠。顛巔癲滇。天。田佃畋填闐鈿。年。蓮憐零。肩堅。牽岍。賢弦絃舷。烟燕咽湮。妍研趼。涓蠲鵑睊狷。懸。淵。仙鮮躚蘚鮮襹。遷韆。煎湔鬋媊。涎。錢。羶扇煽。饘旃栴氈鸇。禪嬋蟬。

然。邅鱣。梴。纏躔廛。連漣鏈鰱聯。甄。嫣。延筵綖蜒蜒。焉蔫鄢。愆褰騫攐搴。乾
虔鍵犍。鞭。篇偏翩扁。便平。綿棉緡。宣揎。詮銓拴佺荃痊悛。鐫。旋還鏇璿璇漩。
全牷泉。穿川。專顓甎剸。遄。船。椽傳。攣。沿鉛捐鳶緣。翾儇嬛。娟。員圓。卷
棬。權拳惓顴踡婘蜷鬈

上聲

仄聲　上聲：十三阮半十四旱十五潸十六銑　去聲：十四願半十五翰十六諫十七霰通用

阮　沅。宛婉踠琬畹蜿苑。遠諠烜。綣圈卷。幰揵楗。倦。匽偃隁堰褗鰋蝘鶠鼴鄢。反
返。飯笲。晚挽娩

旱　睅。罕厂。侃衎。笴稈。散繖傘饊。亶。坦。但袒誕蜑。嬾讕。瓚。緩綄莞梡澣。
盌。窾款。管琯逭盥。滿懣。伴拌。算簒纘酇。短斷。疃。緞。卵暖餪。趲

潸　撰饌。赧戁。皖。綰棺。版板。阪。產剗鏟羼。醆棧。棧。限。簡柬揀。眼

銑　洗跣姺。扁匾萹緶。辮。眄。典。腆覥。殄飬沴蜒。顯蜆。繭。峴。犬。畎狷。泫
鉉。獮鮮燹癬蘚。淺。剪戩籛鬋譾。踐餞。選。雋吮。闡。顫饘。善膳鱓鱔。舛喘。剸
膞。軟。譔。褊。緬沔。辨辯。免娩勉冕。展輾。蕆。邅。輦璉。轉。篆瑑。臠孌。遣

繾。衍演縯蜓。兗。蹇謇搴。鍵件。讞。卷捲

去聲

[願]愿。遠媛瑗。楦。券綣勸。圈。怨。獻憲。建。健鍵。堰販畈。飯萬万。曼輓蔓

[翰]豻悍汗瀚扞閈。漢。看侃衎。旰榦幹澣。按案。岸頇喭犴。散繖。粲璨燦。贊讚趲

瓚酇。旦疸。炭歎。憚但彈。爛爤讕。難。換逭。喚奐煥渙。貫冠觀祼館瓘爟灌鑵鸛

盌。惋腕婉。玩翫。半姅絆。判泮沜。畔叛伴。縵幔漫墁。攢。算蒜。竄攛爨。鑽。鍛

斷。彖。段緞斷。亂

[諫]莧。晏鷃。雁贗。丱慣。患宦豢轘繯襻。慢嫚謾。訕汕疝。鏟。棧。綰。孿。篡。

襇澗覵間。幻。扮。盼。瓣辦。袒。羼

[霰]先。倩蒨箐茜。薦荐洊瑐。殿唸。電殿奠甸畋佃鈿澱靛闐填。練鍊揀楝。見現。

見。俔蜆。宴讌醼咽燕。硯研。縣眩炫泫衒。絢眴。罥睊。遍。片。麪麵。綻。線。箭

鬋濺餞煎。賤。選。旋漩鏇旋嫙。扇謆煽。戰顫。繕襌膳擅嬗單。剸。釧穿。撰。饌譔

撰僎。纏邅。碾輾。轉囀。傳瑑。戀。衍延莚涎。譴。掾緣蝝。絹狷。彥唁諺讞。瑗援

媛鍰院。眷睠。倦。便。面偭。變。串。卞汴弁抃忭

第八部

平聲　二蕭三肴四豪通用

[蕭]簫瀟蟰颵箾。挑祧朓條。貂雕鵰刁彫凋船鯛。跳佻。迢髫調苕岧蜩齠。澆驍梟。要腰邀徼褄喓。聊瞭嘹寮寥遼撩嫽憀料廖鐐繚橑簝漻潦鷯。堯嶢僥垚。宵消霄颵逍綃銷硝魈翛。超。朝。朝潮鼂。嘵。蹺。焦蕉燋椒噍蟭鷦。樵譙憔。猋飆剽標摽杓幖熛彯。漂嫖僄飄。瓢薸。鑣。苗描貓。燒。昭招釗。韶軺。饒橈蕘。遥媱傜繇飖銚姚摇謡陶鷂褕洮瑶猺窕。翹。鴞。妖夭。嚻枵。歊。驕嬌撟矯簥。喬嶠橋趫轎蟜蕎

[肴]爻姣殽淆。交咬教郊膠轇茭蛟鮫鵁。巢轈。鐃譊撓呶。梢艄捎髾鞘筲弰蛸。茅蝥。哮。包胞苞。脬泡抛。庖炮跑匏。敲磽。墝。鈔訬謙。啁嘲。猇。坳凹窅。聱磝

[豪]毫號嗥嚎濠壕。蒿薅。尻栲。勞嘮澇牢醪撈痨。高皋槔羔膏餻篙。毛旄髦芼。弢饕叨慆條韜韜滔。刀魛舠忉。騷搔臊繅溞艘颾。陶淘掏醄詢逃鞉咷萄桃燾濤檮翿。糟遭。曹嘈槽艚漕螬。鏖。袍。敖遨翱熬嗷螯鼇鰲獒。褒。操。猱

仄聲 上聲：十七篠十八巧十九皓 去聲：十八嘯十九效二十號通用

上聲

[篠] 謏。鳥蔦。朓。窕挑掉。了繚瞭蓼獠嫽。皎皦璬繳僥。曉小。杳皛窅窈。嫋嬲嬈裊。紹。沼。少。剿勦。悄。擾繞遶。肇晁兆旐駣趙。舀。夭殀。矯撟蹻。縹。摽膘鰾。眇渺淼藐秒杪。表。殍

[巧] 。絞狡鉸佼咬攪。拗。齩。飽。鮑。卯泖茆昴。稍。炒訬。爪抓。獠

[皓] 昊顥皓浩灝鎬鄗。好。考。薧拷栲。杲縞藁橐笴槁。媪燠襖。寶葆鴇堡保褓。抱。嫂燥埽。草。早蚤澡繰藻繰璪繅。皁棒造。倒擣禱。討。道稻纛。老栳橑潦澇。腦瑙惱

去聲

[嘯] 熽。弔釣。糶眺頫。調掉蓧銚跳。叫噭徼。笑肖鞘。峭悄哨俏。醮嚼爝勦。噍誚。少燒。照詔。鷂燿曜耀。要褄。嶠轎。召。邵劭。剽漂勡。嫽獠嘹鐐廖料。尿。竅。繞饒。燎療獠鷯。妙。婊。廟

[效] 傚校斆。教校較絞窖覺。孝。罩。豹趵爆。貌。炮礮。炮鞄鉋泡。櫂。鬧淖橈。磽。樂。貌。稍。鈔。抓笊。踔

[號]号。耗好。犒靠。告誥郜膏。奥隩燠懊。傲奡鷔。報。暴。帽冒瑁耄旄芼。噪燥譟。操造慥糙。竈躁。漕。到倒。韜套。導翿纛熹盜悼蹈。勞嫪潦

第九部

平聲　五歌獨用

下平聲

[歌]哥柯牁。珂軻。訶呵。阿痾。何河荷苛。醝嵯蒫鬣鹺蹉瑳搓磋。鹾瘥嵯艖。多。娑莎些。莎蓑梭唆趖魦。駝佗鮀鼉沱陀酡紽跎。莪娥蛾哦俄峨鵝。羅蘿籮囉玀邏。那哪挪儺䪉。戈過鍋。婆鄱皤。摩磨魔麽。吪訛囮。螺騾穲蠃驘。鞾。波坡陂頗。禾和。科窠蝌髁。倭渦窩。他拖。挼。痾伽茄迦。矬痤。垛䅳。詑

仄聲　上聲：二十哿　去聲：二十一箇通用

上聲

[哿]舸笴。瑳。𩊱哆癉。柁拕舵爹。我。娜那袲。可軻坷。左。裹果蜾。朶垛埵。鎖瑣。妥。蠃裸卵。跛播簸。火。頗叵。麽。禍夥。砢邏。惰墮。脞硰。坐。顆堁。荷

去聲

箇个個。賀。左佐作。馱大。餓。呵呼。坷。些。磋蹉。那。邏。過裹。貨。課髁

堁。和。涴。卧。播簸嶓。破頗。磨摩。剉銼。挫侳。座坐。剁。唾。蜕。惰。挼。懦

糯。縛

第十部

平聲　九佳半六麻通用

佳。涯。娃哇洼。媧騧蝸緺。蛙

麻。蟆。車。奢賒。邪斜。些。爺。遮。嗟罝。譁花華。華划驊。瓜抓。誇夸姱胯。

嘉加家珈袈跏痂枷迦笳葭茄猳。霞蝦遐鍜瑕蕸。葩巴芭鈀疤。爬杷琶跁。些。丫鴉椏

啞。叉衩靫差艖。紗沙裟鯊。牙枒衙耶琊揶椰。煆岈呀閜。茶。闍佘蛇。樝渣。查楂

瀘。撾。拏筎。窊窪汙呱。靴

仄聲　上聲：二十一馬　去聲：十五卦半二十二禡通用

上聲

馬瑪。者赭。野也冶。雅。假瘕賈斝瘕。厦夏下。寫瀉。且。社。捨舍。姐。把笆。

寡剮筍。瓦。惹若喏。灑。踝鮭。髁骻。打。耍。那。奲。鲊。槎。摣。啞娅

去聲

卦挂註罣。畫絓

禡罵禡。駕架價假嫁稼。亞婭啞欬。罅嚇。迓訝呀。詫侘咤奼。詐笮。乍蜡。謝榭。

暇夏下。射麝貰。嗄。藉。卸瀉。柘蔗炙鷓。舍赦厙庫。帊怕。霸壩灞靶弝。杷罷。

化。華樺話。借唶。夜。偌。汊杈衩。罷

第十一部

平聲　八庚九青十蒸通用

下平聲

庚賡更秔羹鶊。坑。亨。行衡珩桁蘅。横黌。觥。祊浜。烹澎。彭棚膨蟛。盲甿。

撐。瞠。棖振。兵。平評坪枰苹。明盟鳴名。聲生甥笙牲狌鼪。鎗槍鐺。傖。京荊驚。

卿。擎勍黥檠鯨。迎。英瑛霙。榮嶸瑩。兄。耕。鏗硜。罌甇嚶鸚鶯櫻嬰纓攖癭甖。

莖。宏閎紘鋐翃。泓。訇渹轟。琤錚。争箏猙崢。丁。橙瞪。儜獰。綳。怦姘伻砰。甍

萌氓。清。精晶菁蜻睛旌鶄。錫情晴。騂。并。征正鉦鯖。成郕城誠盛晟。禎貞楨。赬

檉蟶。呈程酲裎。令。盈楹嬴嬴籝。輕。營塋。傾。瓊煢惸。縈滎

[青]鯖。星惺醒腥猩。竮娉甹。瓶輧屏萍絣。冥幎溟螟蓂銘。丁釘玎仃疔叮虰。廳聽汀

町綎。庭廷亭停渟婷霆蜓。靈零泠伶聆鈴玲醽齡囹瓴櫺舲苓羚鴒翎。蛉嚀。經涇。

馨。形刑硎型鉶陘郉邢。熒螢。扃坰駉

[蒸]烝。承丞。繩乘澠塍。升昇陞勝。稱偁。仍礽。冰。淜。凭憑馮。繒鄫橧嶒甑。徵

癥。澄懲。陵淩凌綾蔆。蠅。膺應鷹鷹。凝。興。磳。兢矜。登燈。騰縢謄滕藤籐。棱

楞。能。崩。朋。鵬。瞢。僧。增曾憎罾矰。層曾。恆峘。薨。肱。鞃

仄聲 上聲：二十三梗二十四迥　去聲：二十四敬二十五徑通用

上聲

[梗]哽骾鯁綆埂。丙昺邴秉。境景儆警。影璟。省眚。永。省。惺。杏荇。礦。猛艋

蜢。冷。耿。幸倖悻。静靖猙靚阱。井。炳浜。皿。憬冏。黽。請。整悜裎。逞騁。領嶺袊。頸。癭。郢。穎潁。頃。餅併屏
[迥]泂炯絅。詗。熲。脛。謦。剄。竝。茗酩溟冥。醒。頂鼎酊。頲町鋌挺艇梃。濘。拯。等。肯。殑洗。

去聲

[敬]璥竟鏡。競儆檠。慶。更。命。孟蜢。横。柄怲炳。詠泳。行絎。迎。静。迸。硬。勁。政正証。倩清。鄭。聖。性姓。令。聘娉。摒併。淨穽靚請。盛。禵。倀憕幀。輕。敻詗。偵
[徑]經涇陘剄。甯佞濘。脛。定飣矴釘訂。罄磬謦。聽庭。定錠奠。暝瞑。瑩瀅。證烝。孕賸。乘賸甸。甑。應。興。勝。稱。凭。凝。磴嶝隥鐙凳。鄧蹬。堋。懵瞢。蹭。贈。亘緪

第十二部

平聲　十一尤獨用

[尤]疣郵。休庥咻髹貅。邱蚯。惆。鳩朻。求裘俅仇逑毬捄銶球賕。牛。優憂怮呦。由

卣遊繇猶猷悠油櫾輶鲉蝣鯈。鞧啁鵃。抽妯瘳。儔籌躊幬裯紬疇稠檮。留劉瘤鏐旒琉硫

榴流瀏颸騮。脩羞。秋鞦萩簌湫鰍愀。啾揫。囚泅。酋遒蝤。收。犨。周賙州洲舟喌。

讎酬詶。柔揉蹂。搜廋蒐叟颼溲。搊篘謅鄒鄹陬騶媰娵。愁。不。浮涪桴芣罘蜉。謀眸

侔牟矛鍪蝥。侯猴喉餱篌。謳嘔歐漚區甌鷗。彄摳。鉤。鉤句枸軥篝溝韝褠篝。抔瓿棓

踣掊裒。諏。鯫。兜。偷。頭投骰。婁樓廔塿髏褸軁摟簍蔞貗螻。幽。髟彪。朻糾鬮。

虯璆繆

仄聲上聲：二十五有　去聲：二十六宥通用

上聲

有右友。朽。糗。九久玖韭。臼舅咎。酉牖羑誘卣櫾琇莠。缶否。負媍阜。酒愀。首

手守。帚。醜。受授綬壽。蹂揉。溲。鯫。肘。丑。紂。柳罶綹瀏。紐忸鈕扭狃。厚后

後。吼犼。口叩扣釦。詬垢苟狗。歐嘔。偶耦藕。掊。剖。部培瓿錇。母拇踇畝某牡莽

姆。叟嗾廋藪。趣。走。斗抖陡蚪。塿嶁嘍簍。㲉。黝怮蚴泑。糾赳朻。鬮蟉

去聲

宥囿侑佑祐又。救究疚灸廄。胄宙酎籀。獸狩守首。晝。臭齅糗。袖岫。呪。舊柩。

瘦。漱嗽嗾。皺㑳㲊縐簉。鼬褎柚櫾。副覆仆。富。復。秀琇鏽繡宿。僦。就鷲。授綬壽售。肉蹂。莤。驟㥮。畜。溜瘤。糅狃。候堠逅鱟后厚。詬吼蔻。寇扣釦。冓構遘覯媾購姤勾彀雊韝搆。漚。戊茂楙袤瞀姆貿。湊輳鏃腠蔟。奏走鬥。透。豆餖脰逗竇窬荳讀。漏陋鏤嘍。槈。幼柚。軴。謬繆

第十三部

平聲 十二侵獨用

侵駸浸。心。尋潯鄩燖鱏。深。斟鍼箴瑊。諶忱湛。壬任妊紝。森參蔘滲摻。簪。岑涔梣。砧椹。琛賝。沉鱿。林臨霖痳淋。淫蟫。愔霠。音陰瘖喑。吟。歆廞。今金衿襟禁。琴擒黔芩檎禽

仄聲 上聲：二十六寑 去聲：二十七沁通用

上聲

寑浸。蕈。審諗沈瞫嬸。枕。甚訦。飪稔恁衽荏。稟。品。醓朕黮。廩懍凜。錦。噤唫。飲。您

去聲

[沁]。浸。枕。甚。妊任衽紝恁。滲。識。譖。鴆。臨。賃。禁。噤妗。蔭廕窨暗飲。深。吟。蕈。森。

第十四部

平聲 十三覃十四鹽十五咸通用

[覃]譚潭蟫醰醰曇壜。貪探。耽酖湛眈。婪嵐。南男楠。毵。參驂。簪。蠶。唅。龕堪戡。弇渰。含函頷涵。諳醃媕盦庵菴。喑。談郯痰錟。聃。擔儋甔。藍籃襤。三。慙蹔。蚶憨。坩。甘泔柑疳疳。酣邯

[鹽]檐閻。厭魘。銛纖孅暹殲瀸。籤簽憸僉。尖漸熸蘄。潛燂。苫痁。襜幨。詹瞻噡蟾占沾。髯枏。霑覘。廉帘匳鐮簾。黏鮎。炎。淹閹崦。噞嶮。箝拑黔鉗鈐鍼黚。砭。添。甜銛恬。鬑。拈。謙。兼縑鶼蒹鰜。嫌。嚴。忺。腌醃

[咸]鹹函鰔瑊械。緘黬。喦碞。讒纔饞巉嶄。詀。喃。銜。監。嵌。巖。衫髟杉芟。凡帆颿

仄聲　上聲：二十七感二十八儉二十九豏　去聲：二十八勘二十九艷三十陷通用

上聲

[感]灠。坎壈。頷撼菡。晻黤唵闇馣。糝。歜。眈紞衴。禫橝醰黮霮萏。壈。敢橄。喊。槧塹嵌。膽。毯。啖澹淡憺。覽攬欖

[儉]芡。啖剡琰。黶靨魘厭。塹憸。漸蘄。閃睒陜。颭。冉姌染枏。諂。斂瀲蘞。險嶮。獵獫。檢撿臉。奄弇掩揜罨閹崦。貶。忝餂銛。點玷。簟店。嗛。歉慊。儼。埯

[豏]嫌。減鹻。黯。斬。巉。湛。檻艦。闞。范笵範犯

去聲

[勘]轗。憾。紺淦贛。暗喑闇。參。酖鴆。探。醰。闞瞰嵌。憨。三。暫鏨。擔甔。憺

啗淡澹。濫纜

[艷]焰焱鹽豔。厭饜。俺。槧。漸。閃。襜。占。瞻。髯。覘。譫忝。店坫點痁墊唸。

稴。念。僭。驗釅。窆砭。斂殮潋。脅。欠。劍

[陷]臽。蘸。站。賺。鑑監。懺。鑱。梵帆。泛汎氾溫

第十五部

入聲　一屋二沃通用

入聲

屋　剭。牘犢瀆黷讀讟匵獨。轂穀谷嗀。㝅斛㲉嚳。卜濮樸轐。撲扑醭朴。僕暴瀑匐。木沐霂。速餗殐蔌簌。簇蔟。鏃嗾族。禿。禄彔漉盝碌簏甪轆鹿。福腹複輹幅輻復蝠楅覆。蝮蕧。伏服復紱菔鵩馥鰒。目睦繆牧苜穆。肅夙宿驌鷫。蹙蹴踧。叔菽俶。儵倐。祝晀粥。孰塾淑。肉。縮謖。矗。竹竺筑築。蓄畜。逐妯舳軸。六陸蓼戮勠。育毓昱煜鬻。畜。匊掬踘鞠菊鞫。彧郁燠噢鵭。國

沃　鋈。鵠嚳。熇嗃。酷嚳。酷牿梏部。雹靴。篤督。毒纛。北。燭屬囑矚。束。觸歜。蜀屬鐲贖。辱蓐褥縟溽。粟。促趣數。足。續俗。瘃劚豕。躅。録籙逯綠淥醁騄菉。欲慾浴鵒。旭勗頊。曲笁。臼挶輂。局侷跼。玉獄。

第十六部

入聲　三覺十藥通用

覺角桷榷。慤確礐。學鷽确。渥偓喔齷握幄。嶽。剝駁爆。璞樸。雹鰒暴。邈貌眊

藐。朔數槊搠。娖齪。捉。浞汋。斲瑑椓卓啄涿。濁躍濯擢戳鐲。搦。犖硞

藥躍瀹龠籥鑰濼。縛。削。碏皵鵲。爵雀。皭嚼爝。鑠爍。灼酌妁礿趵勺焯斫。綽

婥。杓汋。弱蒻若箬。芍。著。躇。略掠。謔。却。腳蹻。噱醵。約葯。虐瘧。矍攫

玃。鐸踱。託槖拓托籜蘀。洛酪落絡珞樂烙駱雒洛。諾。博搏爆膊。粕。泊薄簿箔亳。

莫幕漠膜摸瘼寞。索。錯。作怍。昨酢鑿怍。鶴貉涸。鄗郝壑嗃熇矐。恪。各閣格。惡

堊。咢噩鱷諤鄂萼鶚鱷。穫鑊擭。霍藿癨。廓擴。郭槨彍。蠖。陌

第十七部

入聲　四質十一陌十二錫十三職十四緝

質桎郅騭蛭躓。失室。叱。實日馹。率帥蟀。悉膝蟋膝。七漆榛。唧蝍。疾嫉蒺。必

筆畢觱韠蹕筧蓽。匹。邲珌佖飶。蜜宓謐。弼佛。密沕蔤。窒庢。咥抶。秩紩帙姪。栗

慄溧篥瑮。暱昵惼尼。逸佚佾軼溢鎰。詰劼。吉拮洁。壹。肸。姞佶鮚。乙鳦。汨。耋
垤。猾。術述。出。卹恤䘏戌。卒啐。捽誶。窋茁。黜詘怵。朮。律嵂壘率。聿矞燏鷸
蟜。橘蕎。櫛。瑟蝨。

陌 貊驀。拍魄珀。百伯迫柏霸伯。白帛舶。磔。坼拆。宅澤擇。搦。赫嚇。客喀。格
骼挌假。啞。額。虢滮。嚄。碧。索。蚱舴唶。皻。隙郤綌。戟。劇屐。逆。麥脈。薜
檗擘。綼。愬。策筴册柵。責嘖幘簀。槭攫。摘讁。覈翮核。隔膈革鬲槅嗝。厄阨搤扼
嗌。畫劃嫿獲。馘幗摑蟈。蔮𥗳。昔惜腊舄潟。刺踖蹟。積藉瘠。釋適奭螫。尺赤斥。
隻摭蹠跖炙。石碩射。擲躑。益。睪繹掖腋亦奕懌斁射譯驛埸圛液易。役疫。辟甓襞
璧。僻癖澼。擗辟闢。

錫 裼唽晳晰析淅蜥。戚慼。績勣。寂。壁。霹劈。甓。覓冪幎汨。的弔適嫡鏑滴菂
商。逖趯踢倜惕剔。狄敵踧迪覿糴滌笛荻翟妯。歷曆瀝嚦礫櫪瀝。惄溺。檄覡。鬩欶。
喫。激擊獥噭。鶂霓艗。闃。臭

職 織則側仄昃。識飾式軾拭紙栻。色嗇穡濇。寔湜殖埴植。食蝕。測惻畟。崱。息熄
鄎。即稷。陟稙。敕飭。直犆值。力屴。匿慝。弋杙翼翊翌廙潩。亟愱殛棘蕀僰。億憶

臆抑。極。嶷。域淢棫蜮閾魊。洫侐。堛畐副愊。逼楅幅湢。愎。德得。忒慝。特。勒
肋泐。北。葡匐踣。墨默。塞。賊鰂蠈。劾。黑。克剋刻勀。或惑。國。冒
緝葺咠輯。靸卅鈒。湒楫檝。習褶集鵰襲隰。濕。執汁。十什拾入廿。戢濈。縶蟄。
立粒笠。揖挹。熠。熠。吸歙翕闟噏。泣湆。急伋給級汲芨。及笈。邑浥悒裛厭唈。
岌圾。

第十八部

入聲　五物六月七曷八黠九屑十六葉通用

物佛佛咈。勿沕。拂髴帗袚艴。弗不韍黻紱綍怫沸。屈詘蝠。緢厥剧刻。倔掘楓崛。
鬱蔚尉魗。迄肸。乞契。訖疙仡屹。
月刖軏。越鉞粤樾曰。狘頔。闕。厥瘚劂蹶蕨蟨鱖。撅趉瘚。噦。紇。歇蠍。訐。揭羯。
竭碣楬。謁暍。髮發。伐罰垡閥筏。韈。没殁。孛侼勃誖悖浡餑脖鵓。窣。猝。卒倅。捽
崒。咄柮。突腯葖。訥吶。齕扢。鶻。忽惚笏。窟崫。骨汩鶻。兀杌矹屼軏阢卼。
曷褐鶡蝎。喝。渴磕。葛割輵。遏閼堨。嶭蘖。薩撥。怛妲靼笪靼狚。闥撻達獺。

達。剌瘌。捺。末袜靺沫抹秣。活。豁。闊。括聒銛佸鴰。斡。搯。撥。鉢。潑。跋犮魃

芨。撮。掇剟裰。脱。奪。捋脟。

[黠]劼鬝。戛嘎楔鴶。軋揠亂。滑猾鮹。八捌。叭。拔。殺鎩。察札紮蛰扎。茁。轄

犖。瞎。刮。刹。哳。

[屑]糈。切窃。節癤楶蠞鯽。截。鐵餮。耊絰凸跌咥迭蛭垤。捩。涅捏茶。纈擷頁絜

頡。契挈鍥。結桔拮潔。噎咽搤。闑臬隉蜺。穴鴪。血泬。闋。玦觖決訣譎駃鴂。

抉。撇斃瞥。蹩。蔑覕蠛鱴鸔。薛紲絏褻媟契洩楔。雪。絶。設。掣瘌。浙晣折。

舌。折。熱。説。歠啜。拙炪。爇。刷。哲。徹撤轍澈。列烈咧洌冽。叕輟罬餟

惙。劣鋝埒浮。拽。孑釨。悦説閲蜕。缺。蠲愒偈。傑杰桀。蘖孽蠥。鱉鷩。滅。

別莂箣。別

[葉]楪偞。魘靨厭。擫饁。极笈衱。裛。妾浃。接椄楫睫婕。疌捷誱。攝葉。歙霎箑。

唽謵。讋慴摺。涉拾。囁。輒。牒鬣獵躐邋鬛。聶懾躡鑷。帖怗貼跕。喋跕。牃諜堞蝶

鰈蹀疊氎䑜。捻惗埝。協叶勰挾裌。頰筴鋏莢蛺。篋愜岌慊。燮躞屧。浹。

第十九部

入聲　十五合十七洽通用

[合]盒。閤合鴿蛤。唈。趿靸鈒馺颯卅。匝噆。雜雥。答搭褡嗒。鎝鞳。沓諮踏涾遝。

拉。納衲軜。盍磕闔蓋嗑。榼溘。閘。搨剔噏。榻塌遢蹋塔闒。臘蠟爉邋。業鄴鸈。脅

胠。怯袪。刧刼衱袷。醃浥裛

[洽]祫峽狹。恰掐。夾裌筴鵊。歃鍤插臿。眨。鰈濈萐。劄。狎匣柙。甲胛押鴨壓。

呷。翣喋箑霎。霅喋。乏。法

附録

一、生平資料

舒夢蘭傳

舒夢蘭，字香叔，一字白香，晚號天香居士。采願第三子。誕時母夢大士予蘭，故名。甫晬，父挈之隨甘肅渠寧司巡檢任，繼遷烏魯木齊呼圖壁。夢蘭長於邊塞，自幼有星心月口之思，父母絶鍾愛之。塞外罕師，有北平名進士宋曜寰，緣事謫口，因請受業。師見其英慧絶倫，大器異之。爲講貫經傳，過目即識大意。課以文，千言立就。瀾翻花粲，不主故常。性嗜莊、騷、史記，兼通内典。旁及詩歌、側艷諸體，靡不工妙。師語之曰：「子殆異才，不可測也。然他日成就亦非科名利禄所能縛，子善行其志可耳。」

年及冠，隨父南歸，命入監讀書，應乾隆丁酉鄉試，薦而未售。己亥恩科，錢籜石學士載典試江西，閱首場夢蘭卷，擊賞擬元，以磨勘策語微疵見擯。甲辰赴南京召試，三江名士雲集，盡得納交。歸過秣陵，驛舍秋風起，作《鐵馬辭》樂府七解，寄託遥深，詩名日著。時兄慶雲守三衢，往署佐理。西泠俊侣聞聲相思，招集湖上，探勝題襟，一時佳話争傳。良緣終厄，士女同聲歎惜焉。既而奉母還南昌，里居習静，執友過從則有鉛山三蔣、東鄉二吴輩，並時鉅公長德，交相引重，宏奬風雅，所學益進。

自十年來二親見背，無心再踏省闈。姻友胡部郎克家惜其才未早達，屢書招往就試京兆。壬子始一赴約，抵都已後場期，僦寓京邸，與故人晨夕論文。未幾怡恭親王聞其名，以禮聘爲上客，一見促膝。世子霞軒主人引爲兄弟交，繪《槐陰清話圖》，主客忘形。雖在王門，翛然有塵外遠致。另闢一小精舍，俾之夏課，亦冀其才爲世用也。旋應北闈秋試，首題「周有八士」，文闈中加墨圈遍，後搜二三場不獲，知以病未終試矣。夢蘭自稔數奇，回憶曩日宋師所言，早具先識。宋已賜環歸卒，家在玉田。乃躬往拜墓，存卹其後，求得遺稿以還。時有願效蔣伯勸其納資爲郎者，堅謝曰：「早欲言歸，以主我摯維，厚意難遽舍耳。」會世子得疾，尋殂。越歲，怡親王薨逝，慟無以報。至是決計歸來，和陶詩終卷，法梧門祭酒採入詩龕，長州王鐵夫芑孫見之稱賞，謂世間無此作久矣，不獨詩境高遠，其中杰然有識時之言，渺然有天際真人之想，識者韙之。

一夕買舟由潞河南下，實庚申秋八月，計客藩邸八載矣。歲暮抵章門，舊巢重掃，三徑未荒，戢影天香館。時與子姪門人商量舊學，證以新知。其於性命，淵旨窮究，體用一源。教人認公善爲仁，孜孜不倦，入其室者如坐温風凉月中也。荆州將軍宗室雙峰公本怡邸道義交，壬戌春移節杭州，特迂道過洪都，招同赴浙。凡牋奏事悉以任之，相得益彰。至秋，雙峰公病瘧甚厲，亟延蘇州名醫薛公望療治，良藥罔效。疾革，執夢蘭手屬以後事，蓋將軍尚無嗣息，情更慘傷。自照視醫藥至護理喪事累月，鬚鬢爲白，作輓歌十首志哀。昔韓昌黎未及四十，而哭北平王三世，兹又過之矣。自念平生知己凋謝過半，入世之心益灰。每歲裹糧游山，曾住匡廬天池寺百日，著《游山日記》十二卷。過都昌訪世交黄氏，有《古南餘話》五卷。餘如《湘舟漫録》、《驂鸞集》、《嫠舲餘稿》皆頻年西南遊跡所紀，多不勝書。

嗣是晚年好静，杜門却掃，然户外車轍常滿，欲逃名而名反盛。時黎襄勤爲南昌縣，每懸一榻待之。當世賢士大夫争以識面爲幸，惲子居敬、彭秋潭淑，一雄於古文，一以詩鳴，均不輕許可，獨來天香館輒相視而笑，縱談日夕不休。繼蓮龕方伯顔薇垣書舍曰「三壽作朋齋」，謂與天香居士暨豫章掌教董筱槎太史三人談詩處也。方伯知其窮，間有所饋，却之，因貽書云：「吾亦謝仁祖粟，何竣拒乃爾。」始笑受焉。夢蘭家不中資，而性好濟物，故自三黨窮乏及婚喪不能舉者，無不被其實惠。至老自困日甚，恒酣卧怡然而已。年七十九卒，子三，其季盼慧而好學，甫食餼夭折，士林惜之。其門下高足南昌龔鉽作《行狀》，宜黄大令楊振綱有《祭文》一首，極真切。上高李孝廉祖陶《書行狀後》，論頗允當，附録傳後。

李祖陶《書行狀後》曰：白香先生一代才士，亦一代逸人也。能文章而不求科目，負才略而自甘退藏。求之二者，鄉前輩靖節先生之流亞也。然爲肥遯而不爲係遯，爲通隱而不爲石隱。醉醒皆宜，身名俱泰，則生逢盛世，其遭遇實爲過之。故從容七十餘年，而怡然涣然，其心迹一無所累也。予昔時讀其《和陶詩》，即深向往。後館洪都，叩其門而先生已病。生後僅十餘年，居距僅二百里，竟不獲一睹其丰采，接其言論，深爲缺然。今讀歐可學博所爲先生行狀，皆足見其人之全神。予雖未見其人，亦可以無憾矣。歷代史家例有文苑、隱逸二傳，然文苑易得，隱逸難求。《明史·隱逸傳序》謂承平既久，士皆趨於科目，隱逸幾無其人，而以陳繼儒足之。論者謂其人迹隱而心競，實不足稱。若先生友王公如布素，居都市如山林，談賓悉賢豪，學侣半科第，與物無競，與世無争，風流自足，映照一代。後有修國史而作隱逸傳，知堯舜之代實有先生其人，而不僅以文苑目之矣。

——舒孔恂、徐家瀛《（同治）靖安縣志》卷之十「人物」，第四七—五一頁

天虚我生小傳

生爲浙之錢塘人，前清優附貢生，太常寺博士，原名壽嵩，自科舉廢后，遂棄故業而遊幕，更名爲栩。或問其義，則曰：「栩爲似樗之木，其材雖大，而不爲棟樑，吾於幕後牽絲，以動傀儡，而且往往不中繩墨，故吾以爲陳陳相因，世間獨多樗材，栩實爲橡，而皮相者視同樗櫟。李白所謂『天生我材必有用』實虚誕耳。」故自號天虚我生。且謂「人生於世，實在夢中，莊周自以爲醒，而仍在夢中説夢，何若永爲蝴蝶，脱然無累如神仙乎？」爰又自號曰蝶仙，榜其所居曰「栩園」。

生平嗜好，惟一枝筆。終日伏案作書，皆爲人謀而不自謀。忘餐廢寢，已成習慣，苟其夫人不爲進衣食，雖饑寒亦不自知，故能專心壹志，凡所爲事無不達於成功而無止境。嘗語人曰：「讀死書，殊無益，惟於一事一物能窮其理，則一旦豁然貫通，無不可以盡知。蓋人之心最靈，凡爲物慾所蔽，則有時而昏耳。」早起輒在黎明時，以思一事或一物焉。試列種種方式，自爲比較，雖經十年廿年，不以爲厭。人或笑其雞鳴而起，孜孜爲利，則應之曰：「盜跖與聖賢，亦皆如是。假令人人雞鳴而起，能爲利人利己之事，即我中國不致窮困至此，又何必上下交征利哉？今人以八小時工作爲限，而我夜睡僅六小時，午睡或二小時，東坡所謂『一日如兩日』，吾正不期而然，但苦不早死耳。」故於病中，嘗作一詩以自解曰：「譬如昨日死。」其結句云：「因知天下事，不論鉅與細。若到無奈何，只可聽之已。我今老且病，筋力日衰敝。我徒爲人忙，誰則爲我替。我不求功名，我不貪貨利。何苦作馬牛，何事受驅使。遠問親與朋，近問妻與子。僉曰爾自愚，誰強爾爲此。因之得一解，譬如昨日死。」讀此詩者，無不歎賞，引爲同病。蓋君之所自苦，責任心太重耳。實則家庭之福，自小迄今，頗可坐享，既不必爲兒孫作馬牛，亦不必受金錢勢力之驅使，顧乃窮年兀兀，無日不在百忙之中，固誰強爾爲此耶？

曩君所著詩文詞曲，以及説部傳奇，無不纏綿綺麗，富有脂粉之氣。且擅音律，好馳馬使酒，出遊湖山，必攜美眷，其從如雲。故不知者，以爲紈绔，殊不知君之一身，實兼四公子之長處，凡人所能之事，君竟無不能之。其在杭州開風氣之先者，如創辦日報，始設鉛石印局，自製電燈電話，皆爲鄉黨所樂道之掌故。雖多失敗於前，但其成功之史，亦肇於此。李白所謂「天生我材必有用，千金散盡還復來」，實足以二語爲君豪，君直可謂天不虛生，而猶自謂天虛我生，豈不難乎其爲天耶？

所著者，在癸亥編目，除由著易堂書局刊行之《栩園叢稿》初、二編，專爲詩文詞曲外，尚有傳奇七種，彈詞三種，劇本八種，說部一百二種，雜著二十種，或爲書局家單行本，或散見於報章雜誌中。甲子以後續著，迄未編目；惟其近作詩詞文稿，方在整理，付漢文正楷印書局排版，將以自造之利用紙印之，題爲《半畝園集》。其中雖多至理名言，以視少年時作，正不可以同日而語。兹得其近影一幀，係己巳年所攝，時爲五十初度，距今蓋又四年，白髮加長過半，若以東坡所謂「一日如兩日」計，則君之年，實已一百有八歲矣。

——民國二十五年《浙江商務》第一卷第三期「工商界名人」，朱雲光撰，第六九—七〇頁

天虛我生傳

生爲月湖公第三子，錢塘優附貢生，兩薦不第而科舉廢，遂以勞工終其身。夙擅詩文詞曲而不自矜，生平但以正心誠意、必忠必信爲天職。凡事與物，莫不欲窮究其理，以盡其知，故多藝，然不爲世用，因自號天虛我生。所著書署名曰栩，字曰蝶仙，姓陳氏，相傳爲舜裔，故能敝屣功名，一家興讓，殆亦遺傳性與。娶於朱，有子二人，長曰蘧，字小蝶，次曰次蝶，女子子曰璻，時人譽之者，輒比爲眉山蘇氏云。

——民國二十九年《中國紙業》徵求號，第三八頁

二、提要序跋

白香詞譜一卷咸豐七年刊本

清舒夢蘭撰。夢蘭有《湘舟漫録》，已著録。是編選録唐至清詞百首，注其句讀平仄韻叶，以爲譜。白香其字也。譜中凡平仄不可移易者，平皆用○，仄皆用●，可平而本詞仄者用◓，可仄而本詞平者用◒。詞中句則用「、」，讀則於字中用「·」，押韻處則用「一」以別之。此大例也。其僅選百首者，蓋夢蘭之意，使讀者既可藉之以填詞，又可以爲讀本也。故此書出後，初爲詞者，頗利其輕便也，人首一編焉。其實此書最爲淺陋，若以譜言之，則不當採録明清之詞，明清宮譜亡失，其詞豈可爲軌律乎？若以詞之美惡言之，則唐宋金元詞，雖千首可選，況百首乎？言譜則當推其首創，言詞則當選録名篇。首創者未必皆佳，名篇亦未必合律，二者不可得兼也。李白《菩薩蠻》末句云「長亭更短亭」，「更」讀平聲，非仄聲，而夢蘭旁注以◓，似讀「更」爲仄聲，不知唐五代《菩薩蠻》前後段末三字用平仄平者居多，宋詞往往用仄仄平，且此詞前段末「樓上愁」，亦用平仄平也，此尚不曉，他可知矣。

——《續修四庫全書總目提要（稿本）》第十三册，第六〇八—六〇九頁

白香詞譜四卷

《白香詞譜》四卷，清舒夢蘭輯，爲之箋注者則謝朝徵韋庵也。宮調之墜，不可復續，今之學者，亦惟致力於四聲，以爲慰情勝無，稍盡填詞能事。有清倚聲家之能確守詞律，使一聲一字剖析無遺，如方千里之和清真者。道咸間，有王嘉禄所著《桐月修簫譜》，四聲嚴密，幾無一不與古人相合，求之近人中，僅朱祖謀、況周頤之詞尚能根據。宋元舊譜，四聲相依，一字不易，蓋通解聲律之難如是。舒氏留心聲律，此編所選百篇，篇各異調，每調於四聲所宜，舉堪意會。謝氏箋注，則悉仿查爲仁、厲鶚箋《絶妙好詞》體例，於本事窮源竟委，繁簡得宜，絶無支離瑣碎之弊，誠詞壇初步必需之書也。

——民國二十五年中華書局《四部備要書目提要》卷四

白香詞譜箋書後

《白香詞譜》四卷，譚氏《半厂叢書》本。《白香詞譜》，靖安舒夢蘭編，其箋則南海謝朝徵所撰也。夢蘭輯唐李白至近時黄之雋詞百闋，凡五十九人，不分時代，以詞爲主，闋各異調，於其旁逐字訂譜，宜平宜仄、可平可仄，及上去入同是仄聲，而各有音節，辨别極細，故曰詞譜。朝徵作箋，則序列後先，一依朱彝尊《詞綜》，又去字旁所訂之譜，頗違舒夢蘭本書之旨。然以小調列前，次及中調、長調，實沿南宋人《草堂詩餘》之舊，殊失之拘，朝徵易之，未爲繆也。所箋仿查爲仁、厲鶚《絶妙好詞箋》之例，多泛濫旁涉，不盡切於本詞，而往往因詞以知其人，並及命意之所存，其短其長，具在於是。所載南宋人逸事，悉本《好詞箋》，凡例已自言之。今考五代人逸事，大都録自鄭方坤《五代詩話》，故兩處箋釋，頗爲詳贍，餘或不免寒儉。馮延巳《謁金門》，《古今詩話》以爲成文幼作，《本事曲》又以爲趙公作，見胡仔《漁隱叢話》，今未之及。汪懋麟《醉春風》，徐釚《詞苑叢談》謂較南唐主遺小周后詞旖旎，其説固是，實嫌淫褻，今反及之，其去取殊不可解。薩都拉原本作「剌」，與各書合，《提要》作「拉」，蓋猶「瓦剌」之爲「衛拉」，今非官書，而必從《提要》改「拉」，亦未得其通。然蘇軾《洞仙歌》下，引《陽春白雪》載蜀孟昶《洞仙歌》石刻全篇；朱淑真《生查子》下，引《提要》稱此詞爲歐陽修集竄入，此類均有裨於考證。其他徵引，亦足以廣異聞而佐談資，摭拾之功，要自有不可泯者矣。夢蘭字白香。書本一卷，有原刻及怡親王重刻本。朝徵字韋菴。廣爲四卷，張蔭桓始付刊云。

——胡玉縉《許廎經籍題跋》卷四「集部 · 詞曲類」

虞山錢氏遵王著《讀書敏求記》，凡六百有一種，詞譜其一也。書既成，秘之笈中，知交罕得見者。竹垞檢討校士江南，自邀諸名士大會秦淮，遵王亦在座。是夕，私以黄金、青鼠裘賂王侍書史，啓篋得是編，命藩廊吏抄録半夕而成，既而遵王知爲竹垞詭得，顧無可如何也。但以書抵竹垞，戒勿流傳於外，竹垞乃誓以謝之。後其稿稍稍傳布，予今春客金陵，偶過書肆，翻閲破帙，得是書，以青蚨數百購歸。讀之則選聲煉詞，含宫咀商，無毫釐分寸之失，宜乎遵王寶爲枕中秘，竹垞檢討之思以計賺也。同人慫恿付剞劂氏，爰述其顛末於簡端。道光癸卯冬月，蓮叔孫殿齡序。

——清道光二十三年萱蔭山房刻本卷首序

按：此序載於清道光二十三年萱蔭山房刻本以及民国元年振始堂石印本等卷首，而謬誤實多。撰者孫殿齡字蓮叔，安徽新安人，撰有《萱蔭山房雜著》等。此序稱《白香詞譜》爲錢曾、朱彝尊兩人寶重，但錢曾卒於康熙四十年（一七〇一），而朱彝尊卒於康熙四十八年（一七〇九）。兩人逝世五十餘年之後，舒夢蘭才出生，《白香詞譜》絶不可能在錢、朱兩人生前就出現。因此，極可能是刊刻者孫殿齡故弄玄虚，借錢曾、朱彝尊等人之名，以提高聲價。特録於此，俾讀者知之，切勿爲其所誤導。

三、評論節選

詞譜種數甚多，如《詩餘圖譜》、《填詞圖譜》、《欽定詞譜》、《白香詞譜》等，初學以《白香詞譜》爲最適用。書價既廉，而所選之詞亦多優美，非若他種詞譜，取體務備，以致不遑選擇其詞，而卷帙浩繁，立論龐雜，學者既畏其繁，且又不能用爲讀本，故以《白香詞譜》爲宜。而以《欽定詞譜》或萬紅友所著《詞律》爲參考之書，庶有頭緒可尋，不致茫無適從。《詞律》亦猶譜也，稱爲律者，紅友自謂其所定者有類法律，凡填詞者不可不守其範圍也。惟其間亦多可議之處，吾書非爲評隙古人而設，故可置之勿論。

《白香詞譜》坊本最夥，顧其平仄標識，每多舛訛，就各坊本選擇，則以鴻雪軒校印本較勝。今姑定鴻雪軒本爲適用之讀本，庶於講述時有所參證。其譜例以旁圈爲平仄之别，白圈爲平聲字，黑圈爲仄聲字，其半白半黑者，即可平可仄者也。本可用平聲字，而譜中所選之詞用仄聲字者，則作上黑下白之圈，反之則作上白下黑之圈。其於字之左旁用「┃」畫者，則爲押韻之記號。惟其圈識亦不無錯誤之處，故能購備紅友《詞律》以資參考，爲尤善也。鴻雪軒《白香詞譜》係石印二册，價約四角。紅友《詞律》以杜文瀾校印本爲良，木板十六本，價約八元，上海中華編譯社向有代售，但《詞律》非初學必要書，亦可從簡，暫不購備。

——民國七年中華編譯社《文學講義一期·填詞法》，陳蝶仙撰，第二頁

詞譜之種類甚多，普通所用有《欽定詞譜》、萬紅友《詞律》、毛先舒《填詞圖譜》及《白香詞譜》等之數種。《欽定詞譜》共八百二十六調，二千三百六體；萬氏《詞律》六百五十九調，一千七百七十三體，皆卷帙浩繁，立論龐雜，故初學者終以《白香詞譜》及《填詞圖譜》二書爲較適用。而《白香詞譜》尤以天虚我生考正本爲最佳。是書選調雖僅百闋，而一一皆填詞家日常所習用，且所選諸詞亦多精美，足資

楷模。考正本則於每調之後，更附以考正及填詞法，學者得此一編，大可省冥行索埴之苦，誠詞譜中之第一善本也。惟或者病其太簡，則不妨更備《填詞圖譜》及《詞律》一部以備檢用。

《白香詞譜》及《填詞圖譜》於每字之右，均附以平仄之符號，平爲○，仄爲●，平而可仄者爲◒，仄而可平者爲◓。《考正白香詞譜》則於後之二者不復分别，但作◎以示平仄不拘。學者按圖填字，自無失粘之病。《詞律》雖不字字標明平仄，而實則凡其兩旁不標平仄之字，即屬平仄不可移易之字，苟有可以通用者，則必於其字左旁注明可平或可仄，其用法實與有圖者無異也。

——民國十四年上海崇新書局《填詞百法》（卷上），顧憲融編纂，第五——六頁

《白香詞譜》，清舒白香編。凡百首，初學必讀。有平仄譜，但無精本，旁圈誤者甚多。附有《晚翠軒詞韻》，亦便填詞之用。

——民國十四年上海文科專修學校《治國學門徑》，湯濟滄編，第七七頁

填詞與作詩不同，蓋詞之字句，至不一律，不但平仄而已；字句既各有長短，用韻之處，又各調不同，在熟習者固可脱口而出，然在初學者，非按圖譜不可。按前人所著詞譜如萬樹有《詞律》，收羅至廣，然非初學者所宜。查繼超有《填詞圖譜》，然於平仄處但加圈識，刻本不無舛誤。舒夢蘭有《白香詞

譜》，所録僅百餘首，其平仄近人已有考正之者，於初學者似較便利。

——民國十五年大東書局《詞學常識》，徐敬修編，第八九頁

詞韻當以戈順卿《詞林正韻》爲準，詞譜則以萬紅友《詞律》爲是，讀本則以《白香詞譜》一百首爲最要，熟讀此百首，則材料自然豐富。小令尚性靈，長調貴細膩，初學宜小令不宜長調，得暇盍時時爲之。

——民國十五年時還書局《文苑導遊録·尺牘二》，天虛我生著，第一二頁

往歲天虛我生設栩園編譯社時，鑒於從游弟子請學爲詞者，類多無所適從，乃取舒夢蘭《白香詞譜》，命小蝶正其謬誤，逐句考證，後附填詞法，以爲學者之津梁。書經十餘版，風行全國久矣。然《白香詞譜》祇百調，而詞牌多至千餘，雖泰半非爲定格，乃小令如《十六字令》、《巫山一段雲》、《江城梅花引》、《喝火令》、《漁歌子》等，中調如《唐多令》、《意難忘》、《滿江紅》、《月華清》、《木蘭花慢》等，長調如《花發沁園春》、《蘭陵王》、《瑞龍吟》、《憶舊遊》、《鶯啼序》等，皆爲手面上極熟之詞牌，《白香詞譜》多不收入，僕嘗引以爲缺點。（序二）

——民國十八年上海掃葉山房《續考證白香詞譜》，强化誠著，第三—四頁

《白香詞譜》者，舒夢蘭所輯之百首詞也，起唐迄清，在詞學中諸體悉備，故時人往往以《唐詩三百首》例之，蓋即詞學之「三字經」耳。昔之爲注者，以○●◐◒四弧號以代表平仄及可平可仄之字，自天虛我生考正出，乃以○●◎三弧號代表之，亦可謂苟完矣。（尤半狂序）

——民國二十一年新村書店《考正白香詞譜》，謝曼考證，第一頁

詞之專書，不啻汗牛充棟，其足爲金科玉律者，《白香詞譜》耳。是書爲清舒夢蘭所輯，歷代詞家之精華胥在於是。又有謝朝徵箋注，凡關於本詞者，旁搜博採，頗資考證。其書精美，久爲詞家所公認。（新序）

——民國二十一年掃葉山房書局《新式標點白香詞譜箋》，陳益標點，卷首

讀詞既多，調自精熟，某字平仄可易，某字平仄不可易，自能辨别。填時固毋須用譜。惟長調記憶較難，而初學者尤患無所依據，則詞譜亦自有用也。詞譜之種類甚多，普通所用有《欽定詞譜》、萬紅友《詞律》、毛先舒《填詞圖譜》、舒夢蘭《白香詞譜》、顧佛影《增廣白香詞譜》等數種。《欽定詞譜》共八百二十六調、二千三百六體；萬氏《詞律》六百五十九調、一千七百七十三體，皆卷帙浩繁，立論龐雜，而毛氏《填詞圖譜》訛誤尤多，初學者以《白香詞譜》爲最適用。以是書所選祇一百調，爲填詞家所習用

也。此書更有各家考正本，其中尤以天虚我生考正本爲最佳。每調之後更附考正及填詞法，學者得此一編，大可省冥行索埴之苦矣。

——民國二十二年中央書店《填詞門徑》，顧憲融著，上編第一五頁

若張南湖之《詩餘圖譜》、程明善之《嘯餘圖譜》、賴以邠之《填詞圖譜》、舒夢蘭之《白香詞譜》，亦爲倚聲者所宗尚。然或則載調太略，或則淆亂舛誤，至今昔人所著詞論，其間涉及詞律者頗多，然不能一一録而存之，是在學者之廣求博覽也。

——民國二十三年商務印書館《中國文學史分論》（第三册），張振鏞著，第二一一頁

靖安舒氏撰唐李青蓮以下，至清之黄石牧五十九人所爲詞百篇，篇各一調，排次短長，辨訂聲律，倚聲者奉爲圭臬。南海謝氏復爲之箋，博徵本事，以相印證，讀者益便。（葉參序）

《白香詞譜》，舒夢蘭所選唐宋以來諸詞家名作也。舒字白香，故即以白香名之。著録皆輕清綿麗之篇，風雲月露之句，沁人心脾，百讀不厭。且注有平仄符號，可以按譜以填，極便初學，是以近世頗盛行焉。（朱太忙序）

——民國二十三年大達圖書供應社《詳注白香詞譜》，葉玉麟著，第一——二頁

詞體叢雜，各家詞譜，盲從臆測，均不能無誤。張南湖《詩餘譜》與舒白香《詞譜》，平仄差該，而用黑白及半白半黑圈以分別之，不無亥豕之訛，且載調太略。

——民國二十三年大東書局《最淺學詞法》，傅汝楫編著，第六頁

詞譜之種類甚多，爲初學所最適用者，莫若《白香詞譜》與《填詞圖譜》兩種。兩書於每字右旁，均附以平仄符號，平聲爲○，仄聲爲●，平而可仄者爲◐，仄而可平者爲◑，學者按圖填字，斷無失粘落腔之病。

——民國二十四年世界書局《學詞百法》，劉坡公，第一八頁

講詞法之書何者爲優？清王奕清等之《欽定詞譜》，萬樹之《詞律》，戈載之《詞林正韻》等書；尤以舒夢蘭之《白香詞譜》，流傳最盛。

——民國二十四年君中書社《國學問題五百》，李時撰，丁編集部第二二六頁

詞譜用最通行之《白香詞譜》，取其簡潔精當，切於實用。而現在通行本中，句逗誤分，平仄誤注之處，均經參考各種詞律詞集，一一加以訂正。依譜填詞，學習甚易。

——民國二十六年世界書局《詞準》，胡山源編，第一頁

舒夢蘭《白香詞譜》，選詞百首，作者五十九人，凡通俗長短之調悉備。且遴選精審，各調代表之作，均足示範。而由盛唐以迄清初，各家之作風及流變，均有遞嬗之軌跡可尋。既便於初學之範式，更足供作家之研討，實爲詞選最善之本。

——民國三十六年世界書局《考釋作法白香詞譜》，韓楚原編，第一頁

詞譜，備作詞時翻用，不必全看。通行者有三書：《白香詞譜》，清舒夢蘭；《詞律》，清萬樹，商務印書館萬有文庫本；《欽定詞譜》，清康熙御纂，丁福保醫學書局有影印本。《白香詞譜》只注平仄，初學不妨備用，但究竟不妥。因詞調中常有一二處須辨四聲者，不可泛用平仄。雖近人有爲此書作箋注，但選調太少，終是缺點。

——民國三十六年商務印書館《讀書指導》(第三輯)，李伯嘉編，第三七八頁

後記

陸　坤

舒夢蘭是一個「冷門」作家，所編《白香詞譜》却是一部「熱門」詞譜，在众多詞譜中頗具「流量」，廣爲人知，也廣爲人用，因此整理出版的頻次較高，出現各式各樣的版本。但是同此一書，每個版本的内容却不盡一致，究竟以哪個爲準，長期莫衷一是。

二〇一四年九月，我開始跟隨南昌大學段曉華老師學習中國古典文獻學，老師當時正致力於清詞文獻的校勘整理，因此我們接觸清代文獻的機會較多，其中就包括舒夢蘭的《天香全集》與《白香詞譜》。後來畢業論文選題時，想到舒氏的詞譜影響很大，著述也多，但相關的研究極少。果能對其人其書進行研究，從文獻方面拓開一路，不僅可以在文獻整理上有所進益，也可以在詞學研究上有所提高。

確定研究重點和寫作策略後，我便着手於《白香詞譜》的研究及對舒夢蘭著作的搜尋、輯録。在此過程中，得以將文獻學的專業知識進行具體實踐，很多課堂上的疑難和困惑也頓覺豁然開朗。爲全面梳理《白香詞譜》的版本體系，我通過各種渠道，或購買，或掃描，或抄録全書，或撰寫提要，搜羅了一系列《白香詞譜》版本，就内容進行比照，並挑選具有代表性的版本進行研究。

其中收獲最大的是，在中國國家圖書館發現舒氏早期的詞學著作《香岩詞約》手抄殘本微縮膠卷；在江西省圖書館發現清嘉慶三年怡恭親王訥齋重刻舒夢蘭手校本《白香詞譜》，此版本成爲厘清《白香詞譜》版本源流的關鍵文獻。其後根據研究所得，撰成畢業論文《白香詞譜研究》，並在老師的指導下，將論文第二章《論〈白香詞譜〉的版本與箋注》進行修訂，發表於《詞學（第三十五輯）》。文章雖然不够成熟，但對《白香詞譜》的版本源流進行了較爲全面的梳理。

記得二〇一七年答辯前夕，老師在評閲我和同門的論文時，曾題詩一首：「卷帷原是故時春，老眼從新拭一輪。地屬蓁蕪容放馬，波行縈折漸知津。豈惟青籥捎雲薄，更待丹山噦鳳頻。有志登高君莫固，要憑心量跳無垠。」期望我們向高處立志，向精處治學，更進一步，更上層樓。

二〇二〇年八月，一日接到碩士同門吴雨辰的消息，告以華東師大朱惠國老師有「明清詞譜要籍整理與彙編」計劃，擬挑選明清以來的重要詞譜進行整理，《白香詞譜》亦在整理之列。由於我的碩士學位論文是研究《白香詞譜》，也發表過有關該詞譜的文章，故朱老師詢問我是否能承擔整理之任。鑒於此前已經有一定的資料積累，又徵詢了段老師的意見，我便戰戰兢兢承接下來。

隨後即開始版本選擇及文本校録工作。由於嘉慶三年怡恭親王訥齋重刻舒夢蘭手校本目前唯見江西省圖書館有藏，直到二〇二一年暑假才得以前去覆核，幸得「江右文庫」編輯部李建權師兄於中聯絡，借閲過程較爲順利。摩挲古卷，如逢故友，是爲一樂。惜其時南昌暑熱，餘疫未清，頗多管控，故未能與段老師一晤，即匆匆返黔，是爲一憾。

世間之事，大抵需要一個「緣」字促成。就《白香詞譜》而言，舒氏之編撰，有其緣；訥齋之重刻，應其緣；世人之偏愛，隨其緣；叢書之收録，逢其緣；不才之整理，得其緣。

在整理過程中遇到的諸多問題，如原書如何核對、圖譜如何排版、現今排印與古代刻本的差異如何處理等，都先後向段老師、朱老師以及責任編輯時潤民兄等咨詢酌定。段老師多次詢問整理進度，並幫助聯繫部分參校資料的複印，囑咐我從事文獻整理工作要沉得住氣，耐得住性子，貴在慢工出細活，不可急躁，不可大意，更不可隨意。諄諄之教，益我實多。因此，若非有朱老師之信任、段老師之指導以及諸師友之協助，則本書的整理出版不會如此順利。故將書稿的前後因緣與整理經過，略叙於此，以見近年爲學心迹之一端。至於本書整理中的不足之處，還望方家、讀者不吝指教。

二〇二三年十月謹述